KB267228

悲
비의
재
회

비琼의 재회 1

초판 1쇄 찍은 날 § 2005년 9월 23일
초판 1쇄 펴낸 날 § 2005년 10월 3일

지은이 § 정유하
펴낸이 § 서경석

편집장 § 문혜영
편집책임 § 이종민
편집 § 한지윤

펴낸곳 § 도서출판 청어람
등록번호 § 제1081-1-89호
등록일자 § 1999. 5. 31
어람번호 § 제5-0059호

주소 § 경기도 부천시 원미구 심곡1동 350-1 남성B/D 3F (우) 420-011
전화 § 032-656-4452 팩스 § 032-656-4453
http://www.chungeoram.com
E-mail § eoram99@chollian.net

ⓒ 정유하, 2005

ISBN 89-5831-741-8 (SET)
ISBN 89-5831-742-6 03810

悲
비의 재회

정유하 지음

도서출판 청람

프롤로그

초가을임에도 날씨는 여전히 무덥고 습하기 짝이 없었다.

마른 몸에 어울리지 않게 유난히 땀을 흘리며 고급 세단에서 내린 중년 남자는 높다란 건물을 한동안 올려다보고 서 있었다. 수행원으로 보이는 자의 부름이 뒤에서 들려올 때까지 그는 그렇게 〈우진그룹〉의 명패 앞에서 망설이기를 반복했다.

"사장님, 약속 시간이 얼마 남지 않았습니다."

우진의 강 사장이 얼마나 철저한 인간인지 익히 소문을 들어 잘 아는 그로서는, 비서의 말에 고개를 끄덕이며 발걸음을 옮길 수밖에 없었다. 숱이 없는 머리칼이 땀에 젖어 이마에 달라붙는 것이 느껴져 채 사장은 손수건을 꺼내며 땀을 훔쳐 냈다. 그러나 로비를 가로질러 엘리베이터에 오르는 동안 땀은 주체할 수 없을 정도로 더 흘러내렸고, 그는 끝내 닦는 걸 포기해 버렸다.

엘리베이터가 최고층에 도착하자, 채신호 사장은 애초의 약속대로 수행원들을 남겨둔 채 육중한 문을 밀고 들어갔다. 옷깃을 여미고 선 그를 냉랭한 표정으로 훑어본 여비서는 별다른 인사도 없이 자리에서 일어났다. 그녀는 〈사장실〉이라고 쓰인 중간 문을 기계적으로 두드린 후 약간 옆으로 비켜섰다. 그를 바라보는 눈동자 속에는 어떤 감정도 드러나 있지 않았다.

"기다리고 계십니다."

사장실의 문을 열고 들어서자 냉기가 확 끼쳐 왔다. 그 공간에서 따스한 느낌을 주는 것은 오직 바닥에 깔린 카펫뿐이었다. 딱딱한 검은색 소파, 철제와 유리로만 이루어진 탁자와 책상은 단순하고 세련되었지만 지나치게 차가운 분위기를 풍기고 있었다. 아마도 소문으로만 들어왔던 우진의 냉혈한 주인과 닮아 있는 것이 아닌가 싶은 생각이 들었다.

등 뒤로 문을 닫은 그가 인사를 건네기 전, 블라인드가 빈틈없이 내려져 어둠이 깔린 방 건너편에서 굵직한 음성이 먼저 들려왔다.

"이게 몇 년 만의 재회인지 기억하십니까?"

왠지 귀에 익은 목소리의 주인을 찾아 채 사장은 희미한 빛을 간직한 책상 유리의 뒤편을 응시하였다. 그러자 높다란 등받이의 의자가 소리없이 돌려지며 장신의 한 남자가 몸을 일으켰다.

본능적인 경계심이 발동하여 저도 모르게 한 걸음 뒤로 물러난 그는 겨우 자신을 다잡으며 모습이 보이지 않는 상대를 바라보았다. 사내에게서 흘러나온 '재회'라는 말이 왜 이렇게 끔찍하게 들리는 것일까. 단어에 스며든 어감에 소름이 돋는 것을 억누르며 채 사장은 애써 아무렇지 않은 듯 말을 꺼냈다.

"재회라니요? 어, 언제 강 사장과 내가 만난 적이 있던가요?"

"훗, 벌써 잊으셨다니…… 섭섭한데요?"

정중한 어투의 이면에 깔린 비웃음을 알아차리기도 전에 촤라락 하는 소리와 함께 사무실 안으로 환한 빛이 쏟아져 들어왔다.

눈부심으로 인해 고개를 옆으로 돌린 채 사장은 손을 들어 시야를 가렸다.

자신이 지금껏 피와 땀으로 일구어온 회사가 절박한 상황만 아니라면 이런 자리를 만들지도 않았을뿐더러, 이토록 어이없는 대우를 받고 서 있지도 않았을 것이다. 하지만 지금 그의 자식보다 소중한 〈서림〉의 숨통이 저자의 손아귀에 쥐어져 있다. 자존심 따위가 문제가 아니었다.

목울대가 흔들리도록 깊숙이 침을 삼키며 그는 손을 천천히 내렸다. 그리고 이제 제법 햇살에 익숙해진 눈을 떠 상대방을 응시하려 노력했다.

"자그마치 칠 년입니다. 그러고 보니 사장님도 많이 변하셨습니다."

‘사장님’이라고 부르는 어투가 예전의 누군가와 너무도 비슷했다.

떠오를 듯하면서도 떠오르지 않는 기억에 지독한 갈증을 느끼며, 채 사장은 빛을 등지고 선 젊은 남자를 똑바로 바라보았다. 그러나 후광으로 인해 상대방의 얼굴에는 짙은 음영이 드리워져 있어, 쉽사리 알아보기가 힘이 들었다.

그의 불편함을 감지하기라도 한 듯 남자는 망설임없이 책상의 모서리를 돌아 나왔다.

그와 동시에 얼마 전부터 불편했던 무릎에 강렬한 충격이 느껴져, 채 사장은 보기 흉하게도 휘청거리고야 말았다. 잊으려고 해도 잊을 수 없는 얼굴, 죽었다 믿고 싶었던 얼굴이 그의 눈앞에서 한쪽 입가를 올린 채 냉소를 흘리고 있었다. 비록 사장이라는 명패 아래 최고급 양복으로 몸을 감싸고 있긴 했지만, 그는 칠 년 전 그 ‘강기태’가 분명했다.

왜 우진의 새로운 CEO에 대해 좀 더 자세히 알아보지 않았던 것인지, 안일했던 자신을 질책하며 채신호 사장은 부들부들 떨리는 음성으로 물었다.

“자, 자네가 어떻게…….”

“이제야 알아보시는군요.”

대답이 끝나기가 무섭게 조금 전까지 기울어져 있던 입술이 모양을 찾아갔다. 그에게로 점점 다가오는 강 사장 아니, 기태를 보며 저도 모르게 물러서고 싶은 것을 채 사장은 겨우 눌러 참았다.

무일푼인 고학생 시절에도 기태는 좌중을 압도하는 위압감 같은 것을 지니고 있긴 했었다. 그런데 지금은 그것에 공기를 얼려 버릴 듯한 차가움까지 가세하여 숨도 쉴 수 없을 정도의 위엄을 내뿜어대고 있다. 다행히 그의 우려와는 달리 책상 앞으로 나온 상대는 더 가까이 접근하지는 않았다. 속으로 안도의 한숨을 내쉰 채 사장은 또다시 더듬거리며 물었다.

"워, 원하는 것이 뭔가? 왜, 왜 이런 장난을 치는 거야!"

"장난이라니요?"

책상에 걸터앉아 그의 앞까지 긴 다리를 뻗은 기태의 눈빛은 공격적으로 번뜩이고 있었다. 마치 거미줄에 걸린 곤충이 된 것마냥 채 사장은 주춤주춤 뒤로 물러나 소파에 풀썩 주저앉고야 말았다.

"설마…… 사, 살아 있을 줄은 몰랐네."

중얼거리듯 내뱉은 말에 기태가 몸을 일으키는 것이 느껴졌다. 고개를 들자 막을 걷고 분노의 감정을 완연히 드러낸 눈동자가 보였다.

"완전히 죽어 드리지 못해 죄송하다고 해야 합니까?"

마치 이를 갈듯 내뱉은 말에 섬뜩함이 드는 것은 자신이 그에게 자행한 일들을 누구보다 잘 알고 있기 때문이다. 두려움으로 인해 입을 멍하니 벌린 채, 채 사장은 방을 두어 번 왔다 갔다 하는 기태를 지켜볼 따름이었다.

"사고 후 눈을 떴을 때 나를 맞은 건 살아 있다는 기쁨보다, 망가진 삶에 대한 절망뿐이었습니다."

마치 책을 읽는 듯 감정이 실리지 않은 목소리가 지독히도 두렵게 느껴졌다. 그것은 지금에 와서야 죄책감을 느끼기 때문일까. 아니면 절대절명의 순간을 맞은 자신과 서림의 앞날에 대한 걱정 때문일까. 분명 그를 뒤흔드는 것은 후자였다. 채 사장은 풍전등화와도 같은 회사의 위기를 떠올리며 이렇게 물러날 수 없다는 생각을 했다. 그는 자신을 외면한 채 옆모습을 보이고 선 기태에게로 다가갔다.

"그래. 그토록 모진 시련을 이겨내고 지금처럼 눈부신 성공을 거두다니 자넨 정말 대단한 사람이야."

"용건을 말씀하시죠."

어느 정도 그의 진심이 담긴 말을 가차없이 끊어내는 기태였다. 그 굳건한 태도가 불 보듯 뻔한 결과를 말해 주는 듯했지만 채 사장은 포기할 수가 없었다.

"주식 매집의 배후가 자네인 것을 알고 있네. 그것은 과거의 일 때문인가?"

"냄새의 근원을 파악하셨다? 훗, 하지만 방어 방법이 틀리셨더군요."

"이 사람, 도대체 왜 이러나! 과거에 연연해 현재를 버릴 셈인가? 제발 무모한 행동은 그만두게."

"그만두어야 할 쪽은 제가 아닌 듯싶습니다만."

역시나 강경하다. 채 사장은 난공불락의 성채 앞에 선 패잔병이 되어버린 듯한 기분을 맛보았다. 온몸에서 기운이 빠져나가 무릎이 바닥에 털썩 부딪쳤다. 간절한 음성이 냉랭한 공기를 타고 흘렀다.

"내 이렇게 부탁함세."

지난 수십 년간 자존심 하나만으로 버텨온 채신호의 고고한 인생 철학이 와르르 무너지는 순간이었다. 그러나 기태는 그를 공허함 가득한 차가운 눈빛으로 내려다볼 뿐이었다.

혓바닥을 낼름거리는 뱀이 똬리를 틀고 그의 온몸을 죄는 듯한 기분이었다. 꽉 틀어쥐었던 주먹에서 힘이 스르륵 빠져나갔다. 그제야 손바닥 가득 날카로운 아픔이 번져 갔다.

"그때는…… 내가 너무 몰인정했네. 정말 미안허이."

자신이 생각해도 지나치게 형식적인 말투였다. 머리 위에서 바람이 새는 듯한 웃음소리가 들려와 그는 숙였던 고개를 쳐들었다. 비웃음 가득한 기태의 얼굴이 그를 관찰하듯 내려다보고 있었다.

"미안하다는 말은 적절하지 않은 표현 같군요."

강기태, 그가 무얼 추궁하고 싶은 것인지 충분히 짐작할 수 있었기에 채 사장은 차마 대답할 수가 없었다. 그러자 착 깔린 음성이 마치 칼끝처럼 그의 목을 파고들었다.

"혹 죽음의 문턱을 넘나들어 보셨습니까?"

자신의 침이 목구멍으로 넘어가는 소리가 조용한 공간 속에

유난히 크게 들려왔다. 채 사장은 떨리는 음성을 추슬러 겨우
물음을 토해냈다.

"그럼, 내가 어떻게 해야 하겠나?"

그대로 그의 곁을 지나쳐 가는 기태에게서 도저히 넘어설 수
없는 단단한 벽이 느껴졌다. 짙은 절망감으로 인해 채 사장은
그저 눈을 감았다.

의자의 쿠션이 내려앉는 소리에 이어 사형 선고와 같은 기태
의 대답이 들려왔다.

"칠 년 전, 이미 모든 것은 시작되었고 멈추기엔 너무 늦었습
니다."

부들부들 떨리는 입술을 이로 눌러 진정시키며 채 사장은 가
까스로 피하고 싶은 현실을 대면했다. 묵직한 다리를 움직여 그
는 겨우 자리에서 몸을 일으켰다.

어떻게 해도 상대의 마음을 움직일 수 없다는 사실을 절감하
고 있었지만, 쉽사리 발길이 떨어지지 않았다. 일어서서 방을
나가야 했지만, 그는 한참 동안 창을 향해 돌려진 의자를 물끄
러미 바라볼 뿐이었다.

"희서의 소식…… 궁금하지 않나?"

마지막 카드를 던진 후, 채 사장은 숨까지 멈춘 채 상대방의
반응을 기다렸다. 그러나 한참이 지나도록 기태는 응답이 없었
다. 마침내 그가 포기하고 위태롭게 흔들리는 몸을 돌렸을 때야
얼음장 같은 한마디가 날아들었다.

"이미 죽은 여잡니다, 내게 있어선."

혹여나 했던 희망마저 날아가 버리자, 채 사장은 더 이상 그 공간에 있는 것을 허용하지 않겠다는 기태의 무관심한 태도에 문을 열고 밖으로 나갔다.

마침내 홀로 남겨진 남자가 한숨과 함께 긴장되었던 몸을 기대자 의자의 등받이가 기울어졌다. 차가움으로 가득했던 그의 눈동자 위로 무거운 눈꺼풀이 내려앉고 있었다.

딸깍 하는 문소리에 이어 구두 굽 소리가 들려왔지만 그 익숙한 향기에 기태는 굳이 눈을 뜨지 않았다.

"드디어 때가 왔다."

대답을 기대하지 않은 혼잣말이었다.

단발머리를 찰랑이며 태진은 짧게 고개를 끄덕였다.

그를 만난 지 육 년, 곁에서 보좌한 지 오 년이 넘었다. 강기태에 관한 일이라면 그것이 사적이든, 공적이든 그녀 강태진이 가장 잘 알고 있다고 확신할 수 있었다.

그는 감정을 드러내는 걸 즐기지 않는다. 지금과 같은 경우는 극히 일부분일 뿐이다. 이런 때는 보통 어줍잖은 위로보다 침묵을 기태도, 그녀도 선호했다. 그렇기에 태진은 말없이 자신의 상관을 지켜보는 쪽을 택했다.

다음날 아침, 짙은 남빛의 양복 차림으로 사무실에 들어선 기태는 여느 때와 마찬가지로 책상 위에 언론사별로 놓여진 신문으로 시선을 두었다.

순간 경제면의 헤드라인을 장식한 커다란 활자가 시야 속으로 들어왔다. 눈썹 하나 까딱하지 않고서 그는 신문을 펴 들었다. 기사를 따라 내려가는 기태의 눈길은 침착하고도 초연하였다.

〈서림백화점, 채신호 사장 투신.〉

같은 제목으로 각 언론사의 신문마다 보도된 기사의 주요 내용은 자금 압박에 못 이긴 채 사장이 자신의 사무실에서 어제저녁 투신 자살을 했다는 것이었다. 현장에서 발견된 유언장은 차후 공개하겠다고 명시되어 있었다.

밀치듯 신문을 내려놓은 기태는 의자를 돌려 사십층 높이에서 보이는 풍경을 응시했다. 한참을 먼 곳에 두었던 시선을 거두어들인 그는 잠을 이루지 못해 뻑뻑한 눈꺼풀을 손가락으로 누르며 씁쓸한 미소를 머금었다.

"우리의 재회가 예정된 그 순간…… 이미 비극은 시작된 거야."

자조적으로 흘러나온 음성은 차갑고도 단호했다.

1. 비수

"**열**한 시 도착 예정인 뉴욕발 비행기가 인천국제공항의 활주로에 내려앉은 지 십여 분 후, 천천히 열린 입국 게이트에서 승객들이 쏟아져 나오기 시작했다.

입국장을 가득 메운 피켓과 종이들 사이로 사람들의 부름이 터져 나오자, 그것에 응답하는 이들의 얼굴엔 미소가 한가득 걸려 있었다.

비즈니스를 위해 출장을 다녀온 사업가들과 자유로운 복장의 유학생들, 한 무리의 단체 관광객들이 차례로 마중 나온 이들과 제각각 상봉을 하고 있는 가운데, 검은 옷을 입은 짧은 머리의 여자가 그사이를 조용히 가로질렀다.

　그녀는 다른 입국자들처럼 환하게 미소를 지으며 걸음을 빨리하지도, 주춤거리며 주위를 돌아보지도 않았다. 그저 짙은 선글라스 아래 감추어진 눈빛을 정면으로 둔 채, 여행용 캐리어를 끌고서 출구를 향해 걸음을 옮길 뿐이었다. 낮은 단화를 신어서인지 반짝이는 대리석 바닥을 딛는 여자에게선 이렇다 할 발자국 소리도 들리지 않았다.

　자동문이 열리고 밖으로 나가자, 약간 후덥지근한 구 월 초의 공기가 그녀의 헐렁한 검은색 카디건을 건드리고 지나갔다. 바쁘게 주위를 지나가는 여행객들과 달리 그녀는 한참 동안 그 자리에서 하늘을 올려다보고 서 있었다.

　채희서…… 이곳의 하늘, 공기, 사람들 모두 정확히 칠 년 만이야. 다시는 밟지 않으리라 생각했었는데, 그를 빼앗아간 이 땅에 어떤 미련도 두지 않겠다 생각했었는데.

　파르르 떨리는 한숨과 함께 커다랗고 짙은 선글라스 밑으로 또르르 눈물방울이 떨어졌다.

　그 뜨거운 느낌에 감상에서 빠져나온 그녀는 손등으로 물기를 싹 걷어내며 시선을 돌렸다. 때를 맞추어 희서의 앞으로 미끄러지듯 들어와 세워지는 검은 차는 이곳이 한국임을 절실하게 느낄 수 있도록 해주었다.

　처음 보는 젊은 기사는 그녀의 앞으로 뛰어와 고개를 숙여 보였다. 희서는 그를 향해 애써 미소를 지으며 열린 문으로 몸을 밀어 넣었다. 모처럼 누려보는 안락함은 이것에서 탈출하려고

만 했던 예전과는 달리 반갑게까지 느껴졌다.

"좋으네요."

눈을 감고서 시트의 감촉을 음미하던 그녀는 문득 기사를 향해 말을 건넸다.

"네?"

상대의 의아한 물음에 희서는 그저 입매를 기울여 웃을 뿐이었다.

그 후 빈소가 마련된 구기동의 자택으로 향하는 동안 그녀는 한 번도 입을 열지 않았다. 룸미러를 통해 자신을 틈틈이 관찰하는 기사의 시선이 느껴졌지만, 차창에 고정한 시선을 돌리지도 않았다.

세월의 흐름에도 변함없이 서 있는 대저택의 낯익은 모습들이 눈에 들어오기 시작하자, 희서는 상체를 바로 세우며 두 손에 힘을 주었다. 이제 곧 자신이 맞닥뜨려야 할 현실을 생각하자, 절로 긴장감이 밀려왔다.

아니나 다를까 '상중'이라고 쓰인 등을 단 철제 대문 앞에 진을 치고 있는 기자 무리를 확인하는 순간, 그녀는 입술을 깨물었다. 카메라와 마이크를 든 이들이 그녀가 타고 있는 차를 발견하고서, 미친 듯이 이쪽으로 몰려들고 있었다.

"사장님 일이 알려지고 난 후로 내내 저러고 있습니다. 뭔가 건질 것은 없나 싶어서들…… 하여튼 기자들이란 좋아할 수가 없는 족속들이라니까요."

내내 말이 없던 운전 기사는 차를 거의 에워싸다시피 몰려드는 기자들을 보자 눈살을 찌푸리며 못마땅하다는 듯 말을 꺼냈다. 기자를 싸잡아 비난하는 그의 말에 희서는 씁쓸하게 웃었다. 그녀의 가장 친한 친구인 시아는 누구보다 직업에 대한 프라이드가 높은 기자였다. 아마도 이 말을 듣는 즉시 부르르 떨며 난리칠 친구의 모습을 떠올리자, 절로 웃음이 떠올랐던 것이다.

잠시 후 천천히 미소를 거둬들인 희서는 기자들의 간절한 눈빛과 입 모양을 외면했다.

그녀의 앞에서 점점 높이 올라가고 있는 차고 문을 통해 익숙한 광경이 비춰졌다. 이제 기자들의 웅성거림으로 가득했던 외부 세계는 단절되고, 그녀가 애초에 속했던 세계가 다시 펼쳐지고 있었다.

희서는 떨리는 손으로 선글라스를 벗어 들었다. 가늘게 뜬 그녀의 눈 아래 촉촉한 물기가 어렸다.

영좌 앞에 멍하니 앉아 있던 검은 양복 차림의 남자는 그녀의 등장에 천천히 뒤를 돌아보았다.

한참 동안 상대가 누군지 생각을 하던 희서는 그가 다름 아닌 동생 서혁임을 깨달았다. 떨어져 있던 세월만큼 남동생은 청년에서 남자로 변해 있었다. 밝은 갈색 머리와 한쪽 귀를 장식한 금제 귀걸이는 그의 가라앉은 눈빛과 대조되어 이질적인 느낌을 풍겼다.

"누, 누나……."

울먹이는 음성으로 그녀를 부르며 다가온 동생의 너른 어깨를 희서는 두 팔을 들어 올려 감싸 안았다. 연년생인 그들이었기에 남매라기보다 친구처럼 자라왔다. 그러나 지금 누구보다 자존심 강하고 제멋대로였던 동생은 그녀의 품에서 마치 아이처럼 울고 있었다.

희서는 눈물을 애써 감추며 서혁의 뒤로 자리한 고인의 영정을 물끄러미 바라보았다. 살아생전 좀처럼 보여주지 않던 미소가 드리워진 아버지의 얼굴은 너무도 낯설었다.

"왔구나."

금테 안경 아래 날카로운 눈빛을 숨긴 목소리의 주인공은 사촌 오빠인 주혁이었다. 희서와 서혁은 누가 먼저랄 것도 없이 서로에게서 떨어지며 그를 바라보았다.

십오 년 전 큰아버지 내외가 사고로 세상을 떠난 후, 주혁은 아버지에 의해 거둬져 이 집으로 들어왔다. 그때 겨우 열다섯 살인 소년이었지만, 그의 눈빛엔 지금과 같은 황량함이 가득했었다. 매번 그에게 다가서기 위해 얼마나 노력을 했는지 모른다. 하지만 그것은 생각만큼 쉽지 않은 일이었다.

"오랜만이에요, 오…… 빠."

자신을 뚫어져라 바라보는 주혁의 시선을 피한 희서는 영정을 향해 걸어갔다.

그동안 아무리 떠올리려 해도 생각나지 않던 아버지의 얼굴이 저 유리 뒤에서 웃고 있다. 희서는 향에서 피어오르는 연기 위로 과거의 아픈 기억들이 떠오르자, 입술을 깨물며 자리에 털썩 주저앉아 버렸다.

한때 아버지를 향해 끝간데없이 치닫던 원망의 감정들은 세월의 흐름에 어느새 빛이 바래진 모양이다. 오직 이젠 느낄 수 없는 부정에 대한 그리움으로 인해 그녀의 어깨가 급속도로 무너지고 있었다.

희서는 더 이상 자신을 억제할 수가 없었다. 죽을힘을 다해 참았던 눈물이 결국은 커다란 소리가 되어 터져 나오고 말았다. 희서는 그녀는 어깨를 쥐며 곁에 앉는 서혁의 손길에도 꿈쩍하지 않은 채 울고 또 울었다.

"누나, 울지 마. 내가 똑같이 되갚아줄 거야. 아버질 이렇게 만든 그 자식…… 절대로 용서하지 않아!"

비장한 어조로 내뱉어진 뜻 모를 말에 희서는 젖은 뺨을 들어 동생을 보았다. 마르고 초췌한 서혁의 얼굴엔 증오가 들끓고 있었다.

"뭐? 너 그게 무슨 말이야?"

"누난 그럼 아버지가 아무런 이유도 없이 자살을 택하셨을 거라 생각했어?"

팔 위로 뭔가가 스멀스멀 기어가는 듯한 불길함이 피어올랐다. 동생에게 뭔가를 더 물어보고 싶었지만, 두려워서 입을 뗄

수조차 없었다. 흔들리는 그녀의 눈빛을 보며 서혁도 더 이상 말을 잇지 않았다.

밖에서 들려온 사람들의 웅성거림에 이어 현관문이 열리며 기분 나쁜 습한 공기가 밀려들었다.

매무새를 가다듬으며 일어나는 서혁을, 눈물을 닦으며 희서가 뒤따랐다. 나란히 선 남매의 시선이 입구를 향했다. 그들의 눈앞에 나타난 반듯한 생김새의 점잖은 남자는 정중하게 고개를 숙여 예의를 갖추었다.

곧 영좌 앞으로 다가올 것이라는 그들의 예상을 깨고, 그는 밖을 향해 돌아섰다. 마치 안내하는 듯한 그의 손짓에 따라 성큼 안으로 들어서는 이는 상관으로 보이는 위압적인 몸집의 사내였다. 굳은 입매와 깎아지른 듯한 콧날이 주는 익숙함에 놀란 나머지 희서는 눈을 가느다랗게 뜨며 키 큰 남자를 살펴보았다.

부하를 향해 뭐라고 작게 소곤거린 남자는 천천히 그들을 향해 몸을 돌렸다.

환영이라 여기기엔 너무도 명확한 형체를 한 얼굴이 그곳에 있었다. 죽어버렸다 생각했던 심장이 그를 보자마자 미친 듯이 뛰기 시작했다.

기, 기태 선배……?

그러나 상대의 눈동자에는 북풍 같은 한기만이 가득할 뿐 한 치의 흔들림도 엿보이지 않았다. 희서는 떨리는 두 손으로 입을 가리며 힘없이 고개를 내저었다.

말도 안 되는 상상이야. 그는 칠 년 전에 죽었어. 이미 오래전에 내 곁을 떠났다고.

희서는 소리없는 중얼거림으로 상대를 바라보기만 하느라, 갑자기 숨을 훅 들이키며 그를 향해 돌진하는 서혁을 미처 막지 못했다.

"당신이 무슨 낯짝으로 여길 와! 썩 꺼져!"

남자의 멱살을 잡아챈 서혁은 고래고래 소리를 질러댔다. 곁에 있던 주혁이 뒤에서 붙잡긴 했지만, 마치 성난 황소처럼 동생은 과격한 행위를 멈추지 않고 있었다.

조용히 이야기를 나누고 있던 조문객들의 흥미롭다는 시선이 그들을 향해 쏟아졌다. 주변을 둘러보던 주혁이 서혁을 향해 작게 무슨 말을 중얼거리자, 동생의 긴장되었던 몸에서 일순 힘이 쭈욱 빠져나갔다.

"잠시 실례하겠습니다."

여전히 상대를 죽일 듯 노려보고 있는 서혁을 끌고서, 주혁은 이층으로 가는 계단을 올랐다. 그들의 모습을 지켜보느라 희서는 남자가 이미 분향과 절을 마친 후, 자신을 바라보고 있다는 것을 알아채지 못했다.

사람들의 관심이 하나둘 그들에게서 멀어져 갈 때쯤, 희서는 두려움 섞인 눈으로 그를 돌아보았다. 홑꺼풀의 날카로운 눈매를 가까이서 마주 대한 순간, 아찔한 현기증이 밀려와 희서는 잠시 균형을 잃고 비틀거렸다. 하지만 그는 그런 그녀를 그저 묵묵히 쳐다보기만 할 뿐 잡아주지도, 걱정스런 말 한마디를 건네지도 않았다.

설마 하니 그일 리가 없다고, 지독히도 닮은 또 다른 사람일 것이라고 자위하면서 희서는 고개를 들지 않았다. 거의 다 잊었다고 생각했던 과거를 떠올리게 만드는 상대를 보고 싶지 않았다.

돌아서고 싶었지만, 발이 떨어지지 않았다. 서혁을 대신하여 인사말을 건네고 싶었지만, 말이 나오질 않았다.

뻑뻑한 목구멍으로 침을 삼키던 그녀의 머리 위로 남자의 뜨거운 입김이 내려앉았다.

"설마 내 얼굴도 잊어버린 건가?"

무언가 심장을 쿡 하고 깊숙이 찔러왔다.

번쩍 고개를 쳐들어 그를 바라본 희서는 쉴 새 없이 떨리는 입술로 인해 어떤 말도 하지 못했다. 최고급 양복 차림을 한 흠잡을 데 없는 사업가의 모습 위로, 허름한 청바지 뒷주머니에 손을 찔러 넣으며 미소 짓던 청년의 얼굴이 떠올랐다.

진실이라고 믿어왔던 그녀의 세계가 허상이었음을 깨닫는 순간, 칠 년간 고이 쌓아왔던 성이 일시에 무너졌다. 무너진 성벽 사이로 햇살 대신 짙은 어둠이 스며들어 그녀를 잠식해 들어왔다.

의식의 끈을 놓아버린 희서는 자신의 몸이 바닥에 닿기 전, 지난 세월 한결같이 그리워하던 이의 품에 안겼다는 사실을 알지 못했다. 그의 눈동자에 드리워져 있던 차가운 막이 잠시 동안 걷혔다는 사실도.

묵직한 두통과 함께 눈을 뜬 희서는 비록 오랫동안 비워두긴 했지만, 여전히 낯익은 천장의 광경에 안도감을 느꼈다. 지난 이십 년 동안의 기억을 묻은 그녀의 방이었다.

한숨과 함께 자리에서 몸을 일으켜 침대 머리에 등을 기댄 그녀는 방을 둘러보았다. 순백색의 가구들로 꾸며진 내부 광경은 칠 년 전과 변함이 없었다. 방 안 여기저기를 차례대로 훑어보던 희서의 시선을 창가에서 휘날리는 아이보리 색 커튼이 사로잡았다.

갑작스런 한기를 느낀 그녀는 창문을 닫기 위해 바닥으로 발을 내디뎠다. 그러나 곧 스르륵 하는 소리에 이어 커튼이 가라앉고, 한 남자의 모습이 시야 속으로 들어오자 움직임을 멈추고 말았다.

"선배……."

이번에도 꿈인 줄 알았는데, 지난 세월 동안 수천 번 반복되어 온 악몽인 줄 알았는데.

저렇듯 당당한 태도로 자신의 앞에선 그는 그녀의 첫사랑이자 마지막 사랑인 기태가 분명했다. 살아생전 다시는 볼 수 없을 것이라 생각했던 그가 그녀의 눈앞에 서 있었다.

희서는 복받치는 감정을 억누르지 못하고 자리에서 일어나 그에게로 걸어갔다. 미동도 없이 서서 그녀를 바라보기만 하는 그였지만, 상관없었다. 예전처럼 그녀가 가면 되는 일이었으니까.

그녀는 떨리는 손을 그의 얼굴로 가져갔다. 만져 보고, 확인해 보고 싶었다. 하지만 그것은 손목을 움켜쥐는 강한 힘에 의해 제지당하고 말았다. 그에게로 가까이 끌어당겨진 희서는 눈앞에서 냉소를 머금고 있는 남자를 그저 멍하니 바라볼 따름이었다. 영원히 열리지 않을 것 같던 입술에서 비웃는 듯한 음성이 비집고 나와 그녀의 살갗에 소름이 돋도록 만들었다.

"죽은 줄 굳게 믿었던 남자가 버젓이 살아 있는 걸 눈으로 확인했으니, 놀랄 만도 하지. 하지만 의외야, 너같이 강심장인 여자가 기절까지 할 줄이야. 훗."

"무, 무슨 말을 그렇게 해요. 선배가 죽었다는 소식을 듣고 내가 얼마나…… 얼마나……."

그때의 처절했던 상황이 떠오르자, 눈물이 복받쳐 올라 희서는 말을 잇지 못했다. 하지만 그런 그녀를 보고서도 기태는 눈썹 하나 까딱하지 않았고, 도리어 잡은 손목을 홱 밀쳐 냈다. 그 바람에 침대 기둥에 다리를 부딪친 희서는 외마디 비명과 함께 매트리스에 주저앉고 말았다.

"그래서…… 기다렸다는 듯이 다른 남자와 결혼을 했나?"

주머니에 손을 찌른 채 그는 창밖을 내다보고 서서, 잇새로 내뱉듯 물었다. 누군가 숨통을 조르는 듯한 기분이었다. 그들에게는 아주 많은 시간이 필요했다. 서로를 이해하고, 이해시킬 만한……. 희서는 격하게 오르락내리락하는 가슴을 진정시키며 겨우 대답할 수 있었다.

"그건……."

그때 방문이 벌컥 열리며 성난 표정의 서혁이 들어섰다. 눈높이가 비슷한 두 남자가 내뿜는 냉기와 화기가 희서의 방 안을 가득 메우고 돌았다.

"여기서 뭘 하는 거지? 당장 꺼지라고 말했을 텐데?"

아까 일층에서와는 달리 서혁은 비교적 자신을 잘 억누르는 모습이었다. 희서의 눈길은 부르르 떨리는 동생의 꼭 쥔 주먹을 향해 떨어졌다.

마치 이 상황을 즐기는 듯한 여유로운 기태의 음성이 희서의 귓가를 파고들었다.

"네 누나와 옛 이야기를 나누는 중이었다."

"뭐?"

서혁의 이글거리는 눈동자 앞에서 희서는 불안하면서도 의아했다. 설마 하니 동생이 그들의 관계에 대해 알 리가 없는데, 그렇다면 도대체 저 아이가 기태에게 저렇듯 공격적인 태도를 취하는 이유는 뭘까. 어떻게 물어야 할지 생각을 정리하는 와중 높다란 서혁의 다그침이 터져 나왔다.

"누나, 저 자식 알아? 아냐고!"

"서혁아!"

"젠장, 아버지가 누구 때문에 그렇게 되셨는데! 저 작자랑 한 공간에서 숨을 쉰다는 것 자체도 싫어! 역겹다고!"

서혁의 울부짖음에 희서의 머리 속이 멍해져 왔다. 그녀는 시트를 움켜쥐며, 서혁과 기태를 번갈아 바라보았다.

"서혁아, 그게 무슨 말이야? 선배…… 뭐라고 말 좀 해봐요!"

그럴 리가 없다. 설마…… 그가 그녀에게 이렇듯 비수를 들이댈 리가 없다. 희서는 기태에 대한 믿음을 저버리지 못한 채 간절한 눈빛으로 애원했다. 그러나 단호한 그의 한마디는 그녀의 가슴속에서 자라던 희망의 싹을 무참히 짓밟아 버렸다.

"선택은 네 아버지가 한 거다."

무미건조한 눈빛과 말투에는 어떤 감정도 깃들어 있지 않았다.

시트를 사이에 쥐고 있음에도 손바닥으로 손톱이 파고드는 아픔이 고스란히 전달되었다. 죽었다 생각했던 옛 연인을 다시 만났다는 데서 오는 기쁨은 이제 저만치 밀려나고, 차갑게 변해버린 그를 향해 증오의 감정이 끓어올랐다.

그녀는 그토록 그를 사랑했건만, 무엇에 단단히 비틀린 기태는 아버지를 죽음으로까지 몰아갔다. 자리에서 벌떡 일어난 희서는 그에게로 성큼성큼 다가갔다.

온몸을 부들부들 떨면서도 그녀는 턱을 치켜들어 그의 눈빛을 고스란히 받아냈다. 격한 숨결 사이로 숨죽인 음성이 새어나왔다.

"용서하지 않아."

그러나 기태는 입가를 기울여 마치 비웃는 듯한 웃음을 흘릴 뿐이었다. 그녀에게 몸을 기울이는 그에게선 위협적인 기운이 풍겼지만 희서는 물러서지 않았다.

"착각하지 마. 용서는 네 몫이 아니야."

귓가에 악마의 속삭임이 들려왔다.

움찔하려는 자신을 다잡은 희서가 뭐라 대꾸하기도 전에, 기태는 몸을 돌려 방을 빠져나갔다. 인사말은커녕, 발자국 소리도 없는 고요한 퇴장이었다. 그와 동시에 자리에서 무너져 내리던 희서는 서혁의 부축을 받아 겨우 버틸 수 있었다. 그녀의 혼란스런 눈동자는 오래도록 닫힌 문을 향하고 있었다.

내일 오전 있을 발인제를 생각하면 일찍 자리에 들어야 했지만, 희서는 밤이 깊도록 잠을 이루지 못했다. 이젠 시작도 끝도 알 수 없이 잔뜩 엉켜 버린 실타래를 풀 수 있는 방법은 없는 듯 보였다. 날이 선 가위로 그것을 끊어내는 방법밖에는.

"벌써 오래전부터 서림의 숨통을 조이기로 작정을 했던 거야. 그렇지 않고서는 비밀리에 그렇게 많은 주식을 사들일 수 있을 리가 없잖아. 개자식…… 도대체 우리 집안이랑 무슨 원수를 졌길래……."

기태가 떠나고 나서 한참 동안 이어진 서혁의 말이 머리 속에서 뱅글뱅글 맴돌고 있었다.

이리저리 몸을 뒤척이며 한숨을 내쉰 그녀는 기태와 얽힌 생각을 돌리기 위해 애를 썼다. 그러나 그에게서 점차 비껴난 영상은 기태를 지독히도 닮은 작은 얼굴로 바뀌어갔다.

아들 희원을 생각하면 늘 행복했었지만, 사신이 되어 돌아온 기태의 존재가 만들어낸 그림자로 인해 지금은 마음이 무거웠다. 희원의 목소리를 들으면 왠지 기태가 떠오를 것 같아 두려웠다. 하지만 자신의 전화를 손꼽아 기다리고 있을 아들의 모습을 결국 외면하지 못하는 희서였다.

스탠드의 불빛 아래 비춰 본 탁상시계의 바늘이 새벽 두 시를 조금 넘어서고 있었다. 돌아가지 않는 머리로 서울과 뉴욕을 시차를 겨우 계산한 희서는 고개를 끄덕인 후 자리에서 몸을 일으켰다. 그녀는 가부좌로 앉아 곁에 놓인 무선 전화기를 집어 들었다.

[Hello.]

잠에 잔뜩 취한 시아의 음성이었다.

아참, 뉴욕은 아직 일요일이었지…….

희서는 순간적으로 미안함을 느꼈다. 〈New York Today〉 신문사의 스포츠부 기자인 친구는 늘 기사거리를 쫓아다니느라 피곤이 쌓여 있었다. 그렇기에 주말이면 엄청난 잠으로써 체력을 보충하는 것이 관례였는데, 자신이 그만 그 숙면을 방해하고만 것이다.

“미안, 자고 있었구나?”

[어…… 야! 너 뭐 하다 이제 전화를 해? 궁금해서 돌아가시는 줄 알았잖아.]

그제야 정신이 든 듯 평소의 또랑또랑한 목소리를 내는 시아였다. 희서는 기태와 그녀의 관계를 알고 있는 두 친구 중 한 명인 시아에게 모든 사실을 털어놓고 싶었다. 하지만 지금은 전화상으로라도 희원의 존재를 느끼는 것이 더욱 급했다.

[어유. 알았다, 알았어. 네 아들 바꿔달라 이거지? 안 그래도 옆에서 해바라기 하고 있어. 자! 원아, 너 받아봐.]

수화기가 옮겨지는 소리에 이어, 비교적 밝은 희원의 부름이 귓가를 파고들었다.

[엄마, 엄마! 지금 어딨어요?]

“엄마? 한국이지. 원이한테 어제 다 얘기하고 왔잖아. 기억하지? 엄마 몇 밤만 자고 금방 간다고 했잖아. 그동안 릴리 이모랑 씩씩하게 잘 있겠다고 약속한 거 잊어버리지 않았지?”

[그럼요, 내가 뭐 어린앤가. 내년이면 초등학생이 될 거라구요.]

올해 일곱 살이 된 아들 희원은 이름 그대로 그녀의 삶에서 기쁨의 근원이었다. 작은 입술을 못마땅한 듯 내밀고 있을 아들의 모습이 눈에 선해 희서의 가슴 언저리가 뻐근해져 왔다. 희원이 태어난 후, 두 사람이 떨어져 있는 것은 이번이 처음이었다. 그렇기에 단 하루도 못 되어 이렇게 아이가 보고플 줄은 정말 몰랐다.

[참, 엄마. 어제 테니스 아저씨가 또 왔었어요. 내가 좋아하는 장난감 잔뜩 사가지고 와서는 한참 놀아주고 갔어요.]

곁에서 시아의 높다란 고함 소리가 얼핏 들려왔다.

[야, 이희원! 너 왜 이제야 그런 말을 해! 어제 이 이모한텐 일언반구도 없었잖아! 너 일부러 말 안 한 거지. 응? 이 못된 녀석!]

윔블던의 핀업 가이 '이언 맥클라인'. 그는 시아의 특종 대상 1호였다. 그와 관련된 일이라면 친구는 벌써 오래전부터 이성을 차리지 못했다.

세계 톱랭킹의 테니스 선수인 그와 희서 모자가 만나게 된 계기 역시 시아의 철저한 사전 계략에 의한 작위적인 만남이었다. 즉 이언이 아이를 무척이나 좋아한다는 것을 알아낸 시아는 희서가 잠시 자리를 비운 사이 희원을 그가 가는 길에 의도적으로 투입시켰고, 아이에게 급작스런 물총 세례를 퍼붓도록 지시했던 것이다. 그리고 시아의 예상대로 이언은 화를 내긴커녕 똘망똘망하게 생긴 동양인 남자 아이에게 당장 매료당해 버렸다. 희서가 현장으로 달려갔을 때 이미 이언과 희원은 친구가 되어 있었다.

그와 희원의 우정이 깊어갈수록, 희서는 사실대로 털어놓을 기회를 노렸지만 쉽지가 않았다. 그에게 차마 플러싱메도의 〈내셔널 테니스 센터〉에서 있었던 일 모두가 릴리언 윤 연출, 채희서&이희원—그녀는 원치 않았지만—출연의 연극이라는 것을 말할 수가 없었다.

희원과 이언이 워낙 죽이 잘 맞는 사이이기도 하였거니와 그녀 역시 그가 보이는 관심과 호의적인 행동들이 싫지 않았던 것이다. 혹여나 자신들이 그에게 고의적으로 접근하였다는 것을 알고, 이언이 돌아서는 일 따위는 막고 싶었다. 그로 인해 소중한 아들 희원이 상처받는 것은 원치 않았다. 단지 그것뿐이었다.

[그런데 아저씨가 말이야, 엄마는 어딜 갔냐고 계속 물었어요. 한국에 갔다 그러니까 왜 갔냐 그리고, 누구를 만나러 갔냐 그러고…….]

그녀가 생각에 잠긴 사이 한껏 들뜬 목소리로 희원은 말을 이었다. 얼마 전 이언을 아빠 삼았으면 좋겠다고 조심스레 이야기를 꺼냈던 아들의 표정이 떠올라 희서의 마음이 착잡해졌다.

원이에게 뭐라고 얘기하면 좋을까. 죽은 줄 알았던 아빠가 알고 보니 살아 있었다고. 그런데 그는 우리가 꿈꾸던 그런 사랑을 줄 수 없는 사람이라고. 과연 내가 얘기할 수 있을까.

그녀는 잔혹한 진실을 목구멍 깊숙이 밀어 넣으며, 애써 밝은 목소리를 냈다.

"원아, 아저씨랑 잘 지내는 건 좋은데, 너무 귀찮게 해드리진 마. 알지?"

[네.]

이렇듯 순순히 대답할 때의 희원이 얼마나 귀여운지, 얼마나 사랑스러운지…… 희서는 아들을 보고픈 마음을 억누를 길 없어 수화기를 든 손에 힘을 꼭 주어 잡았다.

"점심 먹었니?"

[이제 먹으려구요. 엄마! 내가 김치 볶음밥 만들었어.]

샌드위치나 스테이크 같은 서양식 음식을 좋아하지 않는 아들이었다. 그것은 그녀가 아는 한 남자와 너무도 닮아 있어 처음엔 섬뜩할 정도로 놀라기도 했다. 하지만 지금은 마음이 아팠다. 싫어하는 음식 앞에서 짓는 두 사람의 같은 표정이 그녀를 아프게 했다.

후닥닥 하는 소리와 희원의 투정 섞인 비명에 섞여 시아의 중얼거림이 들려왔다. 아마도 아이에게 단단히 입 조심을 시키는 모양이다. 다급히 수화기를 빼앗아 든 친구의 목소리는 잔뜩 격앙되어 있었다.

[희, 희서야! 안 그래도 지금 일어나서 뭐라도 만들어주려고 그랬어. 근데 희원이가 그새를 못 참고 부엌에 들어갔나 보다. 에이, 내가 설마 네 아들을 굶기기야 했겠니?]

잔소리 듣는 것을 죽기보다 더 싫어하는 시아였기에 희서는 속내에 있는 말들을 꾹 눌러 참았다. 대신 그녀는 간절함이 실린 어조로 이런저런 부탁을 늘어놓았다.

"월요일부터 희원이 유치원 늦지 않게 데려다 주는 건 절대 잊으면 안 돼. 그리고 너 일 때문에 늦으면 꼭 늦는다고 제니퍼

한테 전화해 줘. 걔가 희원이 보는 일만 하는 게 아니라 야간 아
르바이트도 뛰나 보더라구. 참, 빨래 많으면 세탁기 가끔 멈추
거든? 돌아가는 중간에 점검해 줘야 해. 오래돼서 그런지 A/S
받아도 잘 안 되네."

[야, 야! 넌 아버지께서 돌아가셨는데도 그 잔소리는 여전하
다? 걱정 말고, 상이나 잘 치르고 와.]

"고마워, 시아야."

나름대로 시아가 노력하고 있다는 것을 알기에 희서는 미안
하고 또 고마웠다. 비록 덜렁이 친구였지만, 지금은 희원의 곁
에 시아라도 있어서 아니, 희원의 곁에 있어주는 이가 그 누구
도 아닌 시아라서 정말 다행이라는 생각이 들었다.

[이크, 네 아들 또 부엌으로 달려갔다. 아무래도 난장판이 벌
어져 있지 싶어. 나중에 전화하자.]

"그, 그래."

대답이 끝나기도 전에 '뚜뚜' 소리를 내고 있는 수화기를 희
서는 희미하게 웃는 낯으로 내려놓았다. 어제까지 자신이 이렇
듯 밝은 이들과 함께 있었다는 것이 믿어지지가 않았다. 이기적
인 생각이지만, 하루라도 빨리 일이 해결되어 이 지옥에서 탈출
하고 싶었다. 어서 빨리 희원이 기다리는 보금자리로 돌아가고
싶었다.

하지만 곧이어 머리 속을 스치는 아버지와 서혁, 그리고 기태
의 영상은 희서의 발목을 잡아당기는 늪 같았다. 그녀는 더 이

상 생각을 이어가지 않기 위해 머리끝까지 이불을 뒤집어써 보
았지만 허사였다. 눈물이 베갯잇을 흠뻑 적시고, 그것이 다시
뺨을 축축이 적셔올 때쯤에야 희서는 겨우 잠을 이룰 수 있었
다.

뼈 단지를 납골당에 안치하고 돌아오는 길, 이상하게도 눈물
이 나지 않았다.

그저 멍한 시야 속에는 한 자락 그늘없이 환한 웃음을 짓고
있는 아버지의 사진만이 연신 떠오를 뿐이었다. 기태와의 재회
이후 아버지의 죽음에 대한 슬픔보다 더 큰 낯선 죄책감이 그녀
를 사로잡고 있었다.

내가 그를 만나지 않았다면, 내가 그를 사랑하지 않았다면 그
래도 오늘날의 이런 일이 벌어졌을까.

차라리 그가 이 세상 사람이 아니었다고 생각했을 때가 좋았
다. 마음대로 그리워할 수 있었고 미화시킬 수 있었으니까. 다
시 만난 그는 그녀가 알던 강기태가 아니었다. 그녀가 사랑했던
그 사람이 아니었다. 살아생전 기대하지 못했던 뜻밖의 재회는
그녀에게 절망감만을 안겨주었다.

왜 그렇게 변했는지. 왜 아버지를 이렇게 몰고 갈 수밖에 없
었는지. 왜, 왜 살아 있으면서도 여태 그녀 앞에 모습을 드러내
지 않은 것인지 모든 것이 의문스러웠다. 희서는 점점 그에게로
내달음치는 마음의 끈을 조이기 위한 방편으로 입술을 깨물었

다. 이유야 어찌 되었든 그로 인해 내 아버지가 세상을 등졌고, 내 동생이 상처를 입었다. 그것만으로도 용서할 수 없다.

초우(初虞)를 마치고 친지들이 모두 돌아간 거실에서 최 변호사가 유언장을 낭독해 주었으나 그녀의 귀에는 제대로 들리지 않았다. 대충 아버지는 당신 소유의 지분을 서혁과 그녀, 그리고 주혁에게 양도하고, 나머지는 재산은 사회 복지 단체에 기증한다는 유언을 남겼다는 그런 내용이었던 것 같다. 생전의 채신호 사장다운 냉철한 결정이라고 생각할 뿐 그녀는 그 결정에 이렇다 할 불만도, 만족도 느낄 수가 없었다.

마침내 최 변호사와 주혁마저 가버리자 거실에는 적막감만이 가득했다. 서혁과 희서는 한동안 각자의 생각에 사로잡혀 서로를 바라보지 않았다. 마침내 수염이 자란 얼굴을 손으로 쓸며 서혁이 먼저 침묵을 뚫었다.

"누나, 사십구재가 끝날 때까지만이라도 한국에 머물 수 없어?"

애써 아닌 척했지만, 간절한 바람이 서린 음성에 희서의 가슴이 아려왔다. 이제 힘겨운 짐을 지고 홀로 가야 할 동생 곁에 있어주고 싶지만, 한 달 이상 휴가를 쓸 수 없는 노릇이었다. 백화점의 디스플레이 디자이너라는 직업은 희서에게 희원 다음으로 삶의 중요한 의미였기에 포기하고 싶지 않았다.

"미안해."

"아니, 뭐 난 그냥…… 혹시나 싶어서 물어본 거야."

진지한 그녀의 사과에 서혁은 당황한 기색을 감추지 못하며 자리에서 일어났다. 그리고 그는 마치 혼잣말처럼 중얼거리며 욕실로 향했다.

"나 좀 씻을게."

동생의 등이 오늘따라 유난히 넓게 느껴졌다.

희서는 서혁의 뒷모습이 욕실문 저편으로 사라질 때까지 지켜보다가 갑자기 울리는 전화벨 소리에 고개를 돌렸다. 좀 전까지 서혁이 앉아 있던 자리로 옮겨온 희서는 수화기를 집어 들었다.

"네."

[아가씨? 저 박 비서입니다.]

반가움에 잠시 누그러졌던 희서의 표정은 이어진 박 비서의 다급한 음성에 굳어졌다.

[이사님 계십니까? 휴대폰을 안 받으셔서요.]

"지금 샤워 중인데, 급한 일인가요?"

희서는 욕실 쪽을 힐끔거리며 되물었다. 수십 년간 침착하게 자신의 아버지를 보필해 온 박 비서가 이렇게 서두는 것은 처음이었기에 희서의 마음은 불안하기만 하였다. 안 되겠다 싶어 그녀가 소리쳐 동생의 이름을 부르려는데, 때마침 여전히 건조한 모습의 서혁이 다시 거실로 나왔다. 긴장이 풀려 있던 서혁의 표정은 그녀의 눈빛을 보는 순간, 일시에 찌푸려졌다.

"박 비서 아저씨야."

눈으로 묻는 동생에게 희서는 수화기를 넘겨주며 속삭였다. 거의 전화기 선을 뽑아버릴 듯 거칠게 받아 든 서혁은 그녀 옆의 소파에 소리가 나도록 주저앉았다.

"무슨 일입니까?"

그 물음 이외에 거의 듣기만 하던 서혁의 입술이 점점 앙다물어지고 있는 것이 한눈에도 보였다. 희서는 불안감으로 두 손을 꼭 잡으며 동생과 전화기를 번갈아 응시할 뿐이었다.

"알았습니다. 곧 가죠."

전화 통화를 끝낸 서혁은 접혀 있던 셔츠 소매를 내리며 다시 일어났다. 외투를 집어 들고 성큼성큼 현관으로 걸음을 옮기는 그의 뒤를 희서는 더 생각할 것도 없이 뒤쫓았다.

"이 시간에 어디 가? 무슨 일인데?"

신발을 신고서 뒤돌아본 동생의 얼굴은 놀랍도록 어른스러워 보였다. 밴드 활동을 한답시고 온갖 기행을 일삼던 날라리 채서혁의 흔적은 염색한 머리와 뚫린 귓불 이외에는 보이지 않았다. 그녀보다 낮은 곳에 서 있지만, 그래도 여전히 올려다보아야 하는 동생은 몸뿐 아니라 마음까지 훌쩍 커버린 듯싶었다. 그녀를 보는 눈빛 역시 예전과는 달랐다.

"먼저 자, 못 들어올지도 몰라. 내 걱정은 말고……."

"서혁아!"

애타는 그녀의 부름을 외면한 서혁은 주머니에서 꺼낸 열쇠를 흔들어 보이며 그저 씨익 웃었다.

"아버지 몰래 이 집 드나들기 위한 필수품 중 하나. 그러니까 괜히 나 기다리지 말고 자라구. 에이, 그런 걱정스런 표정 누나한테 안 어울린다. 하던 대로 해, 하던 대로. 간다."

그녀에게 더 물을 기회를 주지 않고 서혁은 사라져 버렸다. 희서는 입구에 기대어 한숨과 함께 눈을 감았다. 집으로 돌아오게 된 그 순간부터 그녀는 한동안 잊고 있던 불안과 걱정, 그리고 슬픔이란 감정을 다시 익혀가고 있었다.

처음엔 어딘지 무심해 보이는 듯한 저 눈빛이 좋았다. 그는 다른 사람들과는 틀린 시선으로 자신을 봐줄 것 같은 묘한 느낌에 설레어했었다.

하지만 시간이 갈수록 그것은 그녀 혼자의 바람이었고 착각이었다는 것을 깨달았다. 그 역시 자신을 봐줄 거라 기대하고, 매일매일을 한결같이 기도했지만 그런 일은 일어나지 않았다. 하지만 준경은 이대로는 포기하지 않을 작정이었다. 그녀를 사랑하지 않아도 좋았다. 곁에만 있어준다면…… 자신이 놓아주지 않는 이상 그가 떠날 수 없다는 사실이, 그나마 그녀를 불안에 떨지 않을 수 있게 만들어주었다.

노트북의 화면만을 열심히 들여다보고 있는 기태의 모습을, 벌써 두 시간째 준경은 소파에 앉아 감상하는 중이었다. 다른 이들이라면 지루하고 짜증날 법도 하겠지만, 그 누구도 아닌 그녀가 사랑하는 그녀의 남자이기에 충분히 기다릴 수 있었다.

또다시 시간이 흐르고, 마침내 그가 고개를 비껴 손목시계를 들여다보았다. 옅은 한숨과 함께 자리에서 몸을 일으키던 기태의 시선이 그녀에게로 머물렀다. 순간 수정 같은 눈동자가 흔들렸고, 그것에 일말의 만족감을 느끼는 준경이었다.

"이제 끝났어요?"

"아직 안 갔어?"

그들의 말이 거의 동시에 터져 나왔다. 그녀의 집요한 눈빛을 피한 기태는 책상에서 돌아나왔다. 그녀 앞에 선 그의 반듯한 미간에 옅은 주름이 생겼다.

"저녁도 거르고 여기 이러고 있었던 거야?"

"기태 씨도 안 먹었잖아요. 도시락이라도 사 오려고 했는데, 당신 일할 때 방해받는 거 싫어하잖아요. 그래서……."

다소곳이 눈을 내리깔며 말하는 그녀를 기태는 예의 그 덤덤한 표정으로 바라보기만 했다. 벌써 육 년 넘게 그를 알아왔지만, 여전히 생각을 읽을 수 없는 남자였다. 그래서 끊임없이 그에게 매력을 느끼는 건지도 몰랐다.

"나가지."

그가 움직이기 전에 준경은 재빨리 옷걸이에서 양복 상의를 들어 두 팔을 벌리고 섰다. 잠시 머뭇거리던 기태는 다행히도 그녀의 손을 뿌리치지 않고 그대로 옷을 받아 입었다. 그가 자신을 거부하지 않았다는 생각에 준경은 환한 미소를 지으며 앞서 걸어가는 기태의 뒤를 종종 따랐다.

　모두들 퇴근한 시간이라 적막한 사내 공기는 기태의 침묵 속에서 더욱 무겁게 내려앉고 있었다. 간부용 엘리베이터에 올라서도 기태는 별다른 말 없이 앞만 보고 섰을 뿐이다. 그와 함께 있으면 얼굴보다 외려 등을 많이 보게 되는 것 같다. 갑작스레 치밀어 오르는 반발심에 준경은 로비로 내려서는 순간, 그의 팔짱을 꼭 꼈다.

　기태의 찌푸려진 미간이 눈에 들어왔지만, 준경은 미소를 지으며 잡은 팔에 더욱 힘을 주었다.

　"여긴 회사야."

　그들을 향해 경례를 붙이는 경비원을 슬쩍 바라보던 기태가 낮은 목소리로 경고했다.

　"뭐 어때요. 우진그룹 내에서 우리 사이 모르는 사람도 있나?"

　천연덕스러운 그녀의 말에 더욱 눈살을 찌푸리던 기태는 갑작스레 몸을 굳히며 팔을 풀어냈다. 그리고 절제된 동작으로 양복 안주머니에서 휴대폰을 꺼내 들었다.

　반짝이고 있는 액정화면이 준경은 반갑지 않았다. 모처럼 그와 함께 있을 수 있는 기회인데, 어김없이 아버지의 호출이 떨어진 것이다. 보지 않아도 확신할 수 있었다. 초조해진 준경은 그의 휴대폰을 빼앗아 들려다가, 돌아서는 기태로 인해 헛손질을 하고 말았다.

　"네, 회장님."

그렇게 피하려고 했지만, 또다시 그의 등을 보고 선 자신의 처지가 한심하게 느껴져 준경은 입술을 깨물었다. 저 등은 날이 갈수록 더욱 견고해지고 높아지는 성벽과도 같았다. 그녀가 절대 정복할 수 없을 것 같은.

야속함과 불안감으로 손을 비틀면서도 준경은 그에게서 절대 돌아설 수는 없었다.

오랜만에 만난 초아는 변함이 없었다.

총기있는 눈동자는 예전과 똑같이 따스한 햇살처럼 그녀를 감싸주었다. 시아와는 이란성 쌍둥이인 그녀였기에 두 사람은 얼굴도 그다지 닮지 않았고, 성격도 전혀 달랐다. 시아가 불꽃이라면, 초아는 촛불이었다. 온 누리를 다 비추고도 남을 정도로 크고 고운.

"미안해, 문상 못 가서……. 사실 대문 앞까지는 갔었는데, 왠지 선뜻 나서질 못하겠더라."

"왔었어? 그럼 들어오지."

희서는 그냥 수줍게 웃고 마는 초아에게 괜히 미안해서 슬쩍 눈을 흘겼다. 그리고 희서가 주스로 칼칼한 목을 축이는 사이, 고맙게도 초아는 화제를 다른 곳으로 돌려주었다. 지금 그녀가 가장 하고 싶지 않은 얘기가 아버지에 관한 것이라는 것을 잘 아는 것처럼.

"시아랑 희원인 잘 있지?"

“그럼. 희원인 요즘 유치원 다니고, 시아는 여전하지 뭐. 기사거리 찾아다니느라 여념이 없어. 주말 외엔 얼굴도 거의 못 볼 정도로 바빠.”

“걔가 튼튼해 보여도, 은근히 부실한데…… 끼니는 제때 챙겨 먹고 다니는지 걱정이다.”

초아는 동갑내기이면서도 시아보다 어른스러웠다. 어렸을 적부터 그랬다.

“미국 언제 들어가니?”

긴 머리칼을 단정히 틀어 올려 드러난 초아의 고운 목선을 바라보던 희서가 잠시 대답을 늦추었다.

“다음 주 월요일 비행기 예약해 뒀어.”

“그렇게나 빨리? 하긴 직장을 무작정 쉴 순 없으니까 그렇겠구나. ……희서야!”

“응?”

그녀를 물끄러미 바라보기만 하던 초아는 탁자 위로 팔을 뻗어 손을 마주 잡아왔다. 차가운 그녀의 손가락에 와 닿는 초아의 손은 너무도 따스했다.

“이참에 너 아주 들어와 살면 안 되겠니? 서혁이가 강한 척해도, 속은 여린 앤 거 네가 더 잘 알잖아. 게다가 내년이면 희원이 초등학교도 들어가야 하고. 아예 희원이 데리고 한국으로 들어와.”

초아의 말은 그녀에게 또 다른 대안을 제시해 주었다. 하지만 희원을 데리고 한국에 아주 들어오는 것은 아무리 생각해도 마음이 편하지 않았다. 그녀를 보던 기태의 증오에 찬 눈빛이 떠올라 소름이 돋아났다.

파르르 떨리던 그녀의 입술이 저절로 벌어졌다.

"초아야, 나 어제…… 그 사람 만났어. 믿을 수 없는 일이지만, 정말이야. 그 사람…… 죽은 게 아니더라. 살아 있었어."

목소리가 절로 떨려 나왔다. 그녀의 손을 잡은 초아의 손등 위로 물방울이 후드둑 떨어지고 말았다. 여간해서는 평온한 표정을 잃지 않는 초아의 얼굴이 잔뜩 일그러졌다.

"뭐? 너 지금 무슨 말을 하는 거야. 그 사람이라니? 설마…… 설마…… 희, 희원이 아빠?"

터져 나오는 울음을 참지 못해 입술을 깨물며 희서는 고개만 끄덕였다. 말을 내뱉으면 그 즉시 소리 내어 엉엉 울어버릴 것만 같았다.

"세상에…… 어떻게 그런 말도 안 되는 일이 있니."

잡은 손에 힘을 주는 초아의 목소리도 심하게 떨려 나오고 있었다. 코를 훌쩍이는 소리에 이어 초아는 그녀의 손을 놓으며 물러났다. 똑같이 고개를 떨군 두 여자 사이에 한참 동안 적막감이 흘렀다. 떨리던 몸에 진정된 기운이 느껴지자 희서는 초아에게 그간 그녀도 모르게 진행되어 온 일들을 비교적 소상하게 털어놓을 수 있었다. 말을 마친 후 고개를 든 희서의 시야 속에 커다랗게 확대된 초아의 눈동자가 보였다.

"그 남자…… 제정신이 아니구나? 게다가 우진그룹의 사장이라니? 예전에 네 아버지가 그를 반대한 건 집안이 기운다는 이유 때문이 아니었어?"

희서는 힘없이 고개만 내저을 뿐이었다. 어찌 된 것인지 그녀도 영문을 모르는 일이었기에.

칠 년 전, 그리고 그 후로 일어난 어떤 일들이 기태를 바꿔놓은 듯싶었는데, 그것에 관해 도무지 짐작되는 바가 없었다.

"그래서…… 이제 어쩔 건데? 그냥 이대로 방관만 할 작정이야? 그가 서림을 통째로 집어삼키도록? 그리고 희원의 존재는?"

"솔직히 어떻게 해야 좋을지 모르겠어. 머리가 너무 복잡해."

한숨을 내쉬는 그녀에게 뜻밖에도 초아의 단호한 충고가 날아들었다.

"피한다고 될 일이 아닌 것 같아. 한시적으로라도 출국은 미루는 게 어때?"

희서의 의아한 눈길 앞에서 초아는 곁에 두었던 가방을 뒤적여 명함 한 장을 꺼내 들었다. 탁자 위에 소리없이 놓여진 작은 종이에 희서는 시선을 떨구었다. 뭐냐라는 뜻을 담은 그녀의 눈빛 앞에서 초아는 상기된 얼굴로 설명했다.

"재원 선배 연락처야."

"그런데…… 이걸 왜……?"

그녀보다 삼 학번 위인 같은 과 선배 재원은 초아의 오래된 연인이었다. 그런 그의 전화번호를 갑자기 건네는 초아가 의아하여 희서는 눈을 가늘게 떴다. 수줍은 미소만 머금고 있는 초아를 물끄러미 응시하던 희서는 다시 명함을 내려다보았다. 그제야 그것에 박힌 작은 글자가 시야에 들어왔다.

〈디스플레이 전문업체 '가시(GACI)' 대표 심재원.〉

"선배 사무실 냈구나?"

"응. 혹시나 싶어서 네 얘기 꺼냈더니, 너만 O.K 한다면 자기는 좋다고 그러더라. 안 그래도 패션 쪽에 전문가가 필요하다면서…… 꼭 뉴욕의 유명 백화점이 아니더라도 일은 얼마든지 할 수 있어. 어때?"

늘 고요하고 단정하여 안정감을 주던 초아가 처음으로 그녀를 뒤흔들고 있었다. 희서는 주스 잔을 멍하니 바라보다가 고개를 들어 친구를 보았다. 그녀의 얼굴에 어린 단호함이 자신까지 물들이는 듯싶었다.

"생각해 볼게."

그녀의 대답에 초아의 동그스름한 얼굴 가득 미소가 퍼져 갔다. 희서 역시 억지로라도 웃음을 지으며 친구에게 동조하는 기색을 보냈다. 하지만 그녀의 속내는 착잡함으로 깊고 아픈 경련을 일으키고 있었다.

　　식탁 위에서 식어가는 음식들을 바라보던 희서는 거실로 나가 다시 서혁의 사무실로 전화를 넣어보았다. 그러나 여전히 회의 중이라는 비서의 앵무새 같은 대답만 들려와 그녀는 전화를 끊고 소파에 앉았다.

　　어제 초아와 했던 이야기들이 끊임없이 머리 속을 맴돌았다. 희서는 앞치마 주머니에 손을 찔러 넣어 조금 구겨진 명함을 집어 들었다. 그것에 적힌 글자들이 마치 춤을 추며 손짓을 하고 있는 듯한 착각이 들었다. 그녀는 종잇조각을 구기다시피 다시 제자리에 넣으며 전화기를 바라보았다.

　　조금 전 희원과 통화를 하였으면서도, 또다시 아들의 목소리가 듣고 싶어 견딜 수가 없었다. 자신을 다잡기 위한 방편으로 희서는 TV 리모컨의 버튼을 누르고, 한창 진행되고 있는 드라마에 신경을 집중시키려 노력했다. 그러나 안락한 소파에 기댄 몸 전체로 점차 퍼져 가는 피로감은 그녀의 눈꺼풀을 무겁게 만들었다. 십 분도 채 지나지 않아 희서는 그대로 잠이 들고 말았다.

　　꿈속에서 희원을 만났다. 아이와 풀밭에 앉아 웃고 떠들던 희서는 자신의 머리 위로 드리워지는 검은 그림자에 고개를 들었다. 타오르는 눈빛으로 그들을 굽어보고 있는 남자는…… 새카만 양복 차림의 기태였다. 팔을 뻗으며 점차 가까이 다가오는 그를 피해, 희원을 등 뒤로 숨긴 희서는 다급히 소리를 내질렀다.

“안 돼! 안 돼요!”

꿈인 줄 알고 있으면서도 미칠 듯이 두려웠다. 깨고 싶었지만 쉽게 벗어날 수도 없었다.

악몽에서 오랫동안 헤엄치고 있던 희서는 자신을 흔들어 깨우는 손길에 겨우 눈을 뜰 수 있었다. 걱정스런 표정으로 그녀 곁에 앉아 있는 사람은 서혁이었다.

“누나, 왜 그래? 어디 아픈 거야? 이 땀 좀 봐.”

그는 손을 뻗어 티슈를 뽑아 들어 희서의 이마를 닦아주었다.

동생의 얼굴을 보자 안도감이 스며든 희서는 소파에 더욱 깊숙이 몸을 기대며 미소 지을 수 있었다. 그녀는 서혁의 손을 치워내며 거무스름하게 수염이 자란 턱을 물끄러미 바라보았다.

“많이 힘들지?”

바닥에 무릎을 꿇고 있던 서혁은 깊은 한숨을 쉬며 일어났고, 희서는 그를 위해 옆 자리를 비워주었다. 같은 방향을 보고 앉은 그들의 옆모습은 놀랍도록 닮아 있었다.

“응, 힘들어.”

“서혁아.”

어느 정도 예상은 하고 있었지만 너무도 솔직한 답변에 희서의 표정이 굳어졌다. 그녀의 손이 동생의 커다란 손을 찾아 쥐었다. 그러자 마치 기다렸다는 듯 서혁은 담담하게 이야기를 풀어냈다.

“지점 확장을 꿈꾸셨던 아버진 자금 조달을 위해 주식 발행을

선택하셨어. 그것이 기회였지. 강기태는 적대적 M&A의 냄새
가 나는 것을 방지하기 위해 장내와 장외를 가리지 않고 다방면
으로 주식을 사들였던 거야. 아버지 또한 그의 공격을 막아내기
위한 방어책으로 자사주를 매입하기 시작하셨고—어쨌든 경영권
은 수호해야 했으니까—그 결과 주가가 급등했지. 그렇게 주식을
계속 사들이다 보니 회사의 자본은 바닥을 드러내고 말았어. 지
점 확장을 위해 자체 브랜드 개발이나 식품 매장 리뉴얼에 주식
발행으로 확보한 자본을 끌어 쓰긴 했는데, 더 이상은 사업을
이끌어갈 돈이 없으니 수익을 낼 수 있는 확실한 방법도 없어.
인수합병을 막긴 했지만 회사는 쓰러지기 직전이야. 백화점 직
원들과 주주들뿐만 아니라 하청 업체에서도 난리들이고. 차라
리 우진과 합병하는 것이 나았을 거라면서.”

희서는 소파의 손잡이를 움켜쥐었다. 손가락이 부러질 듯한
아픔이 느껴질 때쯤에야 희서는 초췌한 동생의 옆얼굴을 돌아
보았다.

“그래서…… 방법은 없는 거야?”

“도무지 길이 보이질 않아.”

완전히 지쳐 버린 듯 서혁은 또다시 한숨을 쉬며 두 손을 아
래위로 움직여 얼굴을 쓸었다. 절망감이 밀려왔지만, 희서는 애
써 내색하지 않으며 동생의 다리 위에 손을 올려놓았다. 지진을
일으키고 있는 마음과 달리 다행히도 목소리는 떨려 나오지 않
았다.

"아직 포기하긴 일러. 아버지께서 평생을 피와 땀으로 일군 텃밭이 짓밟히는 걸 고스란히 두고 볼 셈이야?"

"그럼 나보고 어떻게 하란 거야? 누난 도대체 나한테 뭘 바라는 건데? 난 여태 아버지 그늘 밑에서 유유자적 세월만 보낸 놈이야. 경영 수업은 뒷전이고, 밴드 활동에 미쳐서 아버지 속만 썩인 후레자식이 채서혁 바로 나야. 심지어 내가 무슨 짓까지 했는지 알아? 아버지가 강기태 그 작자로 인해 힘드실 때, 난…… 난……."

벌떡 일어난 서혁은 목이 메는 듯 잠시 말을 잇지 못했다. 도대체 동생의 입에서 무슨 말이 떨어질까 두려워 희서는 숨도 쉬지 못한 채 서혁을 올려다보았다.

"안 그래도 빠듯한 회사의 자금을 빼돌렸다. 제정신이 아니었어. 밴드 사정이 많이 어려워져서. 그런데, 그런 내게 뭘 바라는 거냐고!"

붉어진 눈시울을 한 동생은 목에 핏대가 서도록 고함을 질러 댔다.

예전 같으면 동생과 똑같이 맞섰을 테지만, 세월은 그녀를 바꾸어놓았다. 희서는 눈 하나 깜빡하지 않고서 서혁을 올려다보았다.

"아버지가 그렇게 되신 건 네 탓이 아니야."

"그건 아는데…… 후회스러워 미치겠어. 늘 속만 썩혀 드린 것 같아서 여기가 너무 아파."

가슴을 움켜쥐며 무너지는 서혁을 희서는 조용히 안아주었다. 신장 차이로 인해 여의치는 않았지만 그녀의 품 안에서 동생은 격한 흐느낌을 토해냈다.

"이럴수록 강해져야지. 아버지가 목숨보다 아끼셨던 서림을 지켜내야 하잖아. 내가 도와줄게, 서림이 너의 책임만은 아니니까."

아버지와 회사의 운명이 이렇게 된 건 다 내 책임이야. 그러니까 이 문제 역시 내가 해결해야겠지.

이어지는 말들을 속내로 밀어 넣으며, 그녀는 서혁의 등을 가만히 두드려 주었다. 그리고 마침내 동생이 주춤주춤 그녀에게서 몸을 떼어내자 희서는 자리에서 일어났다.

부엌으로 가는 그녀에게 따라붙는 의문스런 시선이 느껴지자, 희서는 마지못해 뒤를 돌아보았다. 거실 한가운데 멍하니 홀로 선 동생을 향해, 밝은 미소와 함께 그녀는 턱짓으로 부엌 안쪽을 가리켰다.

"저녁도 못 먹었지? 어서 와, 너 좋아하는 해물탕 끓여놨어."

그리고 돌아선 그녀의 입가에서 차츰 미소가 걷혀갔다. 앙다문 입매에서 여느 때보다 굳은 결의가 엿보였다.

우진그룹 본사 최고층에 위치한 회장실의 공기는 마주 앉은 두 남자가 내뿜는 각각의 위압감으로 인해 점차 끓어오르고 있었다.

　한참 동안 눈을 감은 채 소파에 등을 기대고 있던 중년 남자
는 마침내 백색 눈썹과 함께 주름진 눈꺼풀을 들어 올렸다. 그
러자 그 맞은편에서 꼿꼿한 자세로 앉아 있던 젊은 남자의 등
근육이 움찔거렸다.

“백화점으로 가길 원한다?”

“네.”

흔들림없는 음성에 서린 냉기는 방 안의 공기를 한순간에 얼
려 버렸다.

백발을 쓸어 넘기며 나이 든 남자는 자리에서 일어났다. 그는
‘회장 박대식’ 이라고 쓰여진 자개 명패 앞으로 다가가 그것을
한참 동안 내려다보았다.

“무엇 때문인지 물어도 되겠나?”

“전 서림의 경영권 그 이상을 원합니다. 완전한 인수합병 말
입니다. 그날을 위해서는 우진백화점이 필요합니다.”

박 회장은 책상 뒤로 돌아가 창밖을 내다보고 섰다. 오십대
초반의 나이에도 불구하고 그는 여전히 위풍당당한 풍채를 유
지하고 있었다.

“좋아. 강 사장 자네는 원하는 것은 결국엔 손에 넣고야 마는
사람이 아닌가. 난 처음부터 자네의 그런 점이 마음에 들었어.”

상관의 음성에 서린 왠지 모를 씁쓸함에 기태의 눈썹이 슬쩍
휘어졌다 다시 제자리를 찾았다. 비교적 쉽게 승낙을 한 박 회
장은 한참 동안 자리에서 몸을 움직이지 않으며 서울의 야경을

내려다볼 뿐이었다.

"자네가 원하는 것이 서림뿐이었으면 하네."

희미하게 들린 중얼거림에 기태는 하마터면 '네?' 라는 되물을 뻔하였다. 하지만 곧 몸을 돌려 그를 향해 인자한 미소를 머금는 박 회장으로 인해 그는 평소의 표정을 견지할 수 있었다.

"백화점 일에 너무 빠져 우리 공주를 외롭게 만들어선 안 돼. 그것만은 약속해 주게."

부정으로 넘쳐 나는 박 회장의 두 눈 속에, 로비에서 그의 팔을 붙잡고 떼를 쓰며 한참 동안 놓아주지 않던 준경의 모습이 비춰졌다. 마치 무거운 돌덩이 몇 개를 얹은 듯 마음이 묵직해져 왔다. 그러겠다는 긍정의 대답 대신 기태는 한쪽 입가를 기울여 슬며시 웃고 말았다.

그 후 이런저런 사업에 관한 이야기를 더 나누던 기태가 몸을 일으켜 방을 나서자 온화한 미소를 머금고 있던 박 회장의 표정이 서서히 굳어졌다. 그는 철저히 도청 방지가 된 전용선으로 익숙한 번호를 눌렀다.

"나야, 강기태의 움직임이 심상치 않아. 그의 이후 행로를 잘 감시해서 보고하도록 해."

[뭘 걱정하시는 겁니까?]

끔찍하게도 듣기 싫은 사내의 음성이 그의 귀를 간질였다.

"네놈에게 일일이 설명해야 하나? 넌 그저 시키는 대로만 하면 돼!"

수화기를 짓이기듯 내려놓고 대식은 급하게 숨을 헐떡였다. 떨리는 손으로 서랍을 열어 심장 약을 삼키자 조금은 가슴이 진정되었다. 의자에 뒷머리를 기대고 앉은 박 회장의 시선은 어느덧 아주 먼 과거를 배회하고 있었다.

아버지의 상을 치르고 얼마 지나지 않아 아직 주변 정리가 제대로 끝난 상태는 아니었지만, 희서는 며칠을 고민한 끝에 안국동을 찾았다. 초아가 제안한 일에 관한 문제는 덮어두고라도 오랜만에 재원의 얼굴을 본다는 가벼운 마음으로였다.

비록 오래 걸리긴 했지만 그녀는 혼자 힘으로 재원의 사무실을 찾아냈다. 그것은 따스하고 세련된 원목으로 이루어진 아담한 이층 건물이었다. 마치 가정집 같은 느낌을 주는 현관 앞에 서서 잠시 망설이던 그녀는 문을 두드리기 위해 손을 들어 올렸다. 그러나 행동을 미처 취하기도 전에 갑작스레 벌컥 문이 밖으로 열렸다. 휘청하고 뒤로 물러서며 희서는 외마디 비명을 내지르고야 말았다.

"어머!"

그러나 다행히도 상대편이 재빨리 그녀의 손목을 잡아 안으로 이끌어준 덕택에 넘어지지 않을 수 있었다. 한숨 돌린 희서는 자신이 어느새 사무실의 안에 발을 들여놓고 있다는 것을 깨달았다. 그녀의 놀란 눈이 바로 앞에 선 키 큰 남자를 천천히 올려다보았다. 거뭇거뭇하게 자란 수염 아래 낯익은 얼굴이 드러났다. 그녀의 얼굴이 환해지는 것을 보며, 남자 역시 입을 벌려 웃어주었다.

"채희서? 너 희서 맞지? 이야~ 이게 얼마 만이야?"

희서는 자신의 어깨를 툭 치는 재원에게 고개를 살짝 숙여 인사를 건넸다. 이곳에 온 목적은 잠시 잊은 채 그녀는 온전한 반가움만으로 행복했다.

"선배도 잘 지내셨죠? 얼굴이 좋아 보여요."

"그래? 어, 들어와 앉아."

재원은 그녀에게 푹신한 방석이 깔린 원목 의자를 밀어주었다. 아직 정리가 되지 않은 듯했지만, 그것이 더욱 묘한 매력을 발산하고 있는 공간이었다. 그녀가 사무실 내부를 둘러보는 사이, 재원은 어느새 향이 진한 커피를 타 탁자 위에 잔을 내려놓고 있었다.

"내 취향대로 탔다, 다방 커피. 성지문이라고 커피 잘 타는 녀석이 있는데, 지금 마침 직원들 전부 출장 나가고 없거든. 다음을 기약하자."

예의상 한 모금 들이킨 희서는 생각 외로 맛이 괜찮다는 것에 놀랐다. 투박한 재원의 손을 내려다보며 희서는 진심 어린 말을 던졌다.

"맛있는데요? 공치사 아니고, 정말이에요."

여전히 못 미더운 듯 손을 설레설레 저으며 재원은 그녀 앞에 의자를 끌어다 앉았다.

"너 갑자기 유학 간다고 훌쩍 떠나 버린 게 아마…… 칠 년 전이지?"

마치던 커피가 목에 탁 걸렸다. 희서는 잔을 탁자 위에 내려놓으며 콜록콜록 기침을 토해냈다.

"야, 좀 천천히 마시지."

재원은 그녀의 등을 무지막지하게 두드려 주며, 다시 말을 이었다. 다행히도 이번엔 과거에 대한 이야기가 아니었기에 두근거리던 희서의 심장은 조금씩 정상 괘도를 찾아갈 수 있었다.

"아예 한국으로 들어온 거야? 나 말 돌려서 못하는 거 알지. 어때, 나와 함께 일해볼 마음은 있는 거야? 아님 그냥 지나는 길에 들러본 건가?"

사레들린 것이 가라앉자 깊은 한숨을 몰아쉬며 희서는 잠시 생각했다. 힘들어하는 서혁과 흔들림없는 충고를 건네던 초아의 모습이 번갈아 떠올랐다. 아직 시아와 희원에게 동의를 구한 것은 아니었지만, 희서의 속내에서는 이미 결심이 서고 있었다. 그녀의 다문 입술이 살짝 튕기듯 벌어졌다.

"오늘은 그냥 사무실 구경 온 거예요. 선배 어떻게 변했나 보고 싶기도 하고."

잠시 가만히 그녀를 바라만 보던 재원이 껄껄 소리를 내며 웃었다. 예전과 변함없는 호탕함으로 그는 희서는 편안하게 만들어주고 있었다.

"갑작스레 얌전을 떤다 싶었더니. 신입생 때 그 모습이 아직도 남아 있다, 너?"

"선배도요. 짓궂은 건 여전하네요."

서로를 향해 웃음을 터뜨린 그들 사이로 전화벨 소리가 파고들었다. 그녀에게 잠시만이라는 제스처를 취한 재원은 수화기를 들자마자 진지함의 가면을 썼다. 그는 그런 사람이었다. 노는 것도 일하는 것도 뭐든 '미친 듯이'가 신조인 사람.

"알았다. 곧 가마."

전화를 끊고 돌아선 재원은 시계를 힐끔거린 후 희서를 향해 난감한 표정을 지었다.

"어쩌지? 현장에 나가봐야 할 것 같은데?"

방해가 되고 싶지 않은 마음에 희서는 자리에서 벌떡 일어났다.

"전 괜찮아요."

"그래, 마음 정해지면 연락해라. ……어, 지금 종로 쪽으로 나갈 건데, 집으로 갈 거면 태워줄게."

사무실을 찾느라 한참을 걸었더니 많이 피곤하긴 했다.

희서는 굳이 재원의 제안을 거부하려 들지 않으며, 그저 고맙다는 말과 함께 그의 뒤를 따랐다.

높다랗게 솟은 건물들이 빼곡하게 들어찬 모양새를 차창을 통해 올려다보며 희서는 벌린 입을 다물지 못했다.

"정말…… 크네요. 여기가 동대문 맞아요?"

“응. 대형 쇼핑센터들이 최근 부쩍 많이 들어섰지. 지금은 낮
이라 그나마 이 정도지, 밤이면 더 북적여.”

핸들을 돌리며 지겹다는 듯 고개를 젓는 재원이었다. 그제야
희서의 시선이 길가를 가득 메운 인파들로 향했다. 삼삼오오 짝
을 지은 젊은 연인들과 친구들로 보이는 이들의 얼굴엔 행복이
가득해 보였다. 지나는 이들의 대부분은 쇼핑백을 하나 이상씩
들고 있었다.

“선배는 여기서 무슨 일을 하는데요?”

“〈WJFJ〉라고 얼마 전 새로 생긴 쇼핑센터가 있는데, 개장
축하 공연 무대 데코레이션을 의뢰받았어. 사무실 열고 거의 처
음 맡는 일이니만큼 잘해야지. 이 바닥에서는 신용과 인지도가
생명이니까. 어…… 여기야.”

고개를 끄덕이던 희서는 재원의 턱짓에 정면으로 보이는 은
회색의 건물을 바라보았다. 최소 십층은 되어 보이는 쇼핑센터
의 위용에 순간 주눅이 들 정도였다.

“너 곧장 귀가하지 않은 게 다행이다 싶을 거야. 우리 직원들
이 하나같이 성격 좋고, 일 잘하는 퍼펙트 맨들이거든. 흐흐, 나
주차하고 갈 테니까, 넌 여기 내려서 작업하는 거 구경하고 있
어. 괜찮으면 먼저 인사하고 있든지.”

“구경하고 있을게요.”

얼떨결에 대답을 하고 보도블록 위로 내려섰지만, 재원의 차
가 사라질 때까지 희서는 발걸음을 떼지 못했다. 그저 건물 입

구에서 한창 진행되고 있는 무대 설치 광경을 멀거니 선 채 지켜볼 따름이었다.

자신감을 가지려 노력하며 희서는 애써 밝은 표정을 지었다. 그리고 한 걸음을 내디디려는 찰나, 어깨를 강하게 스치고 지나가는 여인으로 인해 비틀대던 그녀는 결국은 딱딱한 바닥에 무릎을 찧고 말았다. 비명을 지르며 상대를 원망스레 올려본 희서는 그곳에서 천사를 보았다. 허리까지 오는 생머리와 갸름한 얼굴 선, 커다란 눈동자와 붉은 입술…… 세상에 있을 것 같지 않은 청초함을 간직한 여인이었다.

멍하니 상대를 응시하고만 있던 희서는 갑자기 들려온 허스키한 음성과 그에 담긴 끔찍한 내용에 정신이 번쩍 드는 듯하였다.

"재수가 없으려니까…… 눈은 어디다 달고 다니는 거야!"

정말 저 아름다운 여자의 입에서 나온 말이 맞는지, 자신의 눈과 귀가 정상적으로 작동되고 있는지 의구심이 들 정도였다. 어이가 없어 잠시 할 말을 잊고 있던 희서를 여인은 벌레 보듯 바라보았다. 그러다 그녀는 그대로 몸을 돌려 쇼핑센터를 향해 또각또각 하이힐 부딪치는 소리를 내며 걸어가 버렸다.

정작 화를 내야 할 사람이 누군데, 사과도 없이 그냥 간단 말이야?

참으로 오랜만에 속내에서 열기가 화르르 치밀어 올랐다. 희서는 청바지의 엉덩이를 털며 자리에서 벌떡 일어나 여인을 향해 뛰다시피 다가갔다. 그리고 자신과 거의 비슷한 덩치의 작은 여자를 홱 돌려 세웠다.

"이봐요! 보아하니 막 자란 아가씨는 아닌 것 같은데, 무슨 말을 그렇게 해요? 재수가 없다니…… 가만히 있는 사람한테 와서 부딪친 건 그쪽 아닌가요?"

희서는 한눈에도 명품임이 분명한 핸드백과 원피스를 차려입은 여인을 위아래로 훑어보며, 최대한 화를 눌러 참아 약간 억눌린 어투로 말했다.

"뭐, 뭐? 너 뭐야. 뭐 이런 게 다 있어! 여기가 어디라고, 내가 누군지 알고 까부는 거야!"

탐스러운 과즙을 베어 문 듯한 붉은 입술을 파르르 떨며, 여자는 고래고래 악을 써댔다. 그러나 희서는 그녀가 대통령의 딸이라 해도 이대로 물러날 수 없다고 생각하며 외려 얼굴을 가까이 디밀었다.

"사과해요!"

"이게 정말…… 야!"

희서에게로 날이 선 손톱을 세우며 달려들던 여자는 갑자기 눈을 휘둥그레 뜨더니, 아무 일도 없었던 것처럼 화닥닥 자신의 매무새를 정리했다. 그리고 그녀는 희서의 뒤편으로 시선을 고정시킨 채 태연자약하게 지나가 버렸다. 얼굴에 한없이 평화로운 미소까지 가장하고서.

순간 닭 쫓던 개꼴이 되어버린 희서는 헛웃음을 짓다가 이를 악물고는 그녀가 걸어간 방향을 향해 홱 돌아섰다.

그리고 보았다. 자신을 향해 한 치의 흔들림도 없이 고정되어 있는 그의 눈빛을.

조금 전의 그 재수없는 여자와 다정한 포즈를 취한 채 자신이 있는 방향으로 걸어오고 있는 남자는 강기태, 그가 분명했다. 피하고 싶었지만 발이 떨어지지 않았다. 고개를 돌리고 싶었지만 굳은 듯 움직여지지도 않았다.

수행원들에 둘러싸인 기태와 여자는 각기 다른 싸늘함으로 그녀를 노려보고 있었다. 그 일 분도 안 되는 시간이 마치 영겁과도 같이 느껴졌다. 그녀의 곁을 지나치는 여자의 최고급 향수 내음에 뒤섞여 코끝을 자극하는 그의 향취가 풍겨왔다. 예전과 똑같았다. 강기태라는 남자에게서만 존재하는 특유의 향이었다.

기태에게서 시선을 떼지 못하던 희서는 순간적으로 어깨를 치는 강한 힘에, 사악한 빛을 띤 여자의 눈으로 고개를 돌렸다. 보란 듯이 그의 팔짱을 낀 상대는 입가 가득 비웃음을 짓고 있었다. 그리고 두 사람은 그녀에게서 점점 멀어져 갔다.

기대하지 않았지만, 기대할 수도 없었지만 그는 그녀의 존재를 깡그리 무시했다. 섭섭하다 못해 희미한 분노마저 느끼며 희서는, 여자를 위해 고급 세단의 문을 열어주는 기태의 반듯한 옆모습을 노려보았다. 그러자 여자는 마치 과시를 하듯 그의 목을 껴안으며 볼에 입술을 가져가는 것이 아닌가.

갑자기 쓴 물이 치밀어 올라 도저히 지켜볼 수가 없었다. 그러나 여전히 굳은 몸을 움직이지 못하던 희서는 마침 자신의 어깨를 잡는 손길에 의해 겨우 돌아설 수 있었다.

"뭐 해, 멍하니 서서?"

그녀가 시선을 두었던 쪽을 바라보며 재원이 물었다.

"아, 아니에요. 가요, 선배."

무대 쪽으로 시선을 두며 걸어가려던 희서는 그대로 자리를 지키고 있는 재원으로 인해 멈춰 서고 말았다.

"잠깐만…… 기태 형 아냐?"

불길했던 예감이 그대로 맞아떨어졌다. 재원은 만면에 미소를 머금더니, 조금 전까지 그녀가 보고 있던 이들을 향해 성큼성큼 걸어가기 시작했다. 애써 뒤돌아보지 않았지만, 희서의 모든 감각은 그곳으로 집중되고 있었다. 떨리는 몸을 잠재우기 위해 주먹을 틀어쥐어 보았지만, 두근거림은 더해만 갔다. 고개를 든 희서는 자신들이 무대 위 사람들의 시선을 끌고 있다는 것을 알아차렸다. 그러자 이곳에서 당장 벗어나고 싶다는 열망이 끓어올랐다.

그러나 점점 다가오는 여러 개의 발자국 소리는 그녀에게 얼음물을 들이붓는 듯한 효과를 가져왔다. 불과 몇 초 전과는 달리 희서는 태연한 얼굴로 기태를 마주했다. 얼핏 그의 뒤를 돌아보니 여자와 차가 있던 자리는 비워져 있었다.

"희서 너 알지? 기태 형…… 하긴 모를 리가 없겠다. 너 이 형

무지하게 쫓아다녔었잖아.”

가슴 한 자락이 욱신 아려왔다. 잊었다고 생각했던 아픔은 기태와 마주한 순간부터 되살아나고 있었다. 어색한 침묵이 잠시 흐르자, 결국 희서는 그를 향해 먼저 고개를 숙여 보였다. 혹시나 싶어서 시선을 들어보았지만, 기태는 예의 그 비웃는 듯한 표정으로 그녀를 바라볼 뿐 이렇다 할 대꾸가 없었다. 그들 사이에 흐르는 불편한 분위기를 눈치채지 못한 듯 재원은 기태를 향해 사람 좋은 웃음을 짓고 있었다.

“이렇게 세월이 흘러서 다시 만난 것도 좋은데, 형 덕분에 일까지 잘되니까 진짜 좋네…… 희서야, 난 정말 우진의 강기태가 내가 아는 기태 형인 줄 몰랐어. 형이 먼저 아는 척 안 했으면 진짜 몰랐을 거야.”

그제야 모든 상황을 이해한 희서였다.

대학 시절에도 남의 도움받는 것을 당연시 여겼던 재원이니만큼, 지금도 마찬가지로 그 인생 철학을 고수하고 있었던 모양이다. 그녀를 향한 기태의 시선에 한심하다는 빛이 어려 있는 것 같아, 희서는 부끄럽다기보다 자존심이 상했다. 자신의 힘을 빌어야만 일어날 수 있는 재원이니, 그 밑에서 일을 하는—눈빛을 보아하니 제멋대로 그렇게 단정 지은 듯하였다—그녀야 오죽하겠느냐는 생각을 하고 있는 듯싶었다.

희서는 메고 있던 가죽 가방의 끈을 꼭 쥐며 무뚝뚝한 음성으로 재원에게 말했다.

"오늘은 이만 가볼게요, 선배. 나중에 전화로 얘기해요."

"그럴래?"

"네. 선배 바쁜 것 같고, 나도 실은 저녁에 약속이 있거든요."

희서는 있지도 않은 약속 핑계를 대며 그 자리를 벗어났다. 택시를 잡아주겠다고 부득불 따라오는 재원을 뿌리친 그녀는 버스 정류장으로 터벅터벅 걸음을 옮겼다.

목덜미에 드는 한기는, 그의 냉랭한 시선이 오래도록 그녀를 향해 머물고 있음을 말해 주는 것일까. 한 번도 돌아보지 않았기에 알 수는 없었지만 '그랬으면' 이라는 부질없는 기대감이 드는 것은 어쩔 수가 없었다. 그러나 그녀는 이제 예전의 채희서가 아니며, 그도 예전의 강기태가 아니라는 생각을 되뇌며 희서는 자신을 다잡았다.

층진 커트 머리를 쓸어 넘기며 그녀는 정류장의 허름한 플라스틱 의자에 앉았다. 멍한 시선은 버스가 오는 방향으로 두었지만, 그녀의 시야 속엔 여전히 그의 차가운 눈빛이 어른거리고 있었다.

죽이고 싶을 정도로 미운 감정 위로 오랜 세월 그리워했던 마음들이 얹어져 희서를 어쩔 줄 모르게 만들었다. 버스를 고스란히 떠나보내는 줄도 모른 채 그녀는 그렇게 오래도록 정류장을 지켰다.

"채희서 씨?"

흡사 성우와도 같은 맑은 음색은 현실에서 들려온 것이라고는 믿겨지지 않을 정도였다. 눈살을 찌푸린 채 고개를 돌린 희서는 호리호리한 몸매의 여자를 아래위로 훑어보았다. 단화를 신었음에도 족히 170㎝는 넘어 보이는 키에 투명한 얼굴, 그리고 바지 정장 차림의 상대는 묘한 분위기를 풍기고 있었다.

"누구…… 시죠?"

자리에서 일어나자 눈높이 차이가 줄어들긴 하였지만, 160㎝를 겨우 넘는 그녀와 상대 여자의 시선은 여전히 어긋나 있었다.

"강 사장님께서 기다리고 계십니다."

여자의 눈빛에서 일렁이고 있는 묘한 적대감이 희서의 반발심을 부추겼다. 그녀는 입술을 앙다물며 고개를 돌려 버스가 오는 쪽을 바라보는 척하였다.

"강 사장이라니요? 전 그런 사람 몰라요, 가고 싶지도 않고요."

그가 부른다고 해서 마치 기르는 강아지마냥 쫄래쫄래 따라간다는 것이 기분 나쁘고 싫었다. 예전의 그녀였다면 두말없이 헤벌쭉 웃으며 따랐을 테지만.

"후회를 남기고 싶으신가요?"

차갑게 묻는 여인의 표정이 누군가와 닮아 있었다. 수정 같은 눈동자, 기울어진 입매…… 그러나 희서는 쓸데없는 잡념을 털어내며 기태의 비서를 향해 눈살을 잔뜩 찌푸렸다.

"협박하는 거예요?"

"득이 될지언정 해가 되진 않을 겁니다."

그녀의 말엔 이렇다 할 대답 없이, 여자는 아까부터 자신이 할 말만 골라서 하고 있다. 정중한 태도와 말투의 이면엔 그녀의 존재를 깡그리 무시하는 뭔가가 있었다.

"가시죠."

손짓과 함께 버스 정류장에서 약간 비껴난 곳으로 걸음을 옮기는 여자를 어리둥절하게 바라보며, 희서는 코웃음을 흘렸다. 제멋대로인 상관에 제멋대로인 부하라는 생각이 언뜻 들었던 것이다.

갑자기 자신들의 앞으로 스르륵 와서 멈춘 검은 차의 존재에 여자는 옆을 돌아보았다. 그녀는 차 문을 열고 서 예의 그 표정 없는 눈길로 희서를 바라보고 있었다. 잠시 생각을 가다듬던 희서는 고개를 들어 여자의 시선을 맞받았다. 그리고 느긋한 걸음걸이로 차를 향해 걸어가 열린 문 사이로 몸을 밀어 넣었다. 차 창을 통해서 〈WJFJ〉의 세련된 간판이 비춰들었고, 그 위로 냉소 어린 기태의 얼굴이 떠올랐다.

칠 년의 세월이 모든 것을 바꿔놓았다고 생각했었는데, 그것이 아니었다. 기태와 그녀 사이의 모든 것이 변했다고 생각했었는데, 변하지 않은 게 하나 있었다. 그것은 바로 예나 지금이나 강기태라는 남자에게 자의든 타의든 이끌려 가는 그녀 자신의 모습이었다.

희서는 벨을 누르는 여인의 손가락을 멍하니 지켜보았다. 그와의 만남은 당연히 딱딱한 사무실의 소파에서 이루어질 줄 알았는데, 예상외로 그녀는 고급 빌라의 현관문 앞에 서 있었다.

"강 비서입니다."

여자의 대답이 끝나기가 무섭게 문이 소리없이 열렸다. 잠시 뒤로 물러났던 희서는 자신을 향해 와 닿는 상대의 무덤덤한 눈빛을 올려다보았다.

"들어가시지요."

그녀의 옆을 지날 때 몸이 닿지 않게 피하는 상대방의 움직임이 느껴져 불쾌감이 들었다. 하지만 그것은 외부 세계와의 단절을 알리는 문소리가 뒤에서 들려오자 어느새 스르륵 잊혀졌다.

문 앞에서 희서를 맞이한 사람은 예상대로 기태가 아닌 중년 여인이었다. 편견이겠지만 아주머니는 기태의 아랫사람답지 않게도, 선량한 미소와 따스한 표정으로 편안한 분위기를 만들어내고 있었다.

"어서 오세요. 사장님께선 서재에서 기다리고 계세요."

가평댁이라고 자신을 소개한 여인은 앞으로 팔을 뻗으며 그녀를 이끌었다. 그들은 딱딱한 가구들로 황량한 느낌을 주는 넓디넓은 거실을 지나 복도같이 생긴 공간으로 들어섰다. 마주 보고 있는 몇 개의 문들 중, 가평댁은 맨 처음 문 앞에서 멈춰 섰다. 조심스레 노크를 하고 그녀에게 입구를 열어준 가평댁은 다 잘될 것이라는 듯한 온화한 웃음을 뒤로한 채 금방 사라졌다.

　그러나 처음 본 여자의 말없는 격려는 희서에게 아무런 도움이 되질 않았다. 그녀는 금방이라도 목구멍 밖으로 튀어나올 듯 들썩여 대는 심장을 심호흡으로 억누르며, 열린 문 안으로 들어섰다. 갑자기 밀려드는 한기에 몸을 부르르 떨던 희서는 자신을 향해 곧바로 쏟아지고 있는 기태의 시선에 금방 돌처럼 굳어졌다.

　책상 끝에 엉덩이를 걸치고 앉아 그녀를 노려보는 남자의 시선 속에는 뜨거움과 차가움이 공존하고 있었다. 책상을 짚고 있는 손가락들 중 하나가 까닥이고 있는 것을 희서는 물끄러미 바라보았다. 그녀의 시선을 느낀 것인지 기태는 몸을 일으켜 의자로 다가갔다. 그녀에게는 앉으라는 말 한마디 없이. 자세를 바로잡은 그가 입가를 기울이며 말문을 열었다.

　"오지 않을지도 모른다고 생각했어."

　"훗, 당신 여비서 하난 잘 두었더군요. 상관을 위해서라면 협박도 주저하지 않는다. 그게 당신 밑에서 일하기 위한 첫 번째 조건인가요?"

　그가 자신을 이렇듯 하잘것없이 대한다면 그녀 역시 똑같이 응수해 줄 것이라 다짐하며, 희서는 송곳 같은 대꾸를 내뱉었다. 점점 굳어지는 기태의 입가에 깊은 주름이 패었다.

　"그렇듯 당당할 수 있는 처지가 아닐 텐데?"

　"난 누구보다 당당할 수 있어요. 그러는 당신은…… 더러운 협잡꾼인 주제에."

쌓이고 쌓였던 분노가 터져 그녀 스스로도 감당할 수 없을 지경이었다. 험한 말을 입에 담는 것을 좋아하지 않는 그녀로서는 놀라운 반응이었다. 화가 났다기보다 오히려 재미있다는 빛을 띤 기태의 시선이 그녀에게로 점차 가까이 다가서고 있었다.

저도 모르게 뒤로 물러나던 희서는 딱딱한 책장이 발뒤꿈치에 와 닿자, 그곳으로 등을 바짝 붙여보았다. 그러나 그런 노력에도 불구하고 그녀의 사정에 아랑곳없이 거리를 좁혀오는 기태와 책장 사이에 희서는 곧 갇혀 버리고 말았다.

몸부림을 치는 그녀를 물리적인 힘으로 억누르며 기태는 이를 갈듯 속삭였다.

"말조심하는 게 좋을 거야."

"저리 비켜! 이 개자식!"

"훗, 그래. 지금 이 모습이 가장 채희서답긴 하지."

두 손을 그에게 붙잡힌 채 움직이지 못하는 자신의 무력함에 희서는 입술을 깨물었다. 점점 치밀어 오르는 격한 분노가 그녀의 이성을 집어삼켜 버렸다. 비웃음 가득한 눈길로 그녀를 내려다보고 있는 기태의 매끈한 얼굴을 향해 희서는 침을 뱉어버렸다.

그의 왼쪽 뺨을 타고 흘러내린 그것은 고급 수트의 어깻죽지로 떨어졌다.

"예나 지금이나 정도(程度)를 모르는 건 여전하군. 넌 적절함이 무언지 배워야 할 필요가 있겠어."

그녀의 두 팔을 한 손에 몰아 쥔 기태는 자유로운 반대 손을 들어 우악스레 뺨을 부여잡았다. 그의 손가락이 와 닿은 부위에서 아픔과 함께 야릇한 감정이 솟아나기 시작했다. 그녀가 미처 움직이기도 전에 기태의 얼굴이 내려와 거칠게 입술을 덮쳐 버렸다. 놀라움으로 자리에 뻣뻣하게 굳은 채 희서는 그를 고스란히 받아들여야 했다. 입술과 혀, 입 안을 능수능란하게 유린하는 그의 움직임은 희서에게 예전과 똑같은 열정을 불러일으켰다.

흥분의 춤사위는 그녀의 손가락에서 손목과 팔꿈치, 그리고 팔 전체로 번져 갔다. 그녀의 변화를 느낀 것인지 기태가 손아귀의 힘을 느슨하게 풀어주었다. 그에 저도 모르게 팔을 들어올려 그의 목을 껴안으려 하던 희서는 자신을 던지듯 밀쳐 내는 힘에 의해 벽에 등을 부딪치고 말았다. 그를 향한 열망으로 들끓던 그녀의 몸이 순식간에 식어버렸다.

육체에 느껴지는 고통보다 그의 눈빛이 주는 정신적인 모욕감이 그녀를 더 아프게 했다. 눈시울이 뜨거워져 왔지만, 희서는 자신을 벌레 보듯 하는 기태로 인해 턱을 더욱 치켜들었다. 덜덜거리는 턱 근육을 감추기 위해 희서는 어금니를 꽉 깨물었다.

그러나 그녀에게 그나마 남아 있던 마지막 기운들도, 기태의 경멸 섞인 말에 의해 스르르 몸 밖으로 빠져나가고 말았다.

"지금 그런 표정과 행동…… 우습다는 생각 안 드나? 내가 원하기만 하면, 언제나 날 받아들일 준비가 되어 있는 여자……
그게 채희서 아닌가?"

희서는 보이지 않게 비틀거리며 뒤로 팔을 뻗어 책장을 짚고
섰다.

어쩌면 그의 말이 온전한 사실일지도 모른다는 두려움이 그
녀를 깊디깊은 나락 속에 빠져 헤어날 수 없게 만들었다.

자신을 옭아매는 듯한 그의 눈빛을 외면한 채 희서는 한동안
그렇게 섰을 뿐이었다. 그러자 기태는 그녀에게서 금세 몸을 돌
려 햇빛이 비춰드는 창가로 걸어갔다. 찰칵 하는 소리에 이어
희미한 담배 냄새가 서재를 떠돌기 시작했다.

그가 예전에도 담배를 피웠었던가. 순간 기억이 나지 않아 희
서는 당혹스러웠다.

"왜 아무것도 묻질 않지?"

가슴이 달음질쳤다. 궁금했다. 어떻게 된 일이냐고, 왜 죽었
다던 당신이 살아 있냐고 묻고 싶었다. 그러나 희서는 제멋대로
들썩이는 혀를 짓누르며 그저 기태의 다음 말을 기다릴 뿐이었
다.

"훗. 하긴……."

커다란 돌이 가슴을 눌러오는 듯한 답답함이 밀려왔다. 희서
는 말을 하다 멈추는 기태를 향해 소리라도 지르고 싶었지만,
온몸에서 기운이 빠져나간 탓에 그것은 낮은 목소리가 되어 흘
러나올 뿐이었다.

"어디서 뭘 하다 이제야 나타나서…… 도대체 내게 왜 이러는 거죠?"

눈물이 핑 돌았다. 그를 가슴속에서 비워내기 위해 죽을힘을 다해 노력했던 지난 세월들을 기태는 모를 것이다. 저렇듯 냉랭한 표정을 짓고 있는 남자는 아무것도 모를 것이다.

"너만이 피해자란 착각은 버려."

등 뒤에서 쏟아지는 햇살로 인해 그의 얼굴엔 짙은 음영이 생겼다. 그것은 묘하게도 괴기스런 분위기마저 풍겼다.

"살아 있다는 것에 행복해할 겨를도 없었지. 망가진 육신보다 날 더 아프게 한 건 사람에 대한 배신감이었다."

입술에서 시작된 떨림은 온몸을 퍼져 나갔다. 그의 물음에 깃든 짙은 증오의 감정이 두렵다기보다 가슴 아팠다. 휘청거리면서도 희서는 기태를 향해 한 걸음씩 다가갔다.

"날 먼저 버린 건 당신이잖아. 홀로 남겨진 난…… 난 그땐 정말 어쩔 수가 없었어."

"구차한 변명 따윈 듣고 싶지 않아. 이제 와서 떠올려 봤자 좋을 것 없는 과거사가 아닌가?"

그에게 말을 해야 했다. 오해라고…… 그가 아닌 어떤 남자도 싫었지만, 희원을 위해서는 누구라도 상관없었다고…… 볼을 적시는 눈물을 닦으며 그에게로 더욱 다가서던 희서는 갑자기 돌아선 기태의 눈동자에서 견고한 벽을 느꼈다. 그녀의 몸이 일순 굳어졌다. 그녀의 젖은 얼굴을 무심히 쓸어 내리던 그는 담배를 비벼 끄며 자리에 앉았다. 팔꿈치를 책상에 올린 채로 두 손을 맞잡은 그는 날카로운 눈빛을 그녀에게 되돌렸다.

"네가 가진 모든 것을 빼앗을 거다."

들썩이던 희서의 입술이 조가비처럼 다물어졌다.

잔혹한 약탈자. 그의 선언이 더할 나위 없이 진지하다는 것을 희서는 깨달았다. 강기태라는 남자에 대한 경계경보가 그녀의 몸과 마음에 발령되었다. 가장 먼저 해맑은 희원의 얼굴이 떠올랐다. 그녀의 어깨가 절로 움츠러들었다. 따끔거리던 눈동자에 점점 힘이 들어갔다.

"세상에 채희서란 여자가 완전히 소유한 건 없어요."

애써 아들의 존재를 지워내며, 희서는 떨리는 음성으로 중얼거리듯 대꾸했다.

"네가 소중히 여기는 것들은 존재하겠지…… 예를 들면 서림백화점과 채서혁 같은?"

지독하다. 그리고 비열하다.

희서는 목구멍을 비집고 올라오는 쓴 물을 삼키며, 이글거리는 분노를 고스란히 드러낸 채 기태를 바라보았다. 그녀의 작은 주먹에 힘이 잔뜩 들어갔다.

"그래서 내 아버지도 그 지경으로 만들었어?"

그녀의 물음에도 표정의 변화 없이 기태는 의자에 기대앉을 뿐이었다. 거의 발을 구르다시피 하는 희서의 두 팔이 앞뒤로 흔들렸다. 그러나 그녀의 그런 흥분된 몸동작에도, 이어진 말에도 기태는 별다른 반응을 보이지 않았다.

"당신은 미친 거야. 미친 게 분명해. 당신은 죽은 사람이었고, 난 보호가 필요했어. 누구든 상관없었다구! 그게 그렇게 잘못된 거야? 내 아버지를 죽음까지 몰아갈 만큼? 그래?"

"너에게 일일이 이해받고 싶지 않아."

그의 목소리는 마치 날이 잘 선 칼날처럼 날카롭고 차가웠다. 희서는 그 섬뜩함에 몸서리를 치며 고개를 저었다. 그는 멈출 생각이 없는 것이다. 절대로.

헤어날 수 없는 절망감으로 희서는 자리에 서서히 무너져 내렸다. 자존심도, 분노도 지금은 중요치 않았다. 오로지 남은 것들을 지켜야 한다는 생각이 희서의 행동에 동기를 부여해 주었다.

"나만 증오해요. 당신이 겨눈 총부리…… 그냥 나에게만 겨눠 줘요. 제발…… 부탁이야."

"서림의 영양 채희서가 내 앞에서 무릎을 꿇다니. 혼자 보기 아까운 장면이군."

고개를 들어 그를 보던 희서의 눈앞에 칠 년 전 겨울, 그녀에게서 차갑게 돌아서던 기태의 뒷모습이 그려졌다. 그 짧은 순간 그녀는 마음속에서 수백 번 무릎을 꿇었었다. 등을 보인 그의 마음에.

"일어나."

헤아릴 수 없는 눈동자로 그녀를 내려다보며 명령하는 기태로 인해 희서는 과거에서 벗어날 수 있었다. 그녀는 카펫에 묻혀 있던 손바닥을 들어 그의 바지 자락을 거의 움켜쥐다시피 했다.

"서림은 아버지의 모든 것이었어요. 그건 서혁이 몫으로 고스란히 돌아가야 한다구요!"

"그래서? 지금의 채서혁이 서림을 지켜낼 수 있을 것 같아?"

"무, 무슨 말이에요?"

"벌써 팔 개월 이상 임금 체불뿐 아니라 대금 결제까지 미루고 있는데 직원들이며 하청 업체에서 가만있겠나. 서림의 최고 경영자는 지금 고소 상태야."

"인수합병을 막긴 했지만 회사는 쓰러지기 직전이야. 백화점 직원들과 주주들뿐만 아니라 하청 업체에서도 난리들이고. 차라리 우진과 합병하는 것이 나았을 거라면서."

회사 사정을 대충 전해 듣긴 했지만, 사태가 그 정도에 이른 줄은 몰랐다. 말을 하는 내내 지나치게 힘들어 보이던 서혁의 얼굴이 떠올랐다. 충격으로 맥이 풀려 버린 희서는 자리에 털썩 주저앉고야 말았다.

흐려진 그녀의 시야 속으로 백화점을 긍지에 찬 시선으로 바라보는 아버지의 모습이 아지랑이처럼 피어올랐다. 그러자 무슨 일이 있어도 백화점만은 지켜야 한다는 결의가 희서의 작은 어깨를 굳어지게 만들었다.

"그럼…… 방법이 없나요? 설마, 백화점이 무너지길 바라는 건 아니죠? 이제 당신이 2대 주주라고 들었는데요?"

"물론. 한 가지 방법이 있긴 하지."

희미한 희망을 품고서 고개를 쳐든 희서는 자리에서 스르륵 일어났다.

"경영권은 내가 가진다. 대신 서림은 다시 제자리를 찾을 거야."

거만한 그의 어투는 곧 있을 임시주총에서 차기 경영자로 자신을 추대할 것을 반강제적으로 명령하고 있었다. 맞대면한 절망적인 현실은 희서를 분노의 구렁텅이로 밀어 넣었다.

"그건 절대 안 돼!"

"좋을 대로."

돌아선 그의 등 위로 타협과 투쟁의 갈림길이 그려졌다. 어금니를 깨문 채 그것을 뚫어져라 응시하고만 있던 희서는 결국 서혁과 아버지를 생각하며 타협 쪽으로 약간 발길을 틀었다.

"경영권만은 안 돼요. 제발 부탁이에요."

"그래? 그런데도 서림을 지켜주길 원한다?"

"내 몫의 지분이 약간 있어요. 당신이 이번 일을 막아준다면 그걸 드릴게요."

"관심없어."

그의 대답을 초조하게 기다리던 희서는 딱 자른 거절의 답변에 주먹을 틀어쥐었다. 이제 어떻게 해야 하나 하는 생각을 빠르게 정리하느라 머리 속이 복잡했다.

그녀의 침묵이 이어지자 그가 몸을 돌려 다가왔다. 그 모습을 멍하니 지켜보던 그녀는 어느새 자신과 같은 눈높이로 몸을 낮춘 기태의 번뜩이는 안광으로 인해 정신을 차릴 수 있었다. 덫에 걸려 버린 짐승처럼 옴짝달싹도 못하는 그녀를 향해 그의 길디긴 손가락이 다가왔다. 차가운 기운을 뺨에 느끼고 움찔하던 희서는 기태의 입매가 보일 듯 말 듯 곡선을 그리는 것을 얼핏 보았다. 그러나 그것은 눈 깜빡할 사이에 사라지고, 대신 희미한 주름만 남아 있었다.

"다행인지 불행인지 모르지만 확실한 건…… 내가 여전히 너에게 흥미를 느낀다는 사실이야."

거의 입술을 떼지 않은 채 말을 하는 그를 보며, 희서는 눈꺼풀을 몇 번 움직여 보았다. 직접 들었음에도 믿기지 않는 내용에 그녀는 자신의 얼굴을 훑고 있는 기태의 눈길을 그저 따를 뿐이었다. 마침내 그는 그녀의 눈에 시선을 맞추며 천천히 목덜미로 손가락을 내려뜨렸다. 커다란 손이 주는 믿을 수 없이 가벼운 감촉에 놀란 희서는 침을 삼키며 슬쩍 몸을 피했다.

그 작은 거부의 몸짓에 기태는 슬쩍 미간을 찌푸리더니 손을 떼어냈다. 고개를 들어 바라본 그의 눈길은 여전히 그녀에게로 향해 있었다.

"널 곁에 두고 게임을 즐기는 것도 나쁘지 않을 것 같다는 생각이 들어.”

팔에 돋아나는 소름을 느끼며 희서는 보이지 않게 몸을 부르르 떨었다. 팔짱을 끼며 미소 짓는 기태의 모습은 그녀를 더욱 초조하게 만들었다. 약간 들뜬 듯한 그의 말이 이어졌다.

“괜찮은 거래 조건을 내걸어볼까?”

“지금의 난 당신과 게임이나 거래를 할 수 있는 형편이 아니에요.”

“그럼 이대로 서림이 무너져도 상관없다는 건가?”

그의 긴 실루엣이 그녀의 망막에서 흔들려 보였다. 힘을 모으기 위해 입술을 깨물며 희서는 천천히 몸을 일으켰다. 신발을 신지 않은 채 그와 마주 본 것이 처음은 아닌데도, 오늘따라 기태가 유난히 거대한 존재로 느껴졌다. 자신감을 상실해 가는 자신을 격려하며 희서는 애써 턱을 치켜들었다. 거만하게 고개를 까딱한 후 그녀는 승낙 의사를 건넸다.

“좋아요. 밑져야 본전이니, 당신이 원하는 조건이나 들어보죠.”

“너.”

잘못 들은 것이 아닌가 싶었다. 아니, 그가 무슨 대답이나 하였는가 싶었다.

확장된 동공을 멍하니 그에게 고정시킨 채 움직일 줄 모르던 희서에게로 다시 기태의 단호한 대답이 들려왔다.

“널 원해, 채희서.”

세상이 빙글빙글 돌아가는 것 같았다. 휘청이던 희서는 곁에 있는 의자를 붙잡으며 쿵쿵거리는 심장을 잠시 동안 진정시켰다. 그는 나를 증오한다. 나를 원할 리가 없잖아. 그녀의 그런 속내를 읽은 것인지, 기태의 재미있다는 듯한 음성이 다시 내려앉았다.

"정확히 말해서 네 몸을 원해. 내가 진절머리가 나서 버리고 싶어질 때까지."

눈도 깜빡이지 못하고, 벌어진 입을 다물 생각조차 하지 못한 채 희서는 조금 전까지 움직이고 있던 기태의 입만을 바라볼 뿐이었다.

"왜, 조건이 마음에 들지 않는 모양이지? 새삼 정조 관념이 생기기라도 했나?"

치욕적인 내용을 담은 말에 반응을 보이지 않기 위해 희서는 마치 한 꺼풀 막이 씌워진 듯 뿌연 눈빛으로 기태를 빤히 바라보았다. 담담하게 흘러나온 그녀의 한마디에 기태의 입가가 굳어졌다.

"그건 거래가 아닌 내 쪽에서 일방적으로 손해를 보는 게임 같군요."

"그래?"

기태는 흔들림없는 표정으로 그녀를 이리저리 훑어보고 있었다.

"네 선택에 따라 채서혁은 경영권을 유지하면서, 고소도 취하시킬 수 있어. 그런데도?"

모욕적인 제안이다. 하지만 솔직히 지금 희서는 지푸라기라도 잡고 싶은 심정이었다. 한참 동안 떨리던 그녀의 입술은 '미쳤군요' 라는 비웃음 대신 다른 물음을 전하고 있었다.

"어떻게요? 내가 당신을 어떻게 믿죠?"

"믿지 않으면…… 방법이 있나?"

가차없는 음성은 그녀의 마음에 온통 생채기를 남기고 지나갔다.

"거부할 여유 같은 건 없을 거야. 하지만 생각할 시간쯤은 주지. 단, 결정이 느릴수록 상처도 커진다는 걸 기억해."

그녀의 상념을 뚫고 들어온 기태의 음성에도 희서는 그를 바라보지 않았다. 하지만 그의 시선이 마치 그녀를 해부하듯 훑고 있다는 것은 충분히 느낄 수 있었다.

"조만간 다시 만나길 바라지."

혼잣말처럼 중얼거리던 기태는 양복 안주머니에서 새하얀 명함을 꺼내 내밀었다. 그의 긴 손가락 사이에 끼인 채 흔들리는 그것을 물끄러미 바라보던 희서는 기계적인 동작으로 명함을 받아 들었다. 집요하기 짝이 없는 그의 시선을 애써 외면한 그녀는 방문을 향해 걸어갔다. 그녀의 손이 문고리에 닿고 그것이 돌아가는 순간, 희서는 갑작스런 조급증을 느꼈다. 빨리 이곳에서 벗어나고 싶다는 미칠 듯한 열망이 희서를 메우고 돌았다. 그녀는 문이 뒤에서 닫히자마자, 마치 뛰듯이 걸어서 신발을 주섬주섬 신고서 그 집을 나왔다.

　정신을 차렸을 때 그녀는 단화의 뒤축을 구겨 신은 채 헝클어진 매무새로 인도에 서 있었다.

　일시적인 안도감을 느끼며 희서는 터벅터벅 걷기 시작했다. 버스 정류장에 이른 그녀는 가방을 찾아 옆구리로 손을 가져가 보았으나, 그곳엔 아무것도 만져지지 않았다. 급하게 나오느라 그의 서재에 두고 나온 모양이다. 몸도, 마음도 완전히 지쳐 버린 희서는 털썩 플라스틱 의자에 주저앉고 말았다. 지금 그녀가 가진 건 오로지 원치 않는 명함 한 장뿐이었다.

2. 어긋난

그의 제안도 제안이지만, 서혁이 처한 상황을 알게 된 지금 희서의 머리 속은 여러 가지 생각들로 혼잡했다.

이대로 미국으로 떠나는 것이 옳은 일일까. 몇 번을 생각해봐도 그건 아닌 것 같았다. 기태의 제안을 받아들이지 않는 이상 남아서 백화점과 서혁을 그녀가 어떻게 해줄 수 있는 일은 없었다. 하지만 이런 상황에서 혼자만 살겠다고 미국으로 다시 떠나 버린다는 것은 동생에 대한 그녀의 애정과 양심이 용납하지 않았다.

가방을 그의 빌라에 두고 나온 터라 택시비를 대신 지불해 줄 만한 단 한 사람, 초아를 찾았던 희서는 한참을 친구와 이야기

를 나누었다. 앞으로의 행로에 대해서. 이전에도 그랬지만 초아
는 그녀가 타국 생활을 하는 것보다 한국으로 들어와 자리를 잡
는 것에 찬성을 했다. 언제까지 기태를 피할 수 없지 않느냐는
것이 친구의 의견이었다. 서혁을 생각하면 초아의 말대로 해야
마땅했다. 하지만 희서는 두려웠다. 희원과 기태의 얼굴이 번갈
아 떠올라 그녀를 망설이게 만들었다. 집으로 돌아오는 길까지
내내 그녀는 마음을 정하지 못했다.

터벅터벅 걷다 보니 어느새 대문 앞이었다. 벨을 누르려던 희
서는 문이 조금 열려 있는 것을 발견했다. 더럭 겁이 난 그녀는
대문을 단단히 잠근 후, 조마조마한 마음 반 다급함 반으로 계
단을 올랐다. 정원을 지나며 집 안의 광경을 살피던 희서는 집
뒤편에 위치한 아버지의 서재에서 비쳐 나오는 불빛에 살짝 눈
살을 찌푸렸다.

이상한 기분으로 현관문을 잡아당긴 희서는 그것 역시 열려
있다는 것을 알았다. 그녀는 적막감이 감도는 거실을 지나 서재
를 향해 발걸음을 옮겼다. 그곳에 도착하기도 전에 그녀의 코끝
에 희미한 위스키 향이 스며들고 있었다.

서재의 문을 노크했지만 안에선 어떤 인기척도 들려오지 않
았다. 문을 열고 안으로 들어간 희서는 책상 앞에 앉아 독한 양
주를 병째 들이켜고 있는 서혁을 볼 수 있었다.

"무슨 짓이야!"

온몸을 짓누르던 피곤함은 순식간에 잊은 채, 동생에게로 한

달음에 달려간 희서는 병을 빼앗아 들려 하였지만 서혁이 조금 더 빨랐다. 핏발이 잔뜩 선 눈을 한 그는 자리에서 비틀거리며 일어났다. 위태롭게 서혁의 왼손에 들린 병은 희서의 손에 닿지 않을 정도로 높은 곳에 있었다.

“왜 이래, 나 안 취했어. 이깟 위스키 한 병에 천하의 채서혁이 쓰러질 것 같아?”

애써 부인했지만, 이미 그의 혀는 굳어가고 있었다.

동생의 힘들어하는 모습에 희서는 눈물이 왈칵 쏟아질 것 같아 고개를 잠시 다른 방향으로 돌렸다. 그러나 그것은 벌써 뺨을 타고 흘러내려 손등으로 닦아내지 않으면 안 될 정도에 이르고 말았다. 그런 그녀의 모습을 본 서혁이 낮은 목소리로 욕설을 중얼거렸다.

“네 말대로 나 한동안 한국에 있을까 싶은데, 어때?”

분위기를 바꿀 요량으로 장난스레 건넨 말이었지만, 그녀의 진심이 담긴 말이기도 했다. 그 즉시 서혁의 눈동자에서 취기가 흩어지는 듯하였다.

“무슨 일 있어?”

“아니, 아무 일도.”

희서는 정말 아무렇지도 않은 듯 웃어 보였다. 하지만 그녀를 보는 서혁의 표정은 심각하기 짝이 없었다. 그녀에게 신경이 집중된 탓인지 술잔을 잡고 있던 그의 팔에서 약간 힘이 빠져나가는 것이 보였다. 그 순간을 놓치지 않고 희서는 얼른 동생의 손에서 양주 병을 낚아챘다.

멍하니 선 서혁을 향해 그녀는 이번엔 진심 어린 승리의 미소를 돌려주었다.

"그만 마시고 오늘은 이만 자. 너무 늦었잖아. 내일 출근도 해야 하면서…… 아셨죠, 채서혁 이사님?"

돌아서려던 희서는 마침 생각난 한마디를 덧붙이는 것도 잊지 않았다.

"참, 대문이랑 현관문은 꼭 잠그고 다녀라. 혹시나 큰일나면 어쩌려고 그래?"

훈계를 끝낸 그녀는 동생의 진지한 눈빛을 피했다. 그리고 서혁의 다른 물음이 이어지기 전에 희서는 얼른 몸을 돌려 서재를 나왔다. 나무 계단을 오르던 그녀는 병의 바닥에서 겨우 찰랑이고 있는 액체를 바라보며 한숨을 내쉬었다. 이렇게 독한 술을 들이부을 정도로 서혁이 힘들어하는구나 싶은 생각에 가슴이 아팠다.

바로 침대에 눕고 싶을 정도로 피곤했지만, 희서는 공을 들여 천천히 목욕을 했다. 피로를 풀어준다는 아로마 오일을 떨어뜨린 욕조에 그녀는 한참 동안 몸을 담근 후, 샤워기 아래서 뜨거운 물줄기가 살에 와 닿는 느낌을 꽤 오랫동안 즐겼다.

몸은 깨끗해졌지만, 머리와 가슴에 가득한 한 남자에 대한 상념은 도무지 사라질 기미가 보이질 않았다. 그에 대한 생각을 없애려 고개를 저으며 희서는 가운 끈을 졸라맸다. 짧은 머리칼을 대충 수건으로 털어낸 그녀는 드라이어로 말린 후, 침대로 다가가 그 위에 공벌레처럼 몸을 웅크리고 앉았다. 불과 한두 시간 전, 그와 했던 거래 아닌 거래 내용을 떠올리자 오던 잠도 다 달아나 버렸다.

한참 동안 생각을 정리하던 희서는 서림에 평생을 걸었던 아버지와 힘들어하는 서혁의 모습을 끝으로 마침내 고민을 끝냈다. 그녀는 침대 곁에 놓인 전화기를 집어 들었다.

「스포츠부의 릴리언 윤 기자님 자리에 계신가요?」

제발이라는 그녀의 마음속 기도가 효력을 발휘하기라도 한 듯 마침 시아는 신문사에 있었다. 희서는 곧 들려온 친구의 경쾌한 어조에 눈물이 날 정도로 반가움을 느꼈다.

"나야, 희서."

[이제 며칠 후면 볼 거면서 전화는 무지 자주 한다, 너. 떨어져 있으니까 새삼 나의 소중함을 절감하기라도 했냐?]

듣기 좋은 시아의 맑은 웃음소리에 희서는 저도 모르게 미소를 머금었다. 그러나 그녀 자신도 내키지 않는 말을 털어놓는 건 여전히 힘이 들었다. 희서는 소리없이 심호흡을 한 후 겨우 이야기를 꺼낼 수 있었다.

"시아야, 나 금방 뉴욕으로 돌아가긴 힘들 것 같아."

[뭐? 그게 무슨 소리야? 집에 무슨 일 있니?]

희서는 간단하게 회사 사정을 이야기했다. 그것이 강기태라는 남자와 연관되어 있다는 사실까지 적절하게 정리해서. 그러나 그가 제안한 거래에 관한 부분은 언급하지 않았다.

[야, 나 너무 어이가 없고 화가 나서 숨도 안 쉬어지려고 그런다. 허, 그 남자 왜 그런다니?]

"그에게 어떤 기대도 하지 않아. 예전으로 돌아갈 수 있을 거라는 생각 같은 거 꿈도 꾸지 못해. 하지만 회사만은 살려야 해. 알지? 서림이 우리 아버지한테 어떤 의미였는지……."

[알지. 하지만 네가 거기 있어봤자 뭐 하니. 회사 일을 딱히 도울 수 있는 것도 아니고, 서혁이가 너 없음 안 되는 한두 살 먹은 어린애도 아니고. 차라리 그냥 미국으로 돌아와. 네가 그 남자랑 부딪치는 거 난 별로다.]

시아의 걱정 가득한 음성을 듣고 있던 희서는 목구멍을 치밀어 오르는 울음을 삼키느라 바로 대답하지 못했다.

미안해, 시아야. 하지만 내가 서혁일 위해 해줄 수 있는 일은 이것뿐인걸. 한참이 지난 후에야 희서는 깊은 숨을 내쉰 후 생각을 정리해 낼 수 있었다.

"내가 도움이 안 된다는 건 알아. 하지만 이렇게 어려운 상황에서 서혁이 혼자 이곳에 두고 나만 행복하자고 떠날 순 없어. 어떻게 보면 그가 이렇게 나오는 건 나 때문이잖아."

[말도 안 돼. 결론이 왜 또 그렇게 나니? 절대로 그런 생각 하지 마.]

시아의 높아진 어조에 희서의 젖은 뺨에 살짝 보조개가 패었다. 수화기 저편에서 한숨에 이어 약간 잠긴 음성이 이내 들려왔다.

[네 맘이 그래야 편하다면…… 어쩔 수 없지. 그래, 그렇게 해.]

시아의 대답에 희서는 또다시 치밀어 오르는 감정을 삭이며 애써 아무렇지 않은 듯한 목소리를 내기 위해 노력했다.

"그래서 말인데, 희원이를 데려와야 할 것 같아."

[희, 희원이를?]

아닌 척해도, 시아가 희원을 누구보다 아끼고 의지한다는 것을 알기에 희서는 '응'이라는 짧은 대답을 조용히 내뱉었다. 시아에게 미안했고, 희원에게 미안했다. 그러나 결심이 선 이상 시행은 빠를수록 좋을 것이라는 생각에 희서는 계속 말을 이었다.

"여권 발급 끝나는 대로, 수고스럽겠지만 네가 희원이 데리고 잠시 한국에 들어왔다 가면 안 될까?"

[당연히 그래야지……. 그리고 백화점은? 사표 써야겠구나?]

"그래. 그것도 좀 부탁할게."

못마땅한 표정을 짓고 있을 시아의 표정이 눈앞에 선명하게 그려졌다. 희서의 상관인 사라 카펜터라면 이를 가는 시아이니만큼, 그녀의 얼굴을 보는 일은 내켜하지 않는 것을 이해해 줘야 하리라. 하지만 부탁할 곳이 시아뿐인지라, 두 사람이 부딪치는 상황을 만들지 않을 수가 없었다. 희서는 이언 맥클라인이라는 깃대를 먼저 잡기 위해 아웅다웅하는 두 사람의 모습을 떠올리며 저도 모르게 피식 웃고 말았다.

[알았어. 어쩔 수 없지 뭐.]

"고마워, 시아야."

이제야 무언가 해결된 듯 가슴이 후련해졌다. 시아가 없었다면 이 많은 일들을 혼자 어떻게 처리했을까 생각하니 새삼 친구의 소중함이 느껴졌다. 그러나 고마움에 어쩔 줄 모르는 그녀와 달리, 잠시 후 들려온 시아의 어투는 시큰둥하기 짝이 없었다.

[그런데 네가 없는 동안 이언이 우리 집을 거의 하루에 한 번 꼴로 방문하는 거 아니? 처음엔 혹시나 하는 기대를 가졌는데 말야. 내내 네 안부만 물어보는 거야. 이 윤시아, 정말 맥 빠지더라.]

"그럴 리가 있니. 그냥 희원이 보러 와서 할 이야기가 없으니까 그랬겠지."

[그럴까?]

꽤 오랫동안 시아와 이런저런 이야기를 나누던 희서는 졸음이 밀려오는 것을 느꼈다. 그러나 차마 시아에게 끊겠다는 말을 할 수가 없어 그녀는 저도 모르게 수화기를 든 채로 잠이 들고 말았다.

꿈속에서 그녀는 칠 년 전의 상큼 발랄한 여대생으로 돌아가 있었다. 그리고 그녀의 곁에는 무뚝뚝하지만 멋진 연인 기태가 있었다. 모처럼 희서는 행복했다. 꿈이란 걸 잘 알기에 느껴지는 곧 깰 거라는 두려움을 빼면 모든 것이 완벽했다.

엘리베이터를 타 이사실이 있는 십층의 버튼을 누른 희서는
자신이 어젯밤 꾸었던 꿈을 잠시 떠올렸다. 대학 1학년, 비 오는
날 그와의 첫 만남.

한동안 잊고 지냈던 그날과 그 후의 기억들이 그와의 재회 이
후 또다시 그녀의 내부로 잠식해 들어오고 있었다. 전화 한 통
없이 벌써 며칠째 집으로 들어오고 있지 않은 서혁이 걱정된 나
머지 회사로 전화를 넣어보았지만 제대로 연결이 되지 않아, 희
서는 점심 시간에 맞춰 갈아입을 옷가지와 간단한 도시락을 챙
겨 집을 나선 참이었다.

띵 하는 소리에 이어 문이 열리자 희서는 가방을 고쳐 들며
이사실로 향했다. 그녀의 등장에 책상머리에 앉아 있던 비서의
얼굴이 굳어졌다.

"이사님 계시죠?"

그녀의 밝은 물음에도 여비서는 그저 고개만 주억거릴 뿐 딱
히 대답이 없었다. 희서는 참을성을 가지고 다음 말을 띄웠다.

"누나가 왔다고 좀 전해줄래요?"

그제야 비서의 얼굴에 곤란하다는 기색이 어렸다.

"이사님께서는 지금 손님들이 와 계셔서……."

비서가 말을 다 잇기도 전에 안에서 커다란 고함 소리가 들려
왔다. 놀란 희서는 들고 있던 가방을 던지듯 내려놓으며 닫힌
중간 문을 향해 다가갔다. 곁으로 와 팔을 잡아 막는 비서의 손

길이 느껴졌지만 그녀는 물러나지 않았다.

"밀린 대금을 당장에 지급하지 않는다면, 우리도 고소를 취하할 수 없습니다!"

"벌써 팔 개월입니다. 더 이상 기다릴 수는 없어요. 법대로 하자구요, 법대로!"

언성을 높이고 있는 사람들이 누구인지는 대충 이야기만 들어도 알 수 있었다. 반대로 서혁의 목소리는 너무 낮아서 제대로 들리지 않았다.

당장이라도 문을 열고서 뛰어들고 싶은 심정이었다. 하지만 서혁은 사장 자리가 부재중인 지금 현재 명실상부한 서림의 대표였다. 단지 애달픔만으로 그녀가 끼어들어 동생을 망신 줄 수는 없는 노릇이었다.

희서는 문고리로 가져갔던 손을 내려놓으며 천천히 돌아섰다.

"서혁이한테는 나 왔었다는 말 하지 말아요. 조금 있다 다시 올게요."

뜨거워지는 눈시울을 숨기려 얼른 고개를 숙인 희서는 다시 종이 가방을 집어 들었다. 그리고 도망치듯 그곳을 벗어나 휴게실을 찾았다. 근무 시간인지라 그곳엔 다행히 아무도 없었다. 그녀는 쓰러지듯 의자에 앉아 숨죽여 울었다. 그녀의 눈엔 여전히 너무 어리게만 보이는 동생이 겪고 있는 일들을 생각하는 것만으로도 마음이 아파 견딜 수가 없었다.

　한참을 끅끅거렸을 무렵, 복도에서 인기척이 느껴지기 시작했다. 얼른 눈물을 닦아낸 그녀는 가방에서 거울을 꺼내 자신의 매무새를 비춰보았다. 그리고 억지로 태연한 표정을 지으며 자리에서 일어나 다시 서혁의 사무실로 향했다. 그녀의 퇴장과 동시에 휴게실로 들어서는 사람들의 호기심 어린 시선이 느껴졌다. 등 뒤에까지 따라붙는 눈길을 무시하며 희서는 이사실의 문을 열었다. 이번엔 비서도 그녀를 보며 희미한 미소를 건네주었다.

　“들어가 보세요.”

　그러나 여전히 안심이 되는 것은 아니었다. 가방을 든 손으로 중간 문을 노크하는 그녀를 위해 비서가 문을 열어주었다. 입모양으로 고맙다는 말을 내뱉은 희서는 뒤에서 조용히 문이 닫히자 연습했던 밝은 표정을 지어 보였다.

　“뭐가 그렇게 바빠? 옷이랑 도시락이랑 가져왔어.”

　소파에 앉아 눈을 감고 있던 서혁의 고개가 번쩍 들려졌다. 희서는 동생의 후줄그레한 양복과 수염에 감싸인 갸름한 얼굴을 보며 눈살을 찌푸렸다.

　“누나! 어, 언제 왔어?”

　서혁의 두려움 섞인 눈빛은 그녀가 사실을 알게 될까 봐 전전긍긍하고 있다는 것을 보여주고 있었다. 혹시나 동생에게 속내를 읽힐까 싶은 마음에 고개를 숙이며 얼른 자리에 앉은 희서는 가방에서 도시락을 부산스레 꺼내 들며 말했다.

"언제 오긴, 지금 왔지. 점심 전이지? 같이 밥 먹자."

"뭐야, 연락도 없이."

"전화를 안 받은 사람이 누군데?"

그녀의 말에 셔혁은 더 이상 응답이 없었다. 젓가락을 건네며 마주한 동생의 눈빛은 깊은 생각에 잠긴 듯 얼이 빠져 보였다.

그런 서혁을 안타까이 응시하던 그녀의 귓가에 기태의 음산한 한마디가 메아리처럼 울려댔다.

"널 원해. 채희서…… 널 원해. 채희서…… 널 원해……."

서혁의 초점없는 눈빛 위로 기태의 얼음장 같은 눈빛이 겹쳐져 떠올라 그녀는 그만 시선을 돌리고 말았다.

희서는 침묵 속에서 어떻게 점심을 먹었는지도 모르겠다고 생각했다. 대충 그릇을 챙긴 그녀는 서혁에게 새 옷을 건네주고, 돌려 받은 빨랫감을 싸서 얼른 그곳을 나왔다. 명목은 그의 업무를 방해할 수 없다 였지만 사실상 그녀의 머리 속은 다른 생각으로 가득 차 조급했다.

서혁의 상처받은 얼굴과 거친 사람들의 고함 소리에 섞여 기태가 했던 말들이 드문드문 생각나 그녀의 걸음을 재촉했다. 희서는 서림백화점의 건물을 나오자마자 제일 먼저 보이는 공중전화 부스로 들어갔다. 가방을 바닥에 내려놓은 그녀는 떨리는 손길로 미친 듯이 헤진 전화번호부를 뒤적여 우진그룹이라고 적힌 번호를 찾아냈다.

가방에서 지갑을 꺼내 든 그녀는 그 안쪽 깊은 곳에 넣어두었던, 다시는 보지 않았으면 하고 바랐던 명함을 꺼내 들었다. 희서는 떨리는 손으로 10자리의 번호를 눌렀다. 그의 목소리가 나오기를 기다리는 동안 그녀는 자신의 신세가 너무도 처량하게 느껴져 불쑥 화가 났다. 거기다 앞으로 그에게 해야 할 아쉬운 소리들은 그녀의 기분이 급속도로 추락하도록 만들었다.

[생각보다 빠르군.]

"당신의 제안, 받아들이겠어요. 하지만 그전에 반드시 서림과 서혁일 원위치로 되돌려 줘야 해요."

[물론.]

심하게 숨을 헐떡이는 그녀와 달리 그에게서는 고른 숨소리조차 들려오지 않았다. 두 손으로 수화기를 꼭 잡고 있던 희서는 안도감으로 깊은 한숨을 토해내며 통화의 종료를 알렸다.

"좋아요."

[이봐, 이젠 네 차례야.]

죽음의 신과 같은 음산한 음성에 희서는 어깨를 움찔했지만, 물러날 곳은 없었다. 그녀는 마치 복종을 하듯 고요하게 대답했다.

"알았어요."

자신이 할 수 있는 일이 아무것도 없다는 것은 서혁을 절망스럽게 만들었다. 자기 한 몸이야 어찌 되든 좋았다. 하지만 백화점은, 그곳에 딸린 식구들만큼은 지켜야 했다. 아버지가 무모하게나마 우진에 맞선 것도 다 그 때문이 아니었던가.

책상에 고개를 파묻고 있던 서혁은 인터폰 소리에 그것을 기계적인 손길로 집어 들었다.

[우진그룹 강기태 사장님이 오셨습니다.]

그의 본능이 극렬한 거부반응을 일으켰다. 아버지를 죽음으로 몰아갔을 뿐 아니라 지금 백화점이 이와 같은 위기에 처하도록 만드는 데 가장 큰 원인을 제공한 당사자가 지금 밖에 와 있다고 한다. 눈동자에서 열기가 확 피어오르는 듯하였다. 그러나 그는 이제 그냥 채서혁이 아니라 서림의 경영자였다. 성마르게 날뛰려는 혈기를 겨우 억누른 서혁은 책상을 돌아 나오며 짧은 지시를 내렸다.

"들어오시라고 해요."

별로 길게 대화를 이어가고 싶지 않았기에 차도 부탁하지 않았다. 곧 문이 열리고 날카로운 인상에다 거북스런 분위기를 가진 사내가 들어섰다. 짧은 손짓으로 맞은편 자리를 가리키며 서혁은 소파에 먼저 앉았다.

"대학 선배야."

기태를 보고 있노라니 '강 사장과 어떤 관계냐' 고 추궁을 했을 때, 그의 눈을 피하며 대답을 하던 누나의 모습이 떠올랐다. 명쾌하지 않은, 아주 찜찜한 기분이었다.

"지금 사정은 좀 어떤가?"

마치 다 알고 있다는 듯 느긋한 음성은 그의 속내에서 타오르던 불길을 더욱 거세게 만들었다. 은행들은 하나같이 대출을 꺼리고 있었고 그 뒤에 우진이 있을 거라는 짐작은 확신으로 이어졌다. 꾹 다물어진 잇새로 억눌린 음성이 흘러나왔다.

"걱정해 주셔서 고맙지만, 제가 지금 바빠서요. 그만 돌아가 주십시오."

"앉아."

강압적인 어조에 펴지던 서혁의 무릎이 주춤 움직임을 멈추었다. 불쾌감으로 일그러지는 얼굴을 억누르며 그는 다시 자리에 앉아 상대의 기분 나쁘게 번뜩이는 눈빛과 마주했다.

"지금 활로를 뚫어주지."

소파의.팔걸이를 움켜잡은 서혁의 손아귀에 힘이 잔뜩 주어졌다. 서림을 잡아먹으려 들었던 그였다. 그런데 이제 와 왜 이런 선심을 쓰는 것인지 미심쩍기 짝이 없었다. 그의 표정을 읽었을 텐데도 기태는 전혀 개의치 않는 듯 말을 이었다.

"밀린 대금을 지급하는 즉시 소송 역시 취하될 것이고, 올스톱되었던 백화점 업무도 정상 궤도를 찾게 될 거야."

"원하는 게 뭡니까?"

"나 역시 백화점이 무너지는 걸 보고 싶진 않을 뿐이야. 단,

조건이 있어.”

그럼 그렇지. 서혁은 권위가 서린 상대의 굳은 입매를 노려보았다.

“육 개월의 시간을 주지. 지금 매출의 50% 이상을 신장시켜 자네의 능력을 내게 증명해 봐.”

생각지도 못했던 내용을 담고 있는 말은 서혁의 입에서 날카로운 물음이 터져 나오도록 만들었다.

“무슨 뜻입니까?”

“일종의 유예 기간이라 치지. 설마 내가 서림의 경영권에 대한 욕심을 버렸다고 생각하나?”

그의 물음에 응대하는 또 다른 물음은 뒤통수를 내리치는 듯한 충격을 안겨주었다.

“천만에, 긴장을 늦추지 말도록.”

남자의 입가에 서린 만족감을 지켜보는 동안 서혁은 오기가 불붙는 것을 느꼈다. 실로 오래간만에 느껴보는 승부욕이었다.

“결과가 나쁘다면, 내가 원하는 방식대로 서림을 가지겠네.”

“그럴 일은 없을 겁니다.”

뭐라 제지하기도 전에 튀어나온 대답은 일종의 동의를 뜻했다. 그의 반응에 기태의 왼쪽 입꼬리가 스르륵 올라간다 싶더니 기다란 몸이 펴졌다.

“기대하지.”

돌아선 기태와 상대를 외면하고 앉은 그사이에는 어떤 인사

말도 파고들 여지가 없었다. 이미 깊은 생각에 잠겨든 서혁의 귓가에는 문이 닫히는 소리도 아주 멀게 느껴졌다.

＊

서림의 임시 주주총회가 있는 날.

약간 들뜬 듯 보이는 태진과 달리 기태는 묵묵히 곧 맡게 될 우진백화점의 사업 보고서를 훑어보고 있을 뿐이었다. 이미 그의 마음속은 깨끗하게 정리가 끝난 상태였다. 어리석다 속삭여 대는 목소리에 계속 귀를 기울이고 있다가는 이도 저도 얻을 수 없을 테니.

서림을 포기하는 것이 아니었다, 다만 유보한 것일 뿐. 그만큼 자신이 있었다. 하지만 희서에 대한 증오인지, 미련인지 모를 감정은 하루 빨리 깨부수지 않으면 안 된다. 그렇기에 그는 말도 안 되는 조건을 내걸어 그녀를 곁에 두는 방법을 택했다. 그가 여기까지 올 수 있도록 만들어준 근원이자, 다시 만난 순간부터 신경을 긁고 있는 여자. 그녀에 대한 이 알 수 없는 감정을 끊어낸 다음 가차없는 숙청을 단행할 것이라 다짐하며 기태는 보고서를 소리나게 덮었다.

그가 회의실로 들어서자 모두의 긴장된 눈빛이 와 닿았다. 그중 희서를 닮은 젊은 사내의 눈빛에만 화답을 보내며 기태는 여유로운 몸짓으로 착석했다.

주주총회가 시작되고 모두의 예상대로 그가 차기 경영자로 추대되자, 회의실 안은 술렁이기 시작했다. 기태는 그동안 자신과 개인적인 만남을 가졌던 주주들의 낯익은 얼굴을 훑어보며 의자에 몸을 묻었다. 그러나 그에게 쏟아지는 눈길이 모두 우호적인 것만은 아니었다. 맞은편에 앉은 채서혁과 몇몇 이사들은 그에게 극렬한 적대감을 드러내고 있었다.

희미한 미소와 함께 기태는 자리에서 천천히 몸을 일으켰다. 그의 눈빛은 여전히 서혁에게서 떨어지지 않았다. 그들의 시선이 만나 한동안 강렬한 불꽃을 내뿜어대자 주주들의 호기심 어린 눈빛이 일시에 집중되었다.

서혁에게서 먼저 고개를 비껴낸 기태는 여유로운 몸짓으로 회의실 정중앙을 향해 걸어갔다. 그의 움직임 하나하나에 주주들의 고개가 뒤따르고 있었다. 마이크 앞에 선 그는 서혁의 눈빛을 맞받아친 후, 자리에 앉은 이들의 얼굴을 하나하나 훑어보았다.

"먼저 부족한 저를 추대해 주신 여러분들께 진심으로 감사드립니다."

그의 말에 고개를 끄덕이는 이들도, 뿌루퉁한 표정을 짓는 이들도 보였다. 그러나 기태는 이에 아랑곳없이 일정한 톤으로 계속 말을 이었다.

"그리고 또한 죄송하다는 말씀을 드려야겠습니다."

침묵으로 가라앉았던 공간이 또다시 소란스러워졌다. 서로

고개를 맞댄 채 웅성거리는 주주들을 보며, 기태는 한참을 기다
렸다. 그러자 좌중의 시선은 자연스레 그에게로 모아졌다.

"이렇듯 위태로운 상황에서 이루어지는 경영권의 교체는 사
양합니다."

"그게 무슨 말입니까!"

당황스러운 표정을 감추지 못하는 이는 최근 그와 함께 자주
술잔을 기울였던 이사 채주혁이었다. 서혁의 사촌이자 고요한
이면 아래 엄청난 욕망을 감추고 있는 사내. 애써 미소를 머금
으며 기태는 주혁을 바라보았다.

"채서혁 이사에게 기회를 주어야 한다고 생각합니다. 위기 상
황을 극복해 내는 것은 경영자로서의 필수 조건이죠."

그에게 몰려 있던 시선이 일시에 썰물처럼 빠져나가 서혁을
향해 밀려들었다. 내색하지는 않았지만 서혁은 무척이나 놀란
듯 보였다.

"서림은 유서 깊은 백화점입니다. 그 오랜 세월 이어온 경영
방식에 대해선 누구보다 채서혁 이사가 잘 알고 있을 것 같군
요. 이렇듯 갑작스런 경영권의 위임은 제가 바라던 게 아닙니
다."

누구도 예상치 못한 선언이었다. 폭풍이 인 회의실 안의 공기
를 깊게 들이킨 기태는 모두들 향해 정중하게 고개를 숙인 후,
뚜벅뚜벅 그곳을 걸어나왔다. 자신에게서 불과 몇 발자국 뒤에
서 인 파란엔 관심도 없다는 듯 지루한 표정으로.

문을 닫고 복도로 나온 그를 언제나처럼 태진이 맞았다. 그와 비슷한 짙은 바지 정장 차림을 한 그녀의 얼굴은 약간 찌푸려져 있었다.

"가지."

뭔가 얘기를 하고 싶어하는 비서를 못 본 척하며 기태는 앞서 나갔다. 뒤에서 태진과 경호팀의 규칙적인 구두 굽 소리가 들려왔다.

백화점의 로비와 입구를 차례로 지나 차에 오른 그의 곁에 태진의 존재가 느껴지고 문이 닫히는 소리가 들렸다.

"왜 그러셨습니까?"

"뭘 말이지?"

한참 동안 이어진 적막감을 뚫고 태진이 조심스런 물음을 던졌다. 무슨 뜻인지 충분히 알 수 있었음에도 기태는 또 다른 물음으로 응대했다.

"애초에 서림을 인수합병해서 경영권을 장악하는 게 사장님의 목적이 아니셨습니까? 제가 잘못 알고 있었던 겁니까?"

질책하는 듯한 태진의 음성은 기태의 얼굴에 씌워져 있던 가면을 벗겨 버렸다. 그는 차창 밖을 향하던 시선을 돌려 그녀를 노려보았다.

"지금 내 행동이 잘못되었다고 말하고 싶은 거냐?"

"오빠! 난 늘 오빠 편이라는 거 몰라요? 그저 마음이 약해진 건 아닌지 걱정되었을 뿐이에요."

지금 태진은 사장님이 아닌 친오빠를 걱정 어린 눈으로 바라보고 있었다. 그에 기태는 좀 전과 달리 누그러진 어조로 짧게나마 대꾸했다.

"때를 기다리는 거라고 해두지."

스쳐 가는 거리의 풍경으로 고개를 돌린 그는 자신의 등 뒤로 태진의 안타까운 시선이 내려앉고 있는 것을 알았다. 하지만 팔짱을 낀 채 눈을 감으며 기태는 더는 말하고 싶지 않다는 뜻을 내비칠 뿐이었다.

이제 결심이 선 이상, 그냥 집에만 있다가는 잡념만 늘어갈 것 같아 희서는 재원의 사무실로의 출근을 감행했다. 몸이 피로하면 생각도 사라지지 않을까 싶은 일말의 기대감을 품고서. 그녀가 바라던 대로, 직원들의 얼굴과 사무를 익히느라 정신이 없는 낮 동안은 기태와 관련된 일들을 잊고 지낼 수 있었다.

〈가시〉 팀을 이루는 구성원은 대략 열 명 안팎이었다. 재원을 위시한 디스플레이 디자이너들이 네 명, 그 외 아르바이트생들이 여섯 명쯤 되는 것 같았다. 다들 웃는 낯으로 편안하게 그녀를 대해주어서 별다른 어려움은 느끼지 못했다. 다만 미국과 다른 한국의 업무 환경에 적응하느라 그것이 조금 힘들 뿐이었다.

일을 하다 보면 시간이 후딱 지나가 버렸다. 어느새 점심 시간이 코앞에 다가왔고, 희서는 동년배의 디자이너들과 함께 식사를 하면서 진심으로 웃을 수 있었다. 그러면서도 그녀의 눈길은 종종 시계에 가서 머물곤 했다. 시간이 가는 것이 두려웠다. 퇴근 시간이 다가오는 것도, 그와 대면할 순간이 점점 가까워지는 것도.

"희서 씨, 채희서 씨? 무슨 생각을 그렇게 해요?"

첫 회식 자리에서 자신의 소개를 거창하게 늘어놓았던 지문이었다. 최근 프랑스에서 유학을 마치고 돌아왔으며, 그녀보다 두 살이 많다던, 서글서글한 눈빛을 보내던 사람이었다.

"그만 일어나자."

손목시계를 들여다본 재원이 다급한 표정으로 먼저 몸을 일으켰다. 헝클어진 긴 머리를 대충 정리하며 그는 카운터를 향해 휘적휘적 걸어가고 있었다.

"어디 아픈 건 아니죠?"

"네, 그런 거 아니에요."

지문의 지나친 관심이 부담스러웠다. 게다가 그들을 바라보는 동료 디자이너 혜경의 입꼬리가 씰룩이고 있었기에 희서는 더욱 몸둘 바를 몰랐다. 사무실 가까이에 위치한 한식집에서 식사를 마친 그들은 소화도 시킬 겸 천천히 걸었다. 삼삼오오 짝을 지어가는 일행에 묻혀 희서는 애써 웃고, 간간이 대화에 끼어들기도 했다.

"이야, 진짜 차 좋은데! 저런 거 타고 다니려면 도대체 얼마나 돈이 많아야 되는 거지?"

그녀 곁에서 걸음을 옮기던 지문이 탄식 섞인 음성을 내뱉었다. 그제야 고개를 든 희서는 새하얀 이층 건물을 훑어보다가 그 바로 아래 세워진 잘 빠진 차체로 시선을 내려뜨렸다. 뉴욕에서도 잘 찾아볼 수 없는 고급 외제차였다.

직원들은 모두들 신기한 구경거리라도 된 양 그것에 한참 동안 시선을 두다가 사무실로 들어갔고, 일행의 마지막에서 따라가던 희서와 지문이 계단을 오르려던 찰나였다. 적막감에 감싸여 있는 듯 보였던 차 문이 덜컥 소리와 함께 열렸다. 그리고 모습을 드러낸 사람은 지금껏 희서를 붙잡고 놓아주지 않았던, 잠시 동안만이라도 잊고 싶은 그 사람이었다.

예기치 못한 그의 등장에 희서는 멍하니 나무 계단에 선 채 움직이지 못했다. 아니, 움직일 수가 없었다. 기태의 회색 빛 눈동자는 그녀를 비껴나 뒤를 향하고 있었다. 두려움으로 인해 희서는 목울대가 흔들리도록 침을 삼키며, 지문을 향해 조용히 부탁했다.

"지문 씨, 미안한데 자리 좀 비켜줄래요?"

"누구예요, 아는 사람이에요?"

그녀가 대답이 없자 지문은 의아한 시선을 그들을 향해 몇 번 던지더니 내키지 않는 발걸음으로 사무실 안으로 들어갔다. 팽팽했던 긴장의 끈이 조금은 느슨해졌다 느낀 순간, 기태의 단호한 명령이 귓가를 파고들었다.

"타지."

어차피 그를 찾아가려고 했었던 것을 상기하며, 이렇듯 거부감을 느낄 이유가 없다고 스스로를 다독이면서 희서는 떼어지지 않는 발걸음을 옮겼다. 그녀의 동작 하나하나에 기태의 집요한 시선이 따라붙고 있었다.

떨리는 손으로 문을 열고 시트에 몸을 기대자, 곧 남자의 존재가 그녀 곁을 가득 메웠다. 닫힌 문과 기태 사이에서 희서는 호흡이 가빠지는 듯한 착각에 숨을 깊게 몰아쉬었다.

"언제까지 기다리게 만들 생각이었나?"

질책하는 듯한 물음에 희서는 운전대를 잡은 그의 길쭉한 손가락을 바라보았다. 마디가 굵은 그것은 지금까지 살아온 그의 일생이 평탄하지만은 않았다는 것을 드러내 보여주었다. 희서는 또다시 과거로 돌아가려는 의식을 붙잡았다. 똑같은 얼굴이지만, 이젠 너무도 다른 느낌을 주는 남자를 향해 그녀는 애써 담담한 시선을 보냈다.

"변명 같지만, 정말 오늘쯤 연락하려고 했었어요."

"잘됐군, 더 이상 시간 끄는 건 원하지 않아."

왠지 비웃음이 어린 어조에 희서는 두 손을 세게 움켜쥐었다. 어느새 익숙해진 명령조의 말이 이어졌다.

"내일 당장 내 집으로 들어와."

받아들이려 했던 사실이지만, 그의 입을 통해 듣는 것은 고통이었다.

한 줄기 애정도, 따사로움도 없는 욕망의 늪으로 걸어 들어가야만 한다는 사실이 그녀를 아프게 만들었다.

“더 이상 내 인내심을 시험하지 않길 바라.”

한숨을 삼키며 희서는 차창으로 고개를 돌렸다. 그러나 다음 순간 차갑고 단단한 손가락이 그녀의 턱을 감싸 쥐는 바람에 아픔을 삼키며, 그녀는 기태를 바라볼 수밖에 없었다.

“내게서 고개 돌리지 마.”

시퍼런 불길이 일렁이는 눈동자를 보고 있노라니 가슴이 욱신거리며 아파왔다. 그러나 약해지려는 마음을 더욱 단단히 조이며 희서는 그의 손목을 잡아 자신에게서 떼어냈다. 턱이 얼얼해 졌지만, 그녀는 아무렇지도 않은 듯 그를 응시했다.

“약속은 지켜요. 이만 들어가 봐야 해요.”

문을 열려는 그녀의 등 위로 경멸스러움을 숨기지 않는 기태의 말들이 채찍처럼 내려앉았다.

“이 남자, 저 남자의 품으로 날아다니는 짓은 더 이상 묵과할 수 없어. 넌 한동안은 나 강기태의 것이라는 걸 명심해.”

반응할 가치도 없는 경고라 치부한 희서는 세게 문을 닫아 자신과 거만한 남자 사이를 갈라놓았다. 그러나 그의 마지막 말은 한동안 그녀의 귓가를 떠나지 않았다.

늦은 저녁 집으로 돌아오는 길에 그녀를 잡고 놓아주지 않는 건 언제나 강기태라는 남자의 얼굴과 음성이었다. 그렇게 무거운 발걸음으로 집으로 들어섰을 때, 그나마 그녀를 힘들게 하지 않는 건 이전보다 훨씬 바빠진 동생이었다. 회사 일에 의욕을 불태우기 시작한 서혁은 다행히도 그녀의 힘들어하는 모습을 눈치채지 못했다.

상황이 그러고 보니 몸이 부숴져라 일을 하는 동생이 안쓰럽
다기보다 외려 마음이 편안한 희서였다. 눈치 빠른 서혁이 의구
심을 갖고 꼬치꼬치 캐묻는다면, 그녀도 더 이상 버텨낼 자신이
없었기에.

그녀가 마음이 놓이는 이유는 비단 그것뿐만이 아니었다. 그
녀는 여느 때보다 열심인 서혁에게서 작은 희망의 씨앗을 보았
다. 어쩌면 동생이 아버지가 못다 이룬 과업을 완성시켜 줄 수
도 있을 것 같아, 면목 없음으로 가득하던 그녀 가슴의 무게가
조금은 덜어진 탓도 있었다.

"쉬어가면서 해."

그녀가 서재로 들어섰음에도 컴퓨터 모니터만을 응시하고 있
는 동생이었다. 희서는 책상 위에 주스 잔을 내려놓으며 걱정스
레 말했다. 그러나 서혁은 고개를 끄덕일 뿐 별다른 반응을 보
이지 않았다. 그런 동생의 모습이 생전의 아버지와 너무도 닮아
보여 희서의 명치끝이 아려왔다. 지금껏 두 사람이 비슷하다는
생각은 한 번도 해본 적이 없었는데.

갑작스레 철이 들어버린 듯한 동생의 변화가 이상하게도 서
글프게 느껴졌다. 그러나 희서는 그 변화를 애써 긍정적으로 받
아들이려 노력하며, 고개를 내저었다. 밖으로만 나돌던 서혁이
백화점 일에 열의를 보이기 시작했으니 이 얼마나 다행이란 말
인가.

게다가 지금의 서혁이라면 그녀가 시작할 연극에 쉽게 속아 넘어가 줄 것 같았다. 희서는 깊은 심호흡과 함께 책상을 사이에 두고, 서혁의 맞은편 의자에 앉았다. 떨어지지 않으려는 입술을 몇 번 달싹거리던 그녀는 서혁이 마우스를 움직이던 손을 멈추고 자신을 바라보는 것을 느꼈다.

“뭐 할 말 있어?”

“나 직장 구했다고…… 어제부터 재원 선배가 차린 사무실로 출근했었어.”

“재원 형 사무실로? 그랬구나. 미안, 내가 요즘 통 정신이 없었어.”

“아냐, 너 바쁜 거 내가 아는데 뭘. 음…… 그래서 말인데. 어차피 희원이 데려오면 베이비시터도 써야 하고, 야근도 잦을 것 같은데 아무래도 이 집에선 너만 불편하게 만들 것 같아서 회사 근처에 오피스텔을 하나 구했어. 내일 들어가려고 해.”

차마 동생의 눈을 똑바로 마주할 수 없어, 희서는 먼 곳으로 시선을 두었다. 물리적인 거리는 가까웠지만, 그들 사이에 존재하는 거리감은 엄청난 것이었다. 굳어진 서혁의 음성이 들려왔다.

“그게 무슨 말이야? 당연히 함께 살아야지.”

“자주 올게. 희원이 귀국하면 더 자주 올 거야.”

“무슨 일 있는 거지?”

“일은 무슨……. 그냥 회사 가까운 데 오피스텔 구해서 있으

면 희원이 보는 것도 쉬울 테니까 내가 좀 편할 것 같아서 그러
지."

그녀의 눈빛에 실린 간절함을 읽은 것인지 뜻밖에도 서혁은
쉽사리 승낙의 대답을 내뱉었다.

"휴, 그래. 난 아무래도 괜찮지만, 누나가 그게 편하다면 그렇
게 해."

"이해해 줘서 고마워."

온몸으로 퍼져 가는 안도감이 희서의 입가에 짙은 미소가 새
겨지도록 만들었다. 그러나 등받이 의자에 몸을 기대려는 찰나
날아든 서혁의 물음은 다시금 그녀를 긴장의 굴 속으로 밀어 넣
었다.

"참, 재원 형 사무실이라고 했었지? 거기 안국동인데, 부근에
오피스텔이 있었던가?"

불길이 스며드는 굴 안에서 나가지도 물러나지도 못하는 너
구리 처지였다. 머리 속으로 미친 듯이 생각을 굴리던 희서는
급한 대로 말을 지어냈다.

"그럼, 생겼어! 새로 지어서 깨끗하고, 주변이 주택가라서 조
용하고 좋아."

"그래? 그렇담 다행이고."

그녀를 물끄러미 바라보는 서혁의 시선이 느껴졌다. 또 다른
물음이 흘러나오기 전에 희서는 얼른 화제를 돌렸다. 기태와의
거래 내용을 떠올리며.

"회사는 어때?"

그 물음에 눈에 띄게 표정이 굳어지는 서혁이었다. 아마도 기태와 연관된 일에 대해선 그녀에게 말하고 싶지 않은 것이리라.

"은행에서 자금을 융통받았어. 게다가 주총을 통해 경영권도 안정되었고. 이제 괜찮아질 거야. 누난 걱정 마."

"그래."

생각 외로 빨리 그가 움직여 주어서 다행이다 싶었다. 그러면서도 이리저리 동생을 속인 것에 대한 죄책감이 치밀어 올라 희서는 고개를 들 수가 없었다. 때마침 울리는 벨소리는 그녀가 숨을 돌릴 수 있는 기회를 제공해 주었다. 전화기로 손을 뻗는 서혁의 모습을 뒤로한 채 희서는 조용히 서재를 나왔다.

그의 빌라 앞에 도착한 희서는 슈트케이스의 손잡이를 든 손에 힘을 주며 한참을 망설였다.

토요일임에도 서혁은 회사로 출근을 했고, 그것이 외려 떠나는 그녀를 편안하게 만들어주었다. 만약 서혁이 집에 있어 그녀를 부득불 데려다 주겠다 우겼다면, 어떻게 그 난관을 극복했을지 생각만 해도 머리가 지끈거렸다. 서혁에게 비교적 쉬운 안녕을 고한 희서는 동생이 떠나고 약 한 시간 뒤 집을 나왔다.

그러나 기태의 집 앞에 이르는 순간부터 오늘이 주말임이 저주스러워지는 희서였다. 그것은 오늘과 내일을 고스란히 그와 함께해야 한다는 것을 뜻했기에. 차라리 집에 가평댁 아주머니

밖에 없다면, 지금 당장 그의 거만하고 차가운 얼굴을 마주하지 않아도 된다면, 그렇다면 이렇듯 망설이는 일은 없을 텐데.

"채희서 씨."

갑작스레 자신의 이름이 불리자 희서는 화들짝 놀라 가방을 떨어뜨리고 말았다. 허리를 숙여 그것을 집어 들면서 그녀는 뒤를 돌아보았다. 비틀어진 그녀의 시야 속에 기태의 비서가 보였다. 강 비서라 했던가? 참 독특한 분위기의 여인이었다.

"또 뵙네요."

자세를 바로잡으며 인사를 건네는 그녀를 보고도 강 비서는 눈 하나 깜빡이지 않았다. 대신 그녀의 머리끝부터 발끝까지를 냉정한 눈길로 바라볼 따름이었다. 마치 수색을 당하는 듯한 느낌에 불쾌감이 들었다.

"들어가시죠."

'검열 통과'라는 말처럼 들리는 한마디에 희서는 입술을 앙다물었다. 단발머리를 찰랑이며 여자는 그녀를 앞질러 걷기 시작했다. 여자의 버들가지처럼 길고 유연한 몸매를 노려보며 희서는 이상한 감정에 사로잡혔다. 기태의 사생활에까지 관여하고 있는 강 비서의 존재에 대한 의구심과 함께 오랫동안 잊고 지낸 질투라는 놈이 서서히 고개를 쳐들고 있었다.

그 후 엘리베이터에 타서도, 내려서도 그녀들은 서로 말을 섞지 않았다. 강 비서에게 그와의 관계를 묻고 싶은 마음을 억지로 누르며 희서는 그녀를 외면했다. 지난번과 똑같은 상황이 연출되었다.

현관문이 열리자, 강 비서는 그녀에게 닿지 않으려는 듯 한 발 뒤로 물러섰다. 안으로 들어가려던 희서는 상대를 향해 빙긋 미소를 지으며 말했다.

"다음에 또 뵙죠."

그러나 예상과 달리 강 비서는 문을 잡더니 그녀를 따라 빌라 내부로 들어서는 것이었다. 놀란 눈으로 부드럽게 닫히는 문과 강 비서를 번갈아 바라보던 희서는 뒤에서 들리는 가평댁 아주머니의 목소리에 겨우 정신을 차릴 수가 있었다.

"강 비서, 어서와요. 사장님께서 기다리고 계신다우."

희서를 슬쩍 밀치며, 여자는 신발을 벗고 먼저 안으로 들어가 버렸다. 긴 다리로 성큼성큼 서재를 향해 걸어가는 강 비서의 뒷모습을 희서는 어이없는 눈초리로 훑어보았다. 그렇게 목석처럼 현관 앞에 서 있는 그녀를 향해 가평댁이 다가서며 가방을 받아 들었다.

"들어와요, 방을 안내해 줄 테니."

가평댁을 따라 걸음을 옮긴 희서는 길쭉한 복도형 마루의 가장 끝에 위치한 방으로 인도되었다. 여성적인 인테리어로 치장된 내부를 둘러본 그녀는 썩 좋은 기분이 들지 않았다. 희서의 의구심 가득한 눈초리에 가평댁은 그저 미소를 짓더니 방을 나갔다.

그녀의 시선이 혼자 쓰기에는 지나치게 거대한 침대와 고급

스런 화장대를 훑고는 둥그런 탁자 위에 머물렀다. 그곳에 놓인 익숙한 가방이 희서에게 유쾌하지 않은 기억을 되살려 주었다. 지난번 기태의 서재에서 도망치다시피 나오느라 잊고 있었던 물건이었다.

애써 고개를 돌려 그것을 외면한 희서는 슈트케이스를 내려놓고, 천천히 옷장으로 다가가 문을 열어보았다. 빈틈없이 채워진 여자 옷을 보며 구역질을 느낀 그녀는 옷장 문을 소리나도록 닫아버렸다. 갑자기 답답함이 밀려와 숨을 쉴 수가 없었다. 다급한 동작으로 희서는 문을 열고 방에 딸린 테라스로 나갔다. 차가운 공기가 콧속으로 들어오자 그제야 가슴이 뚫리는 듯한 기분이 들었다. 난간에 몸을 기대고 그녀는 눈을 감았다.

이 방이 누가 쓰던 곳이든 저 옷들이 누구의 옷이든 그녀가 신경 쓸 이유는 없다고 몇 번이고 자신에게 주지시켰다. 그러나 야속한 기분이 드는 건 어쩔 수 없었다. 잔인한 무신경의 소유자인 그에게 화가 났다.

"방은 마음에 드나?"

등 뒤로 느껴지는 체온만큼이나 귓가에 끼얹어지는 그의 숨결은 뜨거웠다. 희서는 난간을 잡은 손에 힘을 주며, 기태를 돌아보지 않으려고 안간힘을 썼다. 그녀에게로 다가드는 그의 단단한 가슴과 허벅지의 감촉이 고스란히 느껴져 얼굴이 화르륵 달아올랐다. 나름대로의 방어책으로 고개를 돌려보았으나 기태의 손짓 한 번에, 차가운 말 한마디에 희서는 그 자리에 굳어져 버렸다.

"내게서 고개 돌리지 말랬잖아!"

목덜미를 덮은 그의 긴 머리칼에 시선을 두며 희서는 자신을 성난 황소처럼 밀어붙이고 있는 남자의 존재를 애써 외면하려 하였다.

"채희서, 네가 선택한 거야. 네 발로 걸어서 내 곁으로 왔어. 그것을 기억해."

놀란 눈으로 그를 올려다본 순간 그녀가 뭐라 반응을 보일 사이도 없이, 남자의 입술이 내려왔다. 그의 손길이 그녀의 가슴을 거칠게 움켜쥐었다. 그녀의 입 안을 유린하는 그의 혀만큼이나 손놀림은 거칠 것이 없었다.

풍랑을 만난 배처럼 기태에 의해 흔들리던 희서는 어느새 자신의 몸이 들려 침대로 옮겨지고 있다는 것을 깨달았다. 벗어나기 위해 발버둥을 쳐보았지만, 자신을 누르고 있는 그의 힘을 이겨낼 수는 없었다. 열려진 테라스의 문을 통해 차가운 가을바람이 스며들고 있었다. 그에 의해 스웨터와 청바지가 뜯기듯 벗겨져 드러난 살갗에 오도독 소름이 돋아났다.

아슬아슬하게 걸쳐져 있던 팬티와 브래지어도 거침없는 손길에 의해 제거되었다. 하지만 희서는 치욕감도, 부끄러움도 느끼지 못했다. 그저 자신의 위에서 으르렁대고 있는 남자를 올려다보는 그녀의 눈동자에는 공허한 열망만이 가득했다.

그의 뜨거운 입술이 그녀의 입술과 목덜미를 간질였다. 그가 주는 쾌락이 여전히 익숙하게 느껴져 가슴이 아팠다. 본능적으로 그녀는 침대 위로 힘없이 늘어져 있던 팔을 들어 그의 등을 매만졌다. 셔츠의 감촉이 고스란히 손바닥에 느껴지는 순간 처음으로 수치심이 밀려왔다. 알몸인 그녀에 비해 기태는 옷을 여전히 다 갖춰 입고 있었던 것이다.

그녀를 집어삼킬 듯 가슴을 지나 여성의 상징까지 애무를 이어가던 기태는 희서의 미약한 반응에 잠시 고개를 들었다. 그 눈빛 속에 일렁이고 있는 강렬한 욕망을 읽은 그녀는 그를 향해 희미한 미소를 지었다. 그러자 한동안 흔들리는 듯 보였던 그의 눈동자가 다시금 얼어붙고 있었다. 그의 차가운 입술이 허벅지의 안쪽을 지나 배꼽과 가슴, 목덜미로 차츰 올라왔다. 그리고 종래에는 그녀의 떨리는 입술을 삼켜 버렸다.

예전처럼 마음이 하나가 아님에도, 그의 키스가 주는 관능적인 즐거움은 여전했다. 복잡했던 그녀의 머리 속은 하얗게 비워져 더는 생각을 이을 수가 없었다. 그와 그녀의 먹고 먹히는 관계에 고민하기보다 지금은 그가 주는 끝간데없는 이 쾌락을 즐기고 싶었다. 기억보다 조금 마른 듯 보이는 그의 탄탄한 몸을 느끼고 싶었다. 희서는 손가락을 내려뜨려 모양이 잘 잡힌 복근과 갈비뼈, 가슴팍을 쓰다듬었다. 그러나 그녀의 손길은 곧 손목을 부여잡는 기태에 의해 제지당하고 말았다.

그는 그녀의 두 팔을 머리 위로 붙잡아 올리며, 한 손으로는 다급하게 바지를 벗어 내렸다. 그러는 와중에도 그녀의 눈빛을 잡아 가둔 채 놓아줄 생각을 하지 않는 기태였다. 그제야 희서는 알았다. 자신의 몸이 지금 그에게 속해 있는 것처럼, 마음도 마찬가지라는 걸. 지난 칠 년 동안 그를 지워 버린 게 아니라는 걸. 여전히 그녀가 원하는 사람은 강기태 이 사람뿐이라는 걸.

시야를 뿌허옇게 흐리며 차오른 눈물은 액체가 되어 귓바퀴로 떨어져 내렸다. 그런 그녀를 내려다보는 기태의 입매가 굳어졌다. 왜인지 슬퍼 보이는 얼굴을 그녀에게로 내려뜨리며, 그는 혀끝으로 눈물을 닦아주었다.

"울지 마."

"네가 우는 게 싫어. 그러니까 울지 마."

그녀의 눈물을 손등으로 쓸어주던 예전 그의 모습이 겹쳐져 떠올랐다. 희미한 미소와 함께 고개를 끄덕이는 그녀의 내부로 힘차게 밀고 들어오는 그의 몸이 느껴졌다.

"아!"

원초적인 고통에 이어 미칠 것 같은 쾌감이 그녀를 집어삼키고 있었다. 그가 여전히 윗옷을 걸치고 있다는 사실도, 무덤덤한 표정으로 그녀를 내려다보고 있다는 사실도 희서의 눈에는 더 이상 들어오지 않았다. 도저히 참을 수 없어진 그녀는 손목을 내리누르는 그의 손길을 뿌리쳤다. 그리고 셔츠를 입은 그의 등 위로 손톱을 박아 넣으며 기태와 보조를 맞추어 움직였다.

그녀의 맨등이 시트에 부딪쳐 내는 사각거리는 소리와 그들의 몸이 만들어내는 끈적한 소리에 뒤섞여 들리는 것은 그녀의 신음 소리뿐이었지만, 그것도 희서의 귓가에는 들리지 않았다.

다시는 그를 놓치지 않을 것처럼 꼭 끌어안은 희서는 등을 활처럼 휘게 만들어 그를 받아들이고 또 받아들였다. 밀고 당기는 그들만의 유희는 폭발할 듯한 정염의 끝으로 점차 달려가고 있었다. 그녀의 세상을 지배하고 있던 모든 것은 기억 저편으로 멀어져 가고, 지금 가장 중요한 건 이 남자 하나뿐이었다. 그녀를 열락으로 몰아가고 있는 이 뜨거우면서 차가운 남자.

온몸이 불타다 못해 재가 되어버린 것 같았다. 어서 빨리 그가 자신의 이 갈증을 해소해 주었으면 하는 바람으로 희서는 더욱 리드미컬하게 움직이기 시작했다. 그들의 하나된 율동이 격해질수록, 기태에게서 흘러내린 땀방울은 희서의 몸으로 떨어져 내려 번들거림을 만들어냈다. 마지막 쐐기를 박듯 그녀 안으로 깊숙이 들어온 그를 그녀는 세게 감싸 안았다. 그리고 마침내 그녀의 내부를 가득 채우는 뜨거운 느낌. 그것은 무엇으로도 형용할 수 없는 충만감이었다.

희서는 자신의 위로 고스란히 느껴지는 기태의 육중한 무게감에 슬며시 미소를 지었다. 무너져 내린 남자에게서 거친 숨소리가 들려왔다. 그가 그녀만큼 흔들렸다는 것이 기뻤다. 여전히 자신이 그를 뒤흔들 수 있다는 것이 행복했다. 그가 영원히 자신의 안에 머물렀으면 싶었다. 그러나 잠시 후 그녀에게서 이내 몸을 빼내는 그의 무정함에 희서는 시트로 몸을 말며 자리에서 일어나야 했다. 등을 보인 채로 무릎에 걸쳐져 있던 바지를 추슬러 입는 그를 보며 희망으로 부풀어 오르던 가슴이 무너져 내렸다. 단단한 벽 같은 저 등을 부숴 버리고 싶었다. 그녀는 시트를 쥔 손에 힘을 주며 그의 뒷모습을 노려보았다.

그러면서도 아무 말 없이 일어나 방을 나가려는 기태를 희서는 미련한 아쉬움으로 인해 부를 수밖에 없었다.

"어딜 가는 거죠?"

잠시 멈춰 섰던 그는 그녀를 돌아보지도, 어떤 답도 주지 않은 채 자신의 자취를 문 뒤로 감추어 버렸다. 탁 하고 문이 닫히는 소리에 희서는 입술을 깨물었다.

생각해 보면 언제나 그랬다. 그녀가 한 걸음 다가가도 그는 몇 걸음 멀리 있었다. 그들 사이의 거리는 쉽사리 좁혀지지가 않았다. 그럼에도 불구하고 그를 먼저 붙잡은 건 자신이었기에 후회는 없었다. 그 차가운 모습에도 속절없이 끌려든 건 그녀였기에.

하지만 이제 어긋나 버린 그들의 관계 앞에서 희서는 '만약'이라는 가정을 해보았다. 그날 호텔 앞에서 그렇게 그를 뒤따르지 않았다면…… 그를 모르는 척했더라면…… 이렇게 가슴 아픈 재회 따윈 없었을까.

어둑어둑해진 방 안의 침대 위에 홀로 누워 있던 희서는 희미한 미소를 지으며 눈물을 닦아냈다. 살결에 와 닿는 시트의 감축이 느껴졌지만, 옷을 갖춰 입을 기운조차 없었다. 그저 눈물을 닦고 미소를 짓는 단순한 행동을 반복하던 그녀는 달칵 하고 문이 열리는 소리에 흠칫 놀라 시트로 몸을 가렸다.

"자는 거예요? 식사해요."

가평댁이 스위치를 누르자, 방 안 가득 환한 빛이 스며들었다. 그러나 희서는 아무 대답 없이 되레 시트 깊숙이 몸을 묻었다.

"지금 생각 없으면 나중에라도 먹어요. 식탁에 차려놨으니까. 난 지금 퇴근하우."

그대로 불을 켜 놓은 채 가평댁은 문을 닫고 방을 나갔다.

아무래도 이제 이 집에 남은 사람은 그녀 혼자뿐인 듯싶었다. 그 사실에 안도감이 들면서 동시에 짙은 외로움이 느껴졌다.

지친 몸을 겨우 일으킨 희서는 침대 발치에 이리저리 흩어져 있는 자신의 옷가지들을 멍하니 내려다보았다. 힘없는 손길로 그것을 집어 들어 몸에 걸치던 그녀는 결국 울음을 터뜨리고 말았다. 흔들리는 그녀의 맨발에 와 닿는 바닥이 유난히 차갑게 인식되었다.

그녀를 이렇게 버리고 간 그가 미웠다.

그에 대한 마음을 접을 수 없는 자신은 더 더욱 미웠다.

뺨을 타고 흘러내린 눈물은 바닥에 뚝뚝 떨어져 뜨거운 웅덩이를 만들어냈다. 어깨를 떨며 울던 희서는 그것을 손바닥으로 닦아내며 자리에서 일어났다. 그녀는 가느다란 한숨과 함께 방에 딸린 욕실로 들어갔다. 거울 속에 비친 자신의 모습이 마치 길 잃은 강아지처럼 불쌍하고 초라하게 보였다. 그녀는 그것을 애써 외면하며 샤워기 아래 몸을 내맡겼다. 목욕 타월로 살갗의 구석구석을 벅벅 문질러 씻은 희서는 욕실 한 켠에 걸린 가운을 걸쳐 입었다. 그가 제공하는 어떤 것도 가까이하고 싶지 않았지만, 그에 의해 벗겨진 자신의 옷가지를 입고 싶진 않았기에 지금은 어쩔 수가 없었다.

가운의 단단히 여며 끈을 졸라맨 희서는 주머니에 손을 찔러 넣은 채 방문의 손잡이를 조심스레 돌렸다. 젖은 머리칼이 목덜미에 닿아 선뜩 선뜩한 차가움을 안겨주었다. 그래서인지 소름이 돋는 살갗을 손으로 문지르며 그녀는 음식 냄새가 나는 부엌으로 향했다.

식탁보를 젖히자 가평댁의 정갈한 솜씨가 담긴 찬들이 모습을 드러냈다. 순간 믿을 수 없을 정도로 강렬한 공복감이 밀려와 희서는 저도 모르게 의자를 빼고 자리에 앉았다. 수저를 들고 그것들을 미친 듯이 입속으로 떠 넣던 그녀는 귓가를 파고드는 금속성 소리에 모든 동작을 멈추었다.

힘이 빠져 놓쳐 버린 숟가락이 식탁 위에 요란한 소리를 내며 떨어졌다. 고개를 돌린 희서의 시야 속으로 말끔한 양복 차림의 기태가 모습을 드러냈다. 그는 거실과 부엌의 경계에서 그녀를 물끄러미 바라보고 서 있었다.

희서는 붉어지는 볼을 애써 감추며 자리에서 일어나 방으로 들어가려 하였다. 그러나 그의 앞을 지나던 와중 그녀의 팔이 강한 힘에 의해 꺾여졌다. 옅은 비명과 함께 멈춰 선 희서는 원망 어린 눈길로 기태를 응시했다. 피곤해 보이는 얼굴로 그는 짧은 물음을 내뱉었다.

"왜 먹다 말지?"

희서는 피식 웃은 후 냉랭한 표정으로 그를 올려다보았다.

"이제 밥 먹는 것까지 당신 뜻에 따라야 하나요?"

"네가 언제 내 뜻에 따른 적이 있던가? 모든 건 네 의지였지 않아?"

입술을 깨물며 희서는 그를 노려보았다.

그의 날카로운 반박 앞에서 그녀는 늘상 할 말을 잊고 만다. 거세게 팔을 뿌리치며 방으로 들어가 문을 닫으려던 희서는 어느새 다가온 기태에 의해 뒤로 물러나야만 했다. 침대 위로 풀썩 주저앉아 버린 그녀의 눈앞에서 기태는 양복 윗도리를 벗고, 넥타이를 풀어 내렸다. 비웃음을 띤 그는 몸을 숙여 두 팔 안에 그녀를 가두었다.

"날 원하지 않는다고 말해 봐."

그의 눈빛에 비친 여자는 창백하고 비참해 보였다. 스스로에게 강해지라는 명령을 내리며 희서는 고개를 쳐들었다.

"원하지 않아, 당신 따위."

"그래?"

그녀에게 마법을 거는 듯한 그의 입술이 내려오고 있었다. 희서는 그것을 외면하기 위해 고개를 옆으로 돌리며 눈을 감았다. 그러나 이에 아랑곳없이 내려온 뜨거운 입김은 그녀의 볼과 귓불로 감질나는 애무를 퍼부었다. 주먹을 틀어쥐고, 이를 악물며 희서는 몸을 굳혔다. 이마와 콧잔등, 입술로 깃털 같은 감촉이 와 닿았다. 그러나 전혀 반응을 보이지 않는 그녀를 힐난하듯 곧 등으로 뜨거운 손길이 휘감겨 왔다. 그는 그녀를 침대 위로 밀어붙이며, 묵직한 체중을 실어왔다. 입속을 파고드는 그의 혀에서 진한 위스키 향이 풍겼다. 그녀의 입 안 곳곳을 공략하는 그의 움직임이 그녀마저 취하게 만드는 듯싶었다. 머리 속이 몽롱해져 왔다. 몸속에서 본능적인 열기가 피어올라 한줄기 남은 이성마저 송두리째 날아가 버리고 말았다.

희서는 억눌렸던 신음을 토해내며 그의 셔츠 안으로 손을 넣어 매끄러운 등을 매만졌다. 그에게 닿기 위해 상체를 들어 올리던 희서는 갑자기 멀어진 숨결로 인해 다시 침대 위로 몸을 뉘었다. 여전히 그녀를 위에서 누르며 그는 짙은 눈동자로 묻고 있었다.

"날 원한다고 말해."

속삭임과 함께 그의 입술이 그녀의 목덜미에 낙인을 찍듯 내려앉았다. 그의 손가락이 가운 깃을 벌리자 드러난 가슴으로 축축한 혀끝이 와 닿았다. 희서는 눈을 감으며 시트를 손가락으로 움켜쥐었다. 그의 무차별한 공격 아래 그녀는 숨죽인 흐느낌을 토해냈다. 이렇게 쉽사리 무너지고 싶지 않았다. 그라는 남자에게 반응을 보일 수밖에 없는 자신이 한심해 견딜 수가 없었다. 하지만 그의 손길이 이대로 멈춘다면…… 그건 더 참을 수가 없다.

희서는 그에게 매달리며 잇새로 간절한 애원을 내뱉었다. 어느새 흘러내린 눈물이 시트 위로 떨어지고 있었다.

"제발…… 멈추지 말아요……. 당신을…… 원해."

그녀의 복부 위로 원을 그리며 애무를 이어가던 기태는 끊어질 듯 터져 나온 희서의 대답에 고개를 들었다. 그리고 믿을 수 없게도 천천히 몸을 일으켜 그녀에게서 떨어져 나갔다. 침대 위에 널브러져 있는 희서를 묵묵히 내려다보며 그는 의자 위에 걸쳐진 양복 윗도리와 넥타이를 집어 들었다.

"이제 알았겠지? 이런 식의 도전은 무의미하다는 걸. 어차피 네가 지는 게임이야."

그녀의 전신을 훑어 내리는 눈빛에는 욕망이 가득했다. 그러나 그는 더 이상 다가서려 들지 않았다. 잔뜩 잠긴 기태의 음성이 그녀의 뺨을 후려치는 듯했다.

"오늘은 이쯤 해두지."

문을 여는 그의 뒷모습을 보며 희서는 멍한 정신을 수습했다. 그녀는 열린 가운 깃을 여미려는 생각도 하지 못한 채 자리에서 벌떡 일어나 그에게로 달려들었다. 그녀의 주먹이 무차별로 그의 팔과 등에 내리꽂혔으나, 기태는 꿈쩍도 하지 않은 채 몸을 돌렸다. 그는 금세 그녀의 손목을 잡아 전세를 역전시켰다. 희서는 그를 향해 욕설을 퍼부으며 몸을 비틀어댔지만, 부질없는 짓이었다. 그의 숨결이 그녀의 코끝에 와 닿았다.

"내가 말했었지, 너한테 질릴 때까지 내 곁에 둘 거라고!"

"더러운 색마!"

그의 면전에 대고 고함을 질러보았지만, 기태는 눈 하나 깜빡하지 않았다. 다만 묵묵히 말을 이을 뿐이었다.

"네가 이러면 이럴수록 난 더 흥미가 생겨. 무슨 뜻인지 모르겠나?"

광기가 번뜩이는 듯한 그의 눈빛에 희서는 몸부림을 멈추었다. 불안감 가득한 그녀의 속내를 읽은 듯 기태는 희미한 미소를 지었다.

"좋아. 머리가 아주 나쁘진 않군."

"놔줘요."

그녀의 숨죽인 속삭임에 기태는 고개를 까딱하며 갑자기 힘을 빼버렸다. 그 바람에 잔뜩 긴장되었던 그녀의 몸은 튕기듯 뒤로 밀려나고 말았다. 다행히도 가까스로 균형을 잡은 희서는 자신을 재미있다는 듯 바라보고 있는 기태를 향해 한마디 쏘아붙였다.

"그만 나가주시겠어요?"

"물론."

문을 닫으려던 그는 뭔가 생각났다는 듯 우뚝 멈춰 서 다시 그녀를 돌아보았다.

"원한다면 내 방으로 와. 언제든 받아줄 준비가 되어 있으니까 말야."

그의 한쪽 입가에 예의 그 지긋지긋한 냉소가 걸렸다. 희서는 주먹을 부르르 떨며 침대 위에 놓인 쿠션을 잡아 닫히고 있는 문틈으로 내던졌다. 그러나 그것은 나무 문에 부딪쳐 힘없이 바닥으로 떨어지고 말았다. 그녀는 결국 그의 머리칼 하나도 건드리지 못한 것이다.

그를 죽여 버리고 싶다는 극한의 충동과 미칠 듯이 원하는 욕망 사이에서 희서는 갈피를 잡을 수가 없었다. 그녀는 그 자리에 풀썩 주저앉으며, 두 무릎 사이에 얼굴을 묻어버렸다.

선글라스와 모자로 얼굴을 최대한 감춘 남자는 한 손에는 캐리어 가방을 끌고, 또 다른 손으로는 예닐곱 살 정도의 남자 아이의 손을 잡은 채 입국 게이트로 들어서고 있었다. 사람들의 시선을 피하기 위해 눌러쓴 헌팅캡은 외려 그에게 비밀스런 매력을 드리워 주어, 그 반대의 효과를 거두고 말았다. 자신을 두고 수군대는 사람들을 외면한 그는 더욱 고개를 숙이며 걸음을 재촉했다. 뒤에서 소년은 뛰다시피 그를 따라가며 칭얼대고 있었지만 그는 발놀림을 늦추지 않았다.

공항 밖으로 나와 택시를 잡은 그는 트렁크에 짐을 싣고, 시트에 몸을 기대는 순간에야 안도의 한숨을 내쉬었다. 답답함으로 선글라스를 벗은 그는 택시 기사를 향해 전혀 어색하지 않은 발음으로 행선지를 밝혔다.

"구기동으로 가주십시오."

모자 아래 드러난 그의 이국적인 갈색 머리칼과 연갈색의 눈동자를 바라보는 기사의 눈에 호기심이 어려 있음을 알 수 있었다. 외국인이 유창한 한국말을 하는 것이 아마도 신기한 모양이다. 상대를 애써 외면한 남자는 트위드 재킷을 바로잡으며, 바깥 풍경에서 눈을 떼지 않고 있는 아이를 돌아보았다.

"원, 한국은 처음이지?"

"네."

차창에 코를 박고서 희원은 그를 돌아볼 생각도 하지 않은 채 대답했다. 웃으며 소년의 머리를 쓰다듬던 그는 갑자기 고개를 돌리는 아이로 인해 손을 떨어뜨리고 말았다.

"테니스 아저씨! 그런데 지금 엄마한테 가는 거 맞아요? 언제쯤 엄마를 볼 수 있는 거예요?"

"테니스 아저씨라고 부르지 말라니까. 이언이라고 불러봐."

그의 청에도 희원은 단호하게 고개를 내젓고 만다. 그럴 때 아이의 고집스런 표정은 제 엄마와 너무도 닮아 보인다. 이언은 희원에게서 희서의 모습을 찾는 자신을 질책하며 눈동자에 떠올랐던 감정을 비워냈다.

"엄마가 어른들 성함 함부로 부르지 말랬어요."

미국에서 태어나 미국에서 칠 년을 자란 아이답지 않은 말이었다. 아마도 희서의 엄격한 교육 탓일 테지만. 이언은 언제나한 치의 빈틈도 허용치 않는 채희서라는 여자의 완벽한 성격에혀를 내두르며 알아 모시겠다는 듯 고개를 끄덕였다.

"그래, 너 좋을 대로 하렴."

이런저런 생각으로 한참 동안 침묵을 지키던 이언은 택시가멈춰 서자 그제야 고개를 들어 주위를 살폈다. 그가 택시비를지불하기도 전에, 이미 자립심 강한 소년은 길가로 내려서고 있었다. 그는 부랴부랴 차 문을 닫으며 트렁크에서 짐을 꺼내 들었다.

부릉 소리를 내며 황급히 사라지는 택시의 매연에 기침을 하며 차 뒤꽁무니를 노려보던 이언은 마침내 저택으로 눈길을 돌렸다. 쓰윽 건물의 외관을 훑어본 그는, 희원이 입을 쩍 벌린 채로 고개를 쳐들고 자신의 외갓집을 바라보고 있는 걸 발견했다.

"와~ 우리 외할아버지 되게 부자인가 봐요."

"그런 모양이다."

심드렁하게 대답을 하며 이언은 희원의 손을 쥐어 잡고, 대문앞으로 걸어갔다. 그의 개인 소유 별장의 십 분의 일에도 미치지 못하는 단출한 저택이었기에 별다른 감흥이 일지 않았던 것이다. 물론 그의 별장도 맥클라인 저택에는 비할 바가 못 되지만.

그는 손가락을 들어 올려 벨을 눌렀다. 의구심 섞인 대답 소

리가 들려오자, 캐리어 가방의 손잡이를 놓은 이언은 번쩍 희원
을 안아 올렸다. 아이의 얼굴을 렌즈에 들이밀며 그는 크게 소
리쳤다.

"채희서 씨 집이죠? 희서 씨 친구 부탁으로 아들을 뉴욕에서
데려왔습니다."

놀라움을 삼키는 소리에 이어 잠시 후 대문이 덜컥 하고 열렸
다. 그는 만족감으로 미소를 머금으며, 희원을 내려다보았다.
열린 문을 바라보는 아이의 눈빛에 낯설음이 서려 있었다. 그것
은 작은 손이 그에게로 더욱 파고드는 것만 보아도 충분히 느껴
졌다.

"들어갈까?"

그를 향해 고개를 끄덕이는 희원의 까만 눈동자는 이제 결의
에 차 있었다. 나란히 대문 안으로 들어선 그들의 뒷모습이 검
은 철제 대문 사이로 차츰 사라져 갔다.

몸은 피곤하였지만 마음이 편치 않았기 때문인지, 새벽녘에
잠이 깬 희서는 다시 잠들지 못했다. 그녀는 벽에 걸린 엔틱 스
타일의 시계를 바라보며 자리에서 몸을 일으켰다. 샤워를 하고
대충 옷을 차려입은 희서는 멍하니 앉아 시간을 보냈다.

일요일임에도 기태는 회사를 나간 것인지 바깥에선 어떤 인
기척도 느껴지지 않았다. 차라리 다행이라고 생각했다. 그를 보
면서 또다시 흔들리고 싶지 않았다. 모처럼 감정의 평온함을 느

끼며 희서는 좁은 방 안에 그저 인형처럼 가만히 앉아 있었다.

그러다 점심 시간이 지났을 무렵 그녀는 탁자 위에 놓인 전화기로 손을 뻗었다. 갑자기 희원의 목소리를 듣고 싶었다. 아들과 통화를 한 것이 꽤 오래전인 듯 느껴졌다. 그러나 뉴욕의 집 전화는 한참 동안 신호가 갔지만, 누구도 받질 않았다.

불안과 초조로 인해 희서는 미친 듯이 재다이얼을 눌러댔다. 한참 후에야 수화기가 딸깍하는 소리와 함께 숨을 헐떡이며 시아가 전화를 받았다. 희서는 친구를 향해 비난 어린 목소리를 낼 수밖에 없었다.

"나야, 희서. 설마 이제 들어오는 거니?"

[아, 너 그동안 왜 그렇게 연락이 없었어? 안 그래도 네 전화 얼마나 기다렸다고.]

"집에 왜 아무도 전화를 안 받아? 설마 너 제니퍼 화나게 해서 일 그만두게 만들었니? 원이는 그럼 어쩌고 있어?"

속사포 같은 그녀의 질문에 시아가 깊은 한숨을 쉬는 것이 들렸다. 그제야 희서는 자신을 가다듬으며 친구의 대답을 가만히 기다렸다.

[야, 너 나한테 네 아들 맡기고 불안해서 여태 어떻게 버텼냐?]

기분 상했음이 분명한 어조였다. 희서는 낮은 목소리로 미안하다는 말을 중얼거렸다. 그러나 이어진 시아의 음성은 여전히 냉랭했다.

[너한테 전화하려고 했어. 근데 이언이 막더라, 자기가 직접 한국 가서 너 놀라게 해주고 싶다고. 희원이 데리고 어제 떠났어. 아직 못 만났니?]

"뭐?"

지금 시아가 농담을 하고 있는 것일까. 그러나 농담이라기엔 친구의 분위기는 너무도 진중했다. 희서는 수화기를 움켜쥐며, 그것을 더욱 귓가에 바짝 붙였다.

[내가 뭐랬니. 이언이 널 생각하는 게 장난 아니라고 그랬잖아.]

상처 입은 기색이 역력한 시아에게 뭐라고 말을 할 수가 없었다. 친구의 마음이 어디를 향하고 있는지 잘 알기에 느껴지는 미안함도 미안함이었지만, 지금은 자신이 처한 상황에 대한 다급함이 더 크게 작용하고 있었다. 희서는 쉴 새 없이 머리 속으로 생각을 굴리면서 시아가 말하는 이야기들을 한 귀로 듣고 한 귀로 흘려야만 했다.

[그나저나 지금 전미 오픈 경기 중에 잠적한 이언 때문에 여긴 난리도 아니라고.]

갑자기 목소리를 낮춰 속삭이는 시아의 한마디가 희서의 정신을 번쩍 들게 만들었다.

맞아, 9월초부터 전미 테니스 오픈 경기가 열리는 중이었지.

그녀를 향해 유난히도 반짝이는 눈빛을 보내던 잘생긴 미국 남자를 떠올리며 희서는 극심한 두통을 느꼈다.

그녀보다 네 살이나 많지만, 정신 연령은 그에 훨씬 못 미치는 듯한 남자. 이언 맥클라인. 세계적인 테니스 선수인 그가 보내는 관심이 고맙다기보다 부담스럽기 짝이 없는 희서였다.

[그러니까 희서야, 네가 잘 설득해서 이언 좀 돌려보내. 내 말은 죽어도 안 듣지 뭐니. 그 남자, 외모랑 안 어울리게 엄청난 고집불통이야. 어휴, 그러면서도 나한테 자기 행방을 아무에게도 알리지 말 것은 물론이고, 기사거리도 만들지 말라고 신신당부까지 하더라니까.]

"아, 알았어."

수화기를 내려놓는 희서의 머리 속은 완전히 뒤죽박죽이 되어버렸다. 뭔가 행동을 개시해야 하는데, 온몸에 힘이 전혀 들어가지 않았다. 그러나 그녀는 기태의 인기척이 느껴지기 전에라는 다급함만으로 겨우 다시 숫자 버튼을 눌렀다.

전화선을 통해 안동댁 아주머니의 왠지 들뜬 듯한 목소리가 들려왔다.

"저예요, 희서……. 서혁이 있나요?"

[회사에 볼일 있다고 아침 일찍 나갔는데, 반가운 손님이 와 있다고 내가 얼른 들어오랬더니 마침 집 앞이라고 하지 뭐야. 곧 도착할 거야. 너도 얼른 와야지. 아들내미 얼굴 보고 싶지도 않아? 그런데 애가 벌써 이렇게 컸구나. 어쩜 이렇게 너 어릴 때랑 똑같니?]

횡설수설 말을 늘어놓는 안동댁이었다. 전화기 쪽으로 바싹 붙어 앉던 희서는 하마터면 수화기를 떨어뜨릴 뻔했다. 그녀의 음성은 주체할 수 없을 정도로 떨려 나왔다. 아릿한 안구를 비집고 눈물이 터질 것만 같았다.

"희, 희원이가 와 있어요? 거기 있어요?"

[응. 좀 전에 도착했는걸?]

"알았어요. 저 곧 갈게요."

희서는 벌떡 일어나 작은 옷 가방에서 헐렁한 카디건을 걸쳐 입었다. 텅 빈 거실을 가로질러 현관을 나가려던 찰나, 문고리가 획 돌아가며 키 큰 여자가 모습을 드러냈다. 무표정한 강 비서의 눈빛이 그녀를 내려다보고 있었다.

"어디 가십니까?"

"혹시 차 가지고 오셨나요?"

다급한 마음에 희서는 물음에 대한 대답은 잊은 채 강 비서의 팔을 잡으며 매달렸다. 그러나 상대는 물끄러미 그녀를 바라볼 뿐 이렇다 할 대꾸가 없었다.

"급하게 가야 할 데가 있어서 그래요. 부탁이에요."

"죄송합니다. 사장님께서 지시하신 일부터 처리한 후에 모셔다 드리겠습니다."

어떤 표정의 변화없이 내뱉어진 강 비서의 말에 희서는 깊은 절망감을 느끼며 물러섰다. 같은 공간에 없어도, 그녀의 앞을 막아서는 강기태라는 남자의 존재감이 증오스러워 견딜 수가 없었다. 희서는 주먹을 틀어쥐며 이를 악다물었다. 그러나 지극히 사무적인 어조로 강 비서는 계속 기태의 명령만을 전달할 뿐이었다.

"채희서 씨에게 필요한 물건들을 저와 함께 쇼핑한 후, 일곱 시까지 집으로 돌아오라고 하셨습니다."

"필요한 건 없어요."

"네?"

"그의 돈은 한 푼도 쓰지 않아!"

격해진 감정을 추스르지 못한 희서는 고함을 내지르고 말았다. 그녀는 강 비서를 스쳐 지나 현관문을 열고 밖으로 뛰쳐나왔다. 엘리베이터의 버튼을 미친 듯이 누르는 희서의 온몸이 떨리고 있었다. 오늘따라 승강기의 움직임이 유난히 느리게 느껴졌다.

"채희서 씨!"

어깨를 붙잡는 강 비서의 손길을 뿌리치며, 희서는 변화되고 있는 숫자만을 올려다보았다.

"좋습니다. 모셔다 드리지요."

한숨처럼 들려온 말에 희서는 엘리베이터 숫자판에서 시선을 돌려 강 비서를 바라보았다. 때마침 엘리베이터의 문 열리는 소리가 들렸다. 기태의 비서는 그쪽을 향해 팔을 뻗으며 그녀에게 들어가라는 시늉을 해 보였다.

강 비서와 승강기 안에 나란히 선 희서는 문이 닫히는 것을 지켜보며, 한층 가라앉은 목소리로 물었다.

"왜 갑자기 마음이 바뀐 거죠?"

"단 한 시간뿐입니다. 더는 지체할 수 없어요."

대답을 피한 희서는 문이 열리자마자 빌라 앞에 세워진 검은 승용차를 향해 빠르게 걸음을 옮겼다. 고개를 숙여 보이는 젊은 기사를 바라보지도 않고, 그녀는 뒷좌석에 올랐다. 곧이어 강 비서의 존재감이 곁에 느껴졌다. 희서는 차창을 돌아보며 낮은 목소리로 말했다.

"구기동으로 가요."

그녀의 말을 앵무새처럼 따라하는 강 비서였다. 그리고 그녀를 향해서가 아니라 강 비서를 향해 알았다는 시늉을 해 보이는 운전 기사였다. 채희서…… 그녀는 강기태가 속한 세상에서 영원한 이방인일 뿐이다.

거실의 소파에 어른스레 앉아 있는 아들을 보는 순간, 희서는 가슴이 벅차올라 어떤 말도 할 수가 없었다. 그저 '엄마'라고 부르며 자신의 품으로 안겨드는 희원의 작은 몸을 꼭 안아줄 뿐이었다. 그러자 지금까지 그녀를 괴롭히던 모든 생각들이 일순간 물러나고, 안도감과 충만감만이 희서를 사로잡았다. 울먹이던 표정 대신 희미한 미소가 그녀의 얼굴 가득 피어올랐다.

"그렇게 보고 싶은 걸, 지금껏 어떻게 참았어?"

희원을 안은 채로 희서는 서혁의 놀리는 듯한 어조가 들려온 곳으로 고개를 돌렸다. 싱글거리고 있는 동생의 맞은편으로 그제야 키 큰 미국 남자를 발견한 그녀는 몸을 일으켰다. 그러자 희원 역시 그녀의 품을 벗어나며 이언에게로 후닥닥 달려가는 것이 아닌가.

"엄마, 테니스 아저씨가 나 여기까지 데려다 줬어."

희원의 눈빛에 어린 간절함이 희서의 마음을 약하게 만들었다. 따라서 이언에게 충고나 질책성의 말 대신 단 한 마디만을 내뱉고 마는 그녀였다.

"고마워요, 이언."

"그런 말 하면 더 섭섭해요. 내가 원해서 한 일인데 뭘 그래요."

어깨를 으쓱거리며 이야기하는 그를 향해 동생의 호의적인 눈빛이 뒤따르고 있음을 희서는 충분히 느낄 수 있었다. 서혁은 그들에게 앉으라는 손짓을 보내며, 안동댁 아주머니께 차를 부탁했다.

그녀는 희원을 옆구리에 끼다시피 하며 서혁의 곁에 앉았다. 맞은편에 자리한 이언의 다정한 듯하면서도 집요한 눈길이 내내 자신에게 머무는 것이 부담스러웠다. 그러나 다행히도 그녀는 희원을 내려다보는 척하며 그것을 모르는 체할 수 있었다.

"지금 한창 경기 중인 줄 아는데, 이렇게 갑자기 자리를 비우셔도 되나요?"

서혁의 물음에 이언은 소파에 기대어 앉으며 제법 진지한 어조로 대답했다.

“제게 원과 조이의 일보다 중요한 건 없어요.”

희서는 자신의 미국 이름이 이언의 입을 통해 흘러나오자, 몸을 움찔거리며 서혁을 돌아보았다. 동생의 눈빛에 어린 의미심장함이 희서를 더욱 안절부절못하게 만들었다.

“한국말을 잘하시네요?”

서혁은 마치 미래의 형부감을 테스트해 보기라도 하는 듯 이런저런 질문들을 쉴 새 없이 던져 대더니, 마침내 이언의 사생활까지 파고들고 있었다.

“서혁아!”

동생의 옷소매를 잡아끌던 희서는 망설임없는 이언의 대답에 손아귀에 힘을 늦출 수밖에 없었다.

“아…… 제 어머니께서 한국 분이셨죠.”

그가 더 이상의 설명을 늘어놓지 않아 차라리 다행이었다.

시아에게 익히 들어 이언의 가족사에 대해 자세히 알고 있는 희서로서는 만약 그가 사소한 것을 모두 털어놓았다면 어떻게 대응해야 좋을지 몰랐을 것이다.

“그러셨군요.”

과거형으로 끝을 맺는 이언의 말에 서혁도 뭔가를 눈치챈 듯 더는 묻지 않았다. 그사이 안동댁 아주머니가 녹차를 내왔고, 이언과 희원은 신기한 듯 다기 세트를 바라보았다.

희서는 차를 따르며 아들에게 조근조근 다도에 대해 설명을 해주었다. 닮은 모자의 모습 위로 이언의 애끓는 시선이 따라붙고 있었다. 그리고 그들 세 사람 사이를 서혁의 탐색하는 듯한 눈빛이 끊임없이 왔다 갔다 했다.

희서에 의해 각각의 잔에 연록빛의 액체가 담겨지고, 모두들 차의 첫 맛을 음미하고 있을 때였다. 현관에서 들리는 우렁찬 벨소리에 희서는 들고 있던 차 주전자를 그만 놓치고 말았다. 묵직한 자기가 그녀의 발등 위로 툭 떨어지고, 뜨거운 액체들이 양말 속으로 스며들었다. 견디기 어려울 정도의 뜨거움에 희서는 그만 발을 움켜쥐며 바닥에 주저앉고 말았다.

“아야!”

서혁과 희원이 그녀에게로 몸을 기울이기 전에, 놀랍도록 빠른 동작으로 이언이 모두를 밀치며 다가들었다. 그는 희서를 번쩍 안아 들며 서혁을 돌아보았다. 이언의 목소리에 어린 다급함에 희서는 차마 그를 밀어낼 생각조차 하지 못했다.

“욕실이 어딥니까?”

서혁은 그를 앞서 나가며 일층 욕실의 문을 열어주었다. 맨발로 성큼성큼 내부로 들어선 이언은 그녀를 욕조 위에 앉힌 후, 샤워기의 찬 물줄기가 젖은 양말 위로 향하도록 만들었다.

“엄마, 괜찮아요?”

사색이 된 얼굴로 서혁에게 매달린 채 희원이 묻고 있었다. 희서는 아무것도 아니라는 듯 아들에게 웃어준 후, 심각한 얼굴로 그녀의 발에 신경을 집중하고 있는 이언을 내려다보았다.

“저 괜찮아요.”

“가만히 있어요.”

그는 잠시 샤워기를 내려놓더니, 그녀의 양말을 조심조심 벗겨 내렸다. 다행히도 약간의 따끔거림 이외에 별다른 외상은 보이지 않았다.

“찬 소금물에 발을 담그고 있으면 나아진다는 걸 어디서 들은 것 같은데…… 잠시만 앉아 있어요.”

몸을 일으키며 이언이 욕실을 빠져나가려 하자, 서혁이 그를 만류했다.

“제가 가지고 오지요.”

서혁은 엄마 걱정에 어쩔 줄 모르는 희원을 데리고 부엌으로 사라졌다. 그러자 다시 그녀에게로 쭈그리고 앉는 이언이었다. 과한 반응을 보이는 그를 제지하려던 희서는 자신의 열린 시야 속으로 놀라움 어린 강 비서의 얼굴이 보이자 그만 입을 다물고 말았다.

“당신 누구죠?”

굳어진 그녀의 안색에 놀라 뒤를 돌아본 이언은 호의적이지 않은 어조로 묻고 있었다.

그러나 강 비서는 오직 희서를 바라볼 뿐이었다. 아무 말 없이 그녀의 다친 발로 시선을 내려뜨리는 강 비서를 피하고 싶었다.

“나가서 기다리겠습니다.”

그 말을 끝으로 들어올 때처럼 소리없이 사라지는 강 비서였다. 그녀를 따라 절뚝이며 일어나려는 희서를 이언이 억지로 앉히며 다시 물었다.

“응급 처치를 해야 해요. 그런데 도대체 저 여자는 누구죠?”

“아…… 치, 친구예요.”

희서는 그의 눈빛을 피하며 속삭이듯 대답했다. 대야에 찬물을 받은 이언은 그녀의 발을 그곳에 담갔다. 맨발목에 와 닿는 그의 손길이 한없이 다정하게 느껴졌다.

“화끈거림이 멎을 때까지만 이러고 있어요.”

이언의 진지한 태도 앞에서 희서는 어떻게 대응해야 좋을지 몰라 그저 물에 잠긴 발만 내려다볼 따름이었다. 그것은 대문 밖에서 기다리고 있을 강 비서 탓도 있었다. 현실의 모든 것들이 자신을 밀어대는 기분이었다.

이해할 수 없다는 듯 그녀를 바라보는 건 서혁도, 이언도, 희원도 모두 마찬가지였다. 이러는 자신이 비참하고 역겹게 느껴졌지만, 어쩔 수가 없었다. 그녀가 가지 않으면 강기태라는 폭풍은 이들을 모두 휩쓸어 버릴 것이다. 희서는 아들을 향해 몸을 굽히며 속삭였다.

“희원아, 엄마가 내일 점심때 맞춰서 데리러 올게.”

“지금 꼭 가야 해요?”

“응. 아까 엄마 친구가 기다리고 있는 거 봤지?”

고개를 끄덕이는 희원의 머리를 쓰다듬으며, 희서는 아이를 꼭 껴안아주었다. 그녀의 뒤에서 서혁이 퉁명스레 물었다.

“도대체 무슨 일이기에 그래? 요즘 누나 정말 이상한 거 알 아?”

소리없는 한숨을 내쉰 희서는 동생에게로 돌아섰다. 내키지 않았지만 그녀는 서혁에게 거짓말을 늘어놓을 수밖에 없었다. 희원이 듣지 못할 정도의 낮은 목소리로.

“친구 아버님이 돌아가셨대.”

“그 친구가 누군데? 초아 누나는 아닐 거고. 초아 누나 외에 여전히 연락을 주고받던 친구가 또 있었어?”

“네가 내 친구들을 다 아니? 어쨌든 오늘 하루만 희원이 부탁 해. 내일 데리고 갈게.”

서혁과 작은 말다툼을 벌이던 희서는 팔짱을 낀 채 그들을 지 켜보고 있는 이언의 존재를 그제야 깨달았다.

“이언, 당신은 어떻게 할 거죠? 언제 돌아갈 건가요?”

“난 신경 쓰지 말아요. 서혁만 괜찮다면 오늘은 원과 함께 이 집에서 신세 좀 지죠 뭐.”

“신세라니요.”

서혁의 신경이 이언에게로 분산된 사이 희서는 희원에게로 다시 몸을 굽혔다. 그녀의 새끼손가락에 감겨오는 아이의 작은 손가락을 감싸며 희서는 웃었다.

“얼른 온다고 약속할게.”

희원의 작은 얼굴에도 미소가 떠올랐다. 아래위로 몇 번 손을 흔든 희서는 아쉽게 그것을 놓으며 일어났다. 그녀는 서혁과 이언을 번갈아 바라보았다.

"갈게, 갈게요."

아무 대답 없이 고개를 끄덕이는 것은 서혁이었고, 미소만을 돌려주는 것은 이언이었다.

희서는 희원을 향해 다시 한 번 새끼손가락을 쳐들어 보이며, 현관을 벗어났다. 등 뒤에서 문이 닫히자마자 터져 나오려는 울음을 손바닥으로 눌러 참은 그녀는 뛰다시피 걸어서 대문 밖으로 나갔다. 자동차 앞에 꼿꼿한 자세로 서서 통화 중이던 강 비서는 그녀를 발견하고서는 휴대폰을 내밀었다.

"사장님이십니다."

희서는 떨리는 손길로 그것을 받아 쥐었다. 그를 향한 분노가 자신을 집어삼키기 전에, 스스로를 자제하기 위해 그녀는 이를 악다물었다.

[이런 식의 방종은 곤란해.]

숨죽인 그의 음성이 희서의 귓가를 파고들었다. 수화기를 쥔 그녀의 손마디가 더욱 불거져 나왔다.

[집에 가서 이야기하지.]

그리고는 뚝 끊겨 버리는 전화였다. 마치 오물이라도 되는 것처럼 희서는 강 비서에게 휴대폰을 던지듯 넘겨준 후 먼저 차에 올랐다. 자신을 동물원의 원숭이마냥 신기한 듯 관찰하는 젊은 기사의 눈길이 느껴졌지만, 철저히 외면한 채 희서는 석상처럼 그 자리를 지킬 뿐이었다.

"쇼핑은 다음으로 미루겠습니다."

시트에 머리를 기댄 채 눈을 감은 희서의 어깨가 강 비서의 한마디에 움찔거려졌다.

그럴 수만 있다면 시간을 칠 년 전으로 되돌리고 싶었다. 증오로 점철된 그들 관계를 바꾸어놓고 싶었다. 하지만 그것이 불가능함을 희서는 잘 알고 있었다. 이제 그들은 연인이 아니다. 그에게 그녀는 욕망의 희생물이요, 그녀에게 그는 미움의 대상일 뿐이다. 그렇게 마음을 굳게 다잡아보았다.

그러나 그를 만난 이후 시도 때도 없이 떠오르는 과거의 기억은 그녀의 의지력에 구멍을 내고, 증오심을 찢어놓고야 만다. 그때의 설렘을 동반한 채 찾아와 그녀를 이룰 수 없는 행복감에 아프게 한다. 지금 이 순간 역시.

희서는 도서관 입구에 서서 발을 동동 굴렀다. 갑작스레 굵은 물방울을 떨어뜨리는 하늘을 원망스레 올려다보며, 그녀는 소름이 돋는 팔을 두 손으로 문질러 댔다.

이씨, 우산도 안 가져왔는데. 하필 오늘 같은 날 약속을 잡을 게 뭐람.

희서는 과대표 진미의 얼굴을 떠올리며 홀로 중얼거렸다.

평소에는 잘만 보이던 친구들도 지금 이 순간 누구도 지나가질 않는다. 게다가 그저 맞고 버스 정류장까지 가기엔 빗줄기는 점점 더 굵어지고 있었다. 이러지도 저러지도 못한 채 그녀는 도서관 로비에 위치한 커다란 벽시계를 돌아보았다. 약속 시간인 다섯 시에서 이십 분만을 남겨두고 있었다.

다급함으로 입술을 잘근잘근 씹으며 희서는 다시 고개를 돌려 목을 쭉 뽑고는 주변을 살펴보았다. 오늘따라 캠퍼스는 고요하다 못해 적막하기 짝이 없다. 하는 수 없이 희서는 최후의 방책인 박 기사 아저씨에게 전화라도 넣어볼 요량으로 공중전화를 찾아 돌아섰다. 그러나 때마침 정면에서 다급하게 달려오던 한 남자의 어깨에 광대뼈를 거세게 부딪쳐 그녀는 더는 움직일 수가 없었다. 비명과 함께 얼굴을 감싸 쥐며 허리를 구부렸던 그녀는, 곧 아픔보다 더한 괘씸함으로 몸을 일으켜 세웠다.

휙 남자를 돌아본 희서는 그가 그녀를 마치 투명인간처럼 무시한 채 우산을 펴고 빗속으로 걸어가려 한다는 것을 알아차렸다. 그녀는 울화가 치밀어, 충동적으로 남자의 카키 색 점퍼 소매를 잡아끌었다.

"이것 봐요!"

그녀의 격한 부름에 키가 유난히도 큰 남자는 고개를 돌렸다.

짙은 남빛의 투명함을 닮은 눈동자. 희서의 심장이 익숙지 않은 빠르기로 뛰기 시작했다. 그저 짙은 눈썹을 일그러뜨렸을 뿐 남자는 대꾸조차 하지 않았다. 그러나 희서는 그런 상대의 예의 없는 태도에도 아랑곳없이 그의 눈썹, 콧잔등, 그리고 입술이 움직이는 모양을 멍하니 바라볼 뿐이었다. 이상한 눈길로 그녀를 아래위로 훑어보던 남자는 다시 가던 길을 가려 하였다.

희서는 절박한 손길로 다시 남자의 옷소매를 꼭 쥐었다. 마치 마지막 구명줄이라도 되는 듯이. 짜증이 서린 그의 눈빛을 피하며 그녀는 그의 오른손에 들린 우산을 바라보았다.

"저기…… 버스 정류소까지만 같이 쓰고 가면 안 될까요?"

살포시 고개를 들었더니, 그녀를 보는 그의 눈길에 그러면 그렇지라는 감정이 명명백백히 드러나 있었다. 마치 접근하는 방법도 가지가지라는 듯, 지루함과 역겨움이 동시에 묻어나는 표정이었다.

왠지 그가 자신을 그런 눈으로 보는 것이 싫었다. 저도 모르게 다급한 변명조의 말이 흘러나왔다.

"정말 우산이 없어서 그런다구요. 약속 시간은 다 되어가는데, 비는 너무 많이 오고, 친구들도 오늘따라 안 보이고……."

"버스 정류소까지만이다."

그녀의 말을 끊고 뚝뚝하게 대답을 한 남자는 우산을 든 팔을 불쑥 내밀었다. 희서는 만족스런 미소를 감추기 위해 그를 향해 꾸벅 고개를 숙여 보였다. 그러나 그는 그녀에게 눈길 한번 주지 않은 채 계단을 내려갈 뿐이었다.

그의 걸음걸이에 맞추기 위해 뛰듯이 걸으며 희서는 힐끔힐끔 남자를 돌아보았다. 낯선 남자와 나란히 걷는 동안 그녀의 심장은 여느 때보다 훨씬 빨리, 그리고 거세게 뛰었다. 그와 좀 더 이렇게 걷고 싶다는 욕심이 생겼다. 그러나 곧 버스 정류소의 표지판이 그녀의 몽롱한 시야 속에 잡혔고, 실망감이 전신으로 퍼져 갔다.

희서는 자신의 머리 위에서 매몰차게 치워지는 우산을 따라 시선을 이동했다. 그의 표정없는 눈빛이 그녀를 향해 있었다.

"고, 고맙습……."

얼굴이 화끈거렸다. 보지 않아도 자신의 볼이 얼마나 붉어졌을지 충분히 짐작할 수 있었다. 그러나 다행인지 불행인지 남자는 그녀가 고개를 들었을 때쯤엔 반대편으로 무심히 돌아서 있었다. 전혀 관심없다는 양. 그런 그의 뒤통수를 희서는 원망스레 쏘아보았다.

지독하게도 거만한 사람이네. 칫, 길 가다가 만나봐라, 내가 아는 척 하나.

그녀는 코끝을 치켜들며, 보란 듯이 그에게서 고개를 홱 돌렸다. 그러나 다음 순간 자신의 그런 생각들이 얼마나 우스운 것인지 깨닫게 된 희서는 괜히 계면쩍어져서 헛기침을 했다. 그와 그녀는 여전히 서로를 모르는 사람, 타인인 것이다. 갑자기 우울해진 그녀의 마음처럼 뚝뚝 떨어지는 빗줄기 사이로 버스가 다가와 멈춰 섰다. 그리고 뒷문에서 낚시 장비를 챙겨 든 할아버지가 절뚝이며 내려섰다. 버스 기사는 노인이 아스팔트에 발을 채 내려놓기도 전에 밀치듯 문을 닫고 휑하니 출발해 버렸다. 그 바람에 할아버지는 빗물이 가득 고인 웅덩이에 엉덩방아를 찧으며 넘어지고 말았다.

"아이쿠."

제대로 운신을 하지 못하는 노인에 대한 안타까움으로 인해 희서는 탄식을 내뱉으며 한 발을 앞으로 내디뎠다. 그러나 그녀보다 동작 빠른 이가 있었으니, 그는 바로 조금 전의 그 싸가지 없는 남자였다. 고스란히 비를 맞으며 할아버지를 일으켜 세워 부축까지 한 그는 그녀가 선 곳까지 걸어왔다. 그의 뒤로 뒤집어진 우산이 기우뚱거리는 것이 보였다.

그녀를 무시한 채 노인을 의자에 앉히고 그 곁에 앉는 남자를 희서는 놀란 눈으로 바라보았다.

"괜찮으세요? 집이 이 부근이세요?"

좋은 목소리라는 생각은 했지만, 냉기가 완전히 사라진 지금은 그윽하기까지 하다.

"용천사…… 용천사 가는 버스는 어디서 타야 해?"

이가 없는 탓인지 발음이 심하게 새는 탓에 그녀는 알아듣기 힘들어 눈살을 찌푸렸지만, 남자는 외려 옅은 미소와 함께 대답을 하는 것이었다.

"아, 여기서 타시면 돼요. 제가 마침 그 방면으로 가거든요? 모셔다 드리겠습니다."

손목시계를 힐끗 바라보는 그의 표정에는 다급함이 어려 있었지만, 노인에게 건넨 대답은 친절하고 느긋하기 짝이 없었다. 그런 남자의 이중성이 왠지 그녀를 끌어당겼다. 저 차가운 얼굴 이면에 존재하는 따스한 마음을 속속들이 알고 싶다는 열망이 생겼다.

그러나 곧 그녀가 타야 할 버스가 도착했고, 희서는 자신의 현실을 인식하며 내키지 않는 몸을 그 속으로 밀어 넣어야 했다.

뒤에 남겨진 남자를 향해 흘러가는 마음의 물결을 막아보려 노력했지만, 쉽지가 않았다. 대신 희서는 그를 돌아보지 않으려 입술을 깨물며 정류소 반대편 자리에 앉았다. 그러면 이따위 순간적인 이끌림쯤이야 충분히 지워낼 수 있을 것만 같았다.

비 오는 날 그와의 짧은 만남은 때때로 희서를 찾아와 혼란스러움을 안겨주었다. 믿을 수 없게도 긴 여운을 주는 사람이었다. 그의 얼굴은 잘 생각이 나지 않았지만, 그 느낌과 향취만은 명확하게 그녀의 감각에 인지되어 있었다. 얼굴 없는 남자는 그녀에게 깊은 상념을 만들어냈고, 그것은 공식 행사를 위해 이동을 하는 이 순간도 마찬가지였다.

"아가씨, 내리시죠."

열린 문 뒤에서 박 기사가 그녀를 내려다보고 서 있었다. 그제야 혼자만의 생각에서 벗어난 희서는 화들짝 놀라 차에서 내려섰다. 아름다운 샹들리에가 뿜어내는 은은한 불빛 아래로 사람들이 로비를 오가는 모습을 그녀는 그대로 서서 잠시 동안 응시했다. 세련된 호텔의 외관에 감명을 받았다기보다 그곳에서 열리고 있는 허레허식으로 뭉친 파티에 대한 거부감 때문에 망설여졌다. 연회장에서 기다리고 계실 아버지의 모습이 그려졌지만 정말은 들어가고 싶지 않았다.

아버지는 그녀가 싫어하는 일을 왜 이렇게 강요하시는 걸까. 어머니의 빈자리를 채우기에 자신은 너무 부족하기만 한데. 그러나 희서는 박 기사의 존재감을 절절히 느끼며 호텔로 발걸음을 떼어놓아야만 했다. 무언가, 누군가 자신을 잡아주었으면 하는 간절함이 들었다. 그녀는 자신도 깨닫지 못한 애절한 눈빛으로 고개를 돌려 뒤를 응시했다.

그녀의 간절한 바람이 하늘에 전해진 것일까.

말도 안 되는 생각인 줄 알지만 구원의 손길처럼, 호텔의 건물 모퉁이를 도는 트럭 한 대가 모습을 드러냈다. 박 기사의 어깨 너머로 그것을 물끄러미 바라보던 희서는 가로등의 불빛이 운전석의 차창을 환하게 비춰드는 순간 가슴이 철렁 내려앉는 듯한 기분을 맛보았다. 트럭의 운전대를 잡고 있는 이는 바로 '그'였다. 여전히 그녀의 마음을 붙잡고 놓아주지 않는 이름 모를 남자.

그녀는 자신을 부르는 박 기사를 외면하며, 자석에 이끌리듯 큰길을 향해 걸음을 옮겼다. 희서는 무작정 손을 흔들어 택시를 잡았다. 무엇인가가 그녀를 잡아끌고 있었다. 가지 않으면 안 될 것 같은 기분이 들었다. 아니, 꼭 가야만 할 것 같아 희서는 자신의 앞에 멈춰 서는 택시에 몸을 밀어 넣었다.

"저기, 저 차 좀 따라가 주세요. 빨리요."

그녀의 간절한 표정을 룸미러를 통해 바라본 택시 기사는 고개를 끄덕하더니, 액셀러레이터를 거세게 밟았다. 무의식적으

로 어깨에서 흘러내리는 숄을 바로잡던 그녀는 손이 허전하다
는 것을 그제야 깨달았다. 작은 구슬 핸드백을 차에 놓고 내린
것이다. 거기에는 그녀의 휴대폰과 신용카드, 얼마의 현금이 들
어 있었다. 즉, 지금 당장 택시를 멈춰도 기사에게 지불할 요금
이 수중에 한 푼도 없는 것이다.

다급함에 이어 당혹감을 느끼면서도 희서는 입술을 깨물 뿐
별다른 내색을 하지 않았다. 어쨌든 지금은 그의 행적을 따라가
는 것이 더 중요했다. 그 다음 일은 그때 가서 생각하는 거야.
그래.

어느새 트럭은 허름한 포장마차가 밀집해 있는 지역으로 들
어서고 있었다. 늘 집과 학교만을 시계추처럼 왔다 갔다 하는
그녀로서는 처음 와보는 낯선 동네였다. 똑같은 주황색 천막이
줄지어 있는 모양을 차창을 통해 응시하던 희서는 택시가 멈춰
섰음을 깨달았다.

바로 앞에서 트럭 문을 열고 나오는 남자를 그녀는 물끄러미
바라보았다. 점퍼와 청바지 차림의 그는 비닐 문을 열며 포장마
차 안으로 들어가는 중이었다. 희서는 그에게 시선을 고정시킨
채 기사에게 말했다.

"죄송한데요, 여기서 잠시 기다려 주시겠어요? 택시비는 후
하게 쳐드릴게요. 네?"

희서의 값비싼 드레스를 위아래로 쓸어보던 기사는 탐욕스런
눈빛을 숨기며, 마지못한 듯 고개를 끄덕였다. 대답을 듣자마자

택시에서 뛰어내린 희서에게서 다급함이 묻어났다. 그가 들어 갔던 포장마차 앞에 선 희서는 숨을 고른 후, 천천히 출입문을 열었다. 좁은 내부에는 허름한 탁자 몇 개와 플라스틱 의자들이 놓여 있었다. 그리고 드문드문 자리한 사람들.

“어서 오세요.”

그녀를 향해 내려앉은 귀에 익은 목소리에 희서는 고개를 돌려 소리의 근원지를 바라보았다. 그였다. 가슴이 뛰었다. 희서는 자신의 지나치게 화려한 복장을 철저히 의식하면서도, 헛기침을 하며 그에게로 다가섰다. 그러나 그녀를 보는 그의 눈빛에는 낯설음이 가득했다. 섭섭함을 억누르며 그녀는 애써 웃는 낯으로 인사를 건넸다.

“또 보네요? 여기서 장사하시는 줄 몰랐어요.”

“누구…… 시죠? 절 아세요?”

짙은 메이크업과 달라진 헤어스타일, 최고급 드레스에 감싸인 그녀를 몰라보는 것은 어쩌면 당연하다. 아니, 평소와 같은 모습으로 나타났더라도 그는 그녀를 몰라보았을 것이다. 그날 제대로 그녀를 바라봐 주지도 않았으니, 얼굴을 기억할 리 만무하다.

“지난번 비 오는 날, 우산 씌워주셨잖아요. 기억 안 나세요?”

그녀의 설명에 그제야 그의 얼굴에 아하라는 표정이 떠올랐다. 그들 사이로 왔다 갔다 시선을 옮기던 중년 여인이 갑자기 끼어들었다.

“기태야, 아는 아가씨니?”

“네. 학교…… 후배예요.”

졸지에 그의 후배가 되어버렸다. 그래도 기분이 좋았다. 그가 어머니 앞에서 그녀의 존재를 완전히 무시하지 않아서. 미소를 지으며 희서는, 남의 입을 통해 알게 된 그의 이름을 속내로 되새겨 보았다.

기태. 기태. 기.태.

“그런데 그런 복장으로 이곳엔 무슨 일이지?”

다시 썰고 있던 것으로 고개를 돌리며 그는 묻고 있었다. 빠른 손놀림으로 정체 모를 것들을 프라이팬에 넣는 기태의 시선을 희서는 붙잡을 수가 없었다. 그녀는 대신 그의 어머니를 바라보며 미소와 함께 대답했다.

“아…… 술 마시러요. 근데, 옷이 좀 눈에 띄죠? 훗, 저 우울할 때 잘 이래요. 맛있는 거 먹으면 기분 좋아지는 사람처럼, 예쁜 옷 입으면 전 행복해지거든요. 하하.”

혼자 커다란 웃음을 짓던 희서는 사람들의 어이없다는 시선이 자신을 향해 집중되자 그만 입을 다물었다. 스스로가 생각해도 상식 이하의 이상한 변명이었다. 몸 둘 바를 몰라 근처 자리에 털썩 주저앉은 그녀는, 눈에 보이는 대로 줄줄 주문을 해버리고 말았다.

“소주 한 병이랑요, 오뎅이랑 벌겋게 보이는 그 무침 같은 거…… 그리고 이, 이거랑…… 저것두요. 다 주세요.”

피식 웃음을 흘린 기태는 그녀를 한심하다는 듯 바라보았다.

"포장마차 와보긴 했어? 안줏거리를 누가 그렇게 많이 시켜? 네가 시킨 것들, 아마 입에 대지도 못하고 다 버릴걸?"

그의 어머니가 곁에서 팔을 잡으며 말리는 것이 눈에 들어왔다. 그러나 그의 공격적인 눈빛은 여전히 그녀를 향하고 있었다. 오기가 솟아오른 희서는 기태를 향해 턱을 치켜들었다.

"왜 못 먹는다고 생각해요? 다 먹을 테니까, 어서 주기나 하라구요."

"좋을 대로."

또다시 그의 시선은 아래로 떨어졌다. 희서는 그의 짙은 색 머리칼이 흘러내린 모양을 바라보며 솔을 여민 후 자리로 가까운 자리로 가 앉았다. 얼마 지나지 않아 탁 하는 소리와 함께 탁자 위로 소주병과 잔, 오뎅 국물이 놓여졌다. 그것들을 내려놓은 기태는 이미 돌아서 가고 있었다.

알 수 없는 야속함, 본때를 보여주리라는 무모함으로, 그녀는 그 맑은 액체를 몇 차례 연이어 쭉 들이켰다. 몸 안에서 치민 뜨거운 기운은 얼마 안 가 그녀의 얼굴에까지 떠올랐다. 화끈거리는 볼을 손바닥으로 누르며 그녀는 몽롱한 시선을 다가오는 그를 향해 두었다. 접시를 놓고 돌아서리라 예상했던 기태는 팔짱을 끼며 그녀의 앞에 버티고 섰다.

"네가 술을 마시든 말든, 얼마를 마시든 상관없어. 하지만 여기서 쓰러지는 건 용납 못해."

“칫, 당신이 무슨 상관인데요? 여하튼 잘난 척은.”

벌써부터 말이 꼬이기 시작했다는 것을 느끼지 못하고, 희서
는 또다시 술을 입 안으로 털어 넣었다. 그녀는 입가로 흘러내
리는 액체를 손등으로 쓰윽 닦으며 가느다란 시선으로 그를 노
려보았다.

“신세 갚으러 온 사람을…… 이렇게 박대하는 게 어딨어! 내
가 여기 있는 거 다 팔아주면 될 거 아니에요!”

팔을 벌리며 큰 소리를 지르던 희서는 문간으로 들어서는 화
난 얼굴의 택시 기사를 발견하고는, 배시시 웃음을 흘렸다. 술
이 들어가서인지 모든 것이 대수롭지 않게 느껴졌다.

“어! 아저씨. 밖에서 조금만 기다리시라니깐.”

자리에서 일어나려던 희서는 갑자기 세상이 기우뚱하는 것이
느껴져 탁자를 잡으며 비틀거렸다. 그녀의 머리 위로 한숨이 내
려앉는가 싶더니 한쪽 팔꿈치를 잡는 무뚝뚝하지만 따스한 손
길이 느껴졌다. 그녀는 목을 틀어 기태를 비스듬히 올려다보며
미소 지었다.

“저기요, 미안한데요. 택시비 좀 대신 내줄래요? 내가…… 내
가 말이죠, 다음에 이자 쳐서 꼭 갚을게요.”

희서는 남자의 너른 어깨에 머리를 기대며 눈을 감았다. 두통
과 구역질이 밀려와 참을 수가 없었다. 또다시 한숨과 함께 기
태의 질책 어린 말이 내려앉았다.

“참 간 큰 여자로군. 돈도 한 푼 없이 여기까지 왔단 말이야?”

“꼭 갚는다니까. 정말이라니까······.”

현실이 점점 그녀의 의식에서 멀어져 가는 것이 느껴졌다. 희서는 자신을 품에 안아주는 기태의 단단한 팔을 느끼며 안도감에 눈을 감았다. 쓰러지는 그녀의 입가에는 만족스런 미소가 걸려 있었다.

도서관과는 별로 친하지 않는 그녀였지만, 초아와 시아 자매를 꼬드겨 벌써 며칠째 그곳으로 출석 도장을 찍고 있는 것인지 몰랐다. 그것은 오로지 도서관에서라면 기태를 다시 만날 수 있지 않을까 하는 기대 때문이었다. 그러나 그의 모습은 코빼기도 보이지 않았고, 그녀는 점점 참을성을 잃어갔다.

그러던 어느 날, 희서는 결국 주변 사람들이 뭐라 생각하든 말든 전공 서적을 베고 잠이 들고 말았다. 달콤한 숙면을 취한 후 입가를 타고 흐른 침을 닦으며 일어난 그녀는 심장이 멈추는 듯한 충격으로 뻣뻣하게 굳어버리고 말았다. 그가 바로 자신의 앞에 앉아 있었던 것이다!

다행인지 불행인지 책으로만 시선을 둔 채 기태는 그녀에게 관심 한 톨 보이지 않았다. 부러 고개를 갸웃거리고, 턱에 손을 괸 채 손가락을 까딱거려 보기도 하고, 일부러 책장을 세게 넘겨보기도 하였으나 요지부동이었다. 하는 수 없어진 희서는 책상을 두어 번 두드려 자신의 존재를 알렸다.

“안녕하세요?”

기태의 무표정에도 아랑곳없이 희서는 빙긋 웃으며 바깥을 엄지손가락으로 가리켰다. 그리고 그의 대답을 기다리지도 않고서 그녀는 가방과 책을 챙겨 먼저 도서관을 나갔다. 혹시라도 그가 거절하지나 않을까 싶어서였다.

자판기 앞에서 창밖을 내다보고 있던 희서는 뚜벅뚜벅 들려오는 발소리에 애써 기쁜 기색을 숨기며 돌아섰다. 별다른 표정이나 행동없이도 그는 여전히 그녀를 끌어당기고 있었다.

"지난번 신세진 거 갚으려구요."

"삼만 원이다."

언뜻 기태의 입가에 미소가 어린 것도 같다. 그러나 자세한 관찰을 위해 그녀가 그에게로 몸을 기울이는 순간 그것은 이미 사라지고 없었다. 아니, 애초 자신이 잘못 본 것일 수도.

"그날 택시비랑 안주 값 말야."

그는 마치 그녀에게 더는 볼일이 없다는 듯 시계를 흘끔거리고 있었다. 순간 얼굴과 이름 외에는 아는 것이 전무한 이 남자를 보고파 했던 자신이 바보처럼 느껴졌다.

"누가 떼먹는데요!"

빽 하고 그녀가 고함을 지르다시피 하자, 주변 이들의 눈길이 그들에게로 집중되었다.

"신세 갚겠다면서? 아니었어?"

"그런 식으로는 아니라구요."

그는 다시 한 번 손목시계를 바라보더니 그녀를 향해 짜증 섞인 목소리로 말했다.

"너랑 이렇게 말장난하고 있을 시간 없어. 어쩔 건데?"

"내가 신세졌던 방식 그대로 갚아줄 거예요."

"뭐?"

어이없다는 기태의 물음에 희서는 눈을 반짝이며 대답했다. 앞으로 벌어질 일들을 생각하기만 해도 그녀의 가슴속에서 스멀스멀 피어오르는 희열감은 감당할 수 없을 정도였다.

"만약 비가 오면 내가 매일매일 우산 씌워줄게요. 그리고 음…… 택시 타고 가까운 곳으로 나들이도 가고, 포장마차에서 같이 술도 한잔해요."

희서는 용기를 내어 기태를 향해 한 발짝씩 다가섰다. 그들 사이의 거리가 채 20㎝도 남지 않았을 무렵 희서는 그의 눈을 보며 속삭였다.

"나 어때요?"

심각한 그녀의 표정을 신기하다는 듯 한참을 들여다보던 기태는 그저 피식 웃으며 대답했다.

"네 자신이 어떤지 정말 몰라서 물어?"

용기를 내어 그에게 마음의 한 부분을 전했던 희서는, 순간 당혹스러움에 얼굴이 붉어졌다. 아무리 그래도 설마 그가 저런 식으로 대수롭잖게 응대할 줄은 몰랐던 것이다.

"너 정말 여자로서 별로야. 술주정에, 얼굴도 두껍고…… 영 꽝이야."

희서는 들고 있던 책을 꽉 움켜쥐며, 그를 노려보았다. 그녀의 입술 사이로 흘러나온 숨소리가 점점 거칠어지고 있었다. 일그러지는 그녀의 표정을 살피며 되레 미소를 머금는 기태가 미워 죽을 지경이었다. 무슨 말인가 쏘아붙여 주고 싶은 마음에 입술을 달싹거리며 희서가 생각을 정리하고 있을 때, 마치 환청처럼 그의 음성이 날아들었다.

"근데 말야, 재밌긴 해."

"네?"

"너 보고 있으면 재.미.있.다.고."

또박또박 한 글자씩 끊어 다시 말을 하는 그를, 희서는 동공을 크게 확장한 채 바라보고 섰을 뿐이었다. 그러자 고개를 기울인 기태는 손바닥을 들어 그녀의 시야 앞에서 몇 번 흔들더니, 다시 물러섰다.

"내 말이 그렇게 충격적이었나? 이봐!"

그제야 그를 향해 시선을 맞춘 희서는 숨까지 멈추고 물었다. 마음이 내는 간절한 목소리로.

"무슨 뜻이에요, 그게?"

늘 굳어 있던 그의 입가에 슬그머니 미소가 떠올랐다. 대답없이 그저 눈썹만 한 번 씰룩인 기태는 그녀에게서 천천히 돌아섰다.

"이봐요!"

"계속 재미있는지 어디 한번 보자구."

도저히 의중을 짐작할 수 없는 말이었다. 희서는 결국 뛰듯이 걸어 그의 곁으로 다가섰다. 긴 다리로 성큼성큼 걷고 있는 기태와 보조를 맞추기 위해서 그녀는 계속 종종걸음을 쳐야만 했다.

"재밌는지 보겠다니요?"

"신세 갚을 기회를 주겠단 말이야."

가빠져 오는 호흡을 도저히 참을 수 없어진 희서는 자리에 우뚝 멈춰 서고 말았다. 기태와 그녀의 거리 차이는 점점 벌어지고 있었다. '진정 또 진정'을 중얼거린 희서는 막 코너를 돌아 사라지려는 기태에게로 더듬더듬 팔을 뻗으며 소리쳤다.

"가, 같이 가요!"

콘크리트 복도 위로 희서의 다급한 발소리가 한참을 메아리쳐 들려왔다.

✽

그렇게 그들의 만남은 시작되었다. 기태가 늘 아르바이트로 바빠 데이트다운 데이트를 하진 못했다. 하지만 그녀는 그것에 섭섭함을 느끼지도 그를 원망하지도 않았다. 그렇게 그의 곁에 있을 수 있다는 것만으로도 좋았다.

그러나 가끔은 그녀도 그에게 종일 자신과 놀아 달라 졸라대기도 했다. 그럴 때마다 기태는 겉보기와 달리 별로 까다롭지 않게 '그러자' 라고 그녀의 청을 들어주었다. 그러던 어느 날은 순전히 그녀 마음대로, 남자 친구가 생기면 늘 함께 가보고 싶다고 생각했던 대관령의 양떼목장을 데이트 장소로 정해 덜컥 차를 가지고 나왔다. 그런데 면허증 딴 지 이제 한 달도 채 지나지 않은 그녀인지라 서울의 엄청난 교통대란을 앞두고서는 막막하기만 했다. 두 손으로 핸들을 꽉 붙든 채 희서는 수시로 시계를 들여다보았다. 그가 기다리다가 가버리면 어쩌나 걱정이 되었다.

결국 한 시간이나 늦게 학교 앞에 도착하고야 만 그녀는 후닥닥 차에서 내려 주변을 두리번거렸다. 그런 그녀의 뒤에서 캔 커피를 든 팔 두 개가 불쑥 튀어나왔다. 흠칫 놀라며 뒤를 돌아본 희서는 자신이 기태의 품속에 갇혀 버렸다는 사실을 알 수 있었다. 얼굴이 화끈거리는 그녀와 달리 그는 아무렇지도 않은 표정으로 그녀에게 캔 커피 하나를 따서 내밀었다. 그가 조금은 자신을 위해주는 것 같아 기쁜 마음에 배시시 웃으며 희서는 기태를 올려다보았다. 그러나 어깨를 한번 으쓱한 그는 그녀의 희망을 실망으로 뒤바꾸어 놓았다.

"너 기다리다가 너무 추워서, 손난로 대신 산 거야."

떨떠름한 표정으로 희서는 기태와 차를 번갈아 가리켰다.

"타요."

"운전이나 할 줄 알아?"

시트에 몸을 기대면서도 또다시 타박을 늘어놓는 기태였다.

우선 따스한 커피로 목을 축인 희서는 그것을 내려놓으며 잰 체하는 표정으로 기어를 올렸다.

"아마도 엄청나게 잘할걸요?"

그녀의 자존심을 건드리는 코웃음에 희서는 그를 노려보다가, 숨을 골랐다. 참자, 참아. 데이트다운 데이트는 오늘이 거의 처음이잖아.

"거짓말! 너 운전 왕초보지?"

너무 놀라 터져 나오려는 헛기침을 침을 삼켜 막은 희서는 더듬더듬 손을 올려 룸미러를 바로잡는 척했다.

"초보면 어떻고, 베테랑이면 어때요? 목적지까지 가기만 하면 되지."

"목적지가 어딘데?"

"대.관.령."

그의 어이없다는 눈빛이 그녀의 오른쪽 뺨에 직통으로 다가들었다. 갑자기 온몸의 체온이 몇 도는 상승한 듯 더워졌다. 히터를 너무 세게 틀었나.

"뭐야? 지금 거길 간다고?"

"안 된다는 말만 하지 말아요. 남자 친구 생기면 둘이 함께 가보고 싶었던 장소가 대관령에 있다구요."

그녀의 단호한 대답에 기태는 시트에 다시 몸을 푹 기대더니, 한숨을 깊게 내쉬었다.

"오늘 내로 도착할 수 있을지나 모르겠군."

그의 작은 중얼거림이 귓가를 파고들었지만, 전혀 기분 상하지 않는 희서였다. 퉁퉁거리고, 무뚝뚝한 이 남자가 그냥 무작정 좋았다. 이렇게 함께 있을 수 있다는 것만으로도.

투덜거리면서도 기태는 고속도로로 들어서는 순간부터 운전대를 대신 잡아주었고, 〈양떼목장〉에 도착한 이후로는 그녀가 하자는 대로 양에게 풀을 먹여보기도 하고, 양털을 깎는 것도 구경하며 시간을 보내주었다. 그는 말이 많은 사람은 아니었지만, 그렇다고 해서 아주 대화하기 힘든 상대도 아니었다. 자세히는 아니라도 그는 그녀의 말에 그럭저럭 대답도 해주고, 가끔은 그녀에게 질문도 던져 주었다. 여느 연인들처럼 나란히 팔짱을 낀 채로 그들은 대관령의 때 이른 눈을 음미했다.

"그런데 저건 뭐지?"

주머니에서 손을 빼낸 그가 축사와는 전혀 다른 느낌을 주는 아름다운 오두막을 짚어보고 있었다. 흐뭇한 미소와 함께 희서는 철저한 사전 조사를 통해 알아낸 정보를 기태에게 읊어주었다.

"저건 여기 관광객들을 위해 만들어진 콘도예요."

"집이 참 예쁘군."

건축학도 아니랄까 봐 그의 시선은 스위스 풍으로 아름답게 지어진 건물을 집요하게 훑어보고 있었다. 희서는 이곳에 와서 처음으로 기태가 무언가에 흥미를 보인다는 것이 기뻤다. 한동안 그와 집을 번갈아 바라보던 희서는 번뜩 스치는 생각으로 인해 팔을 풀어내며 돌아섰다.

"잠시만 기다려요!"

당황하여 그녀를 붙잡지도 못하는 기태를 산책로의 한가운데 버려둔 채 희서는 목장주가 있을 축사로 내달렸다. 차가운 바람이 마치 채찍처럼 볼을 스쳤지만, 그녀는 다급한 마음에 속도를 줄일 수가 없었다.

숨을 고르지도 못한 채 그의 손을 이끌고 나무 문 앞으로 가서 선 희서는 마치 마법처럼 주머니에서 열쇠를 '짠' 하고 꺼내 들었다. 그의 눈동자에 그녀를 만나고 나서 처음으로 놀랍다는 빛이 어렸다.

"목장 주인한테 통사정해서 얻어낸 거라구요."

그녀를 따라 콘도 안으로 들어서는 기태에게서 어렴풋이 감탄사가 들려왔다. 저물어가는 해가 스머드는 커다란 창이 소박한 방 안에 온기를 드리워 주고 있었다. 그녀는 짙은 나무 색의 창살과 삼각뿔 모양의 천장을 신기한 듯 바라보다가, 자신을 내려다보는 기태의 시선을 의식하고는 그를 향해 미소 지었다.

"이걸로 신세 하나는 갚은 거죠?"

그의 눈빛이 깊어진다고 느낀 순간 먼저 신발을 벗고 온돌 위로 올라선 그녀는 커다란 창 앞으로 뽀르르 달려갔다. 불그스름한 해가 마치 손에 잡힐 듯 가까이 느껴졌다.

"여긴 정말 다른 세상 같아요."

“내 예상이 틀리지 않았어. 넌 참 재미있어. 아니, 너랑 있으면…… 즐겁다.”

진지한 그의 눈빛에 빠져 헤어날 수가 없었다. 해는 이미 저물었고, 남은 미명만이 창 앞에 선 두 사람을 비춰주었다. 무슨 뜻인지 묻고 싶어 들썩이는 입술을 마침내 열려는 찰나, 후두둑 창을 때리는 요란한 소리가 그녀의 귓가에 들려왔다. 누가 먼저랄 것도 없이 기태와 희서는 바깥 풍경을 향해 고개를 돌렸다. 굵은 빗줄기가 떨어지고 있었다.

“이런…… 다 늦은 가을에 갑자기 웬 비야. 길이 어는 건 아닌지 모르겠군.”

미간을 찌푸리며 밖을 내다보는 그와 달리 희서의 얼굴은 점점 환하게 펴졌다. 그녀는 얼른 가방 쪽으로 달려가 고이 접어두었던 우산을 꺼내 들고는 기태의 팔을 잡아끌었다.

“나가요, 우리.”

“지금?”

세차게 고개를 끄덕이는 그녀를 기태는 마치 미친 사람마냥 바라보았다. 그러나 그것은 희서가 우산을 든 손을 흔들어 보이자, ‘설마 여기서 신세를 갚겠다는?’ 이라는 황당한 깨달음을 담은 표정으로 바뀌어갔다.

“꼭 그래야겠어?”

별로 내키지 않은 그의 물음 앞에 희서는 더욱 크게 고개를 끄덕여 보인 후, 기태를 당겨 밖으로 인도했다. 거의 끌려나오

다시피 한 그는, 빗속에서 펼쳐지는 그녀의 샛노란 우산을 보고
는 더욱 질린 표정을 지었다.

뼛속까지 파고드는 추위로 인해 그에게 바짝 붙어선 희서는
딱딱 부딪치려는 이를 꽉 눌러 참았다. 우산을 든 손이 얼어버
린 듯 감각마저 없어지려는데, 기태가 두터운 옷소매 안으로 그
녀의 손을 당겨 넣어주었다. 훨씬 부드러워진 그의 눈매가 온전
히 그녀를 향해 있었다.

"이건 작은 '보답' 쯤이라고 생각해 둬."

그의 입술 끝이 보기 좋게 당겨져 올라갔다. 얼굴을 데워주듯
더운 그의 숨결이 점점 가까이 다가왔다. 두근거리는 마음을 어
쩌지 못한 희서는 그만 눈을 감아버렸다. 추위로 인해 새파래진
그녀의 입술이 그의 안에서 붉게 피어올랐다. 마치 아름다운 장
미를 쓰다듬듯 부드럽고 소중한 움직임으로 그는 그녀 속에 열
기를 불어넣어 주었다.

방학을 얼마 남겨두지 않는 캠퍼스는 고요하다 못해 황량한
분위기를 풍겼다. 도서관 앞을 오가는 이들의 어깨는 초겨울 한
풍에 움츠러 들었고, 그들이 즐겨 앉는 벤치에 고마운 그늘을
드리워 주던 나무들은 앙상하게 메말라 버렸다.

아르바이트가 비는 시간엔 건축기사 자격시험을 공부하는 기
태를 보기 위해, 희서는 도시락이며 간식을 준비해 도서관을 찾
았다. 그것은 주말도 예외가 아니었다. 그들의 단골식당은 도서

관 앞의 벤치였다.

그는 늘 '모양은 별로지만 괜찮은' 김밥은 주인을 닮은 것이라 놀려대면서도 맛있게 먹어 주었을 뿐 아니라 손수 디저트를 준비해 주기도 했다. 비록 자판기 커피뿐이었지만. 그래도 희서는 대만족이었다.

그렇게 매일 함께하면서도, 학교에서 그대로 헤어지는 것이 싫어서 희서는 어느 날부턴가 그에게 바래다 달라고 졸라대기 시작했다. 그렇게 해서라도 그와 조금이라도 더 함께 있고 싶었다. 비록 허름한 트럭이지만, 그와 함께라면 최고급 승용차도 부럽지 않았다.

"야, 넌 트럭 타고 데이트하는 거 부끄럽지도 않냐!"

"뭐가? 하나도 안 부끄러운데요? 칫, 데려다 주기 싫음 싫다고 말하지 딴청은."

대놓고 귀찮은 척했지만 그는 그녀의 청을 거절하진 않았다.

"집이 어딘데?"

"구기동이요."

굳어지는 그의 얼굴은 마치 그녀가 죄를 지은 듯한 기분이 들도록 만들었다. 고개를 숙인 시야 속에 빈 도시락이 들어왔다. 도시락을 번쩍 쳐든 그녀는 그것을 공중에서 흔들어 보였다.

"밥값은 해야 할 거 아니에요! 별로 멀지도 않은데, 그렇게 귀찮아할 것까진 없잖아요."

장난스런 그녀의 행동과 말에 기태가 드디어 피식 웃었다. 순

간 안심이 된 나머지 희서는 도시락을 다시 발밑에 내려놓으며
충동적으로 물었다.

"경복궁 가본 적 있어요?"

그가 보던 건축 잡지에 특집으로 실린 '우리나라의 궁궐'의
모습이 하루 종일 머리 속에서 떠나질 않았었다. 힐끔 바라본
기태는 그저 가볍게 고개를 내젓고 있었다.

"그런 데 다닐 여유 같은 거…… 내겐 없어."

무뚝뚝한 그의 대답에 희서의 가슴 한 켠이 아릿해져 왔다.
그녀는 트럭이 자신의 동네에 접어들었다는 것도 깨닫지 못한
채 생각에 잠겨들었다.

마침내 집 앞에 도착했을 때, 그녀는 내키지 않은 손길로 안
전벨트를 풀고 그를 돌아보았다.

"나도 당신에게 도움을 주고 싶어요."

"방해나 안 되면 다행이지."

심드렁한 대꾸에도 굴하지 않으며 희서는 빙그레 웃었다.

"건축학도가 아름다운 건축물을 많이 봐야지요. 우리 다음 주
말에는 꼭 경복궁 가는 거예요? 약속!"

희서는 그의 오른손을 잡아 마음대로 새끼손가락을 걸고 난
후, 그대로 내리려다가 다시 고개를 돌렸다.

"그리고 도장!"

기습적으로 그의 볼에 쪽 소리가 나도록 입을 맞춘 희서는 달
아오른 얼굴을 감추려 후닥닥 차에서 내렸다. 돌아보지 않으려

하였지만 바퀴가 아스팔트에 부딪치는 소리가 들리자마자 그녀의 고개가 자동적으로 돌아갔다.

시야에서 청록색의 트럭이 완전히 사라질 때까지 희서는 그 자리에서 그를 배웅했다. 한참 동안 기태에게만 신경이 집중되어 있느라 그녀는 그런 그들의 모습을 높다란 정원에서 내려다보고 있는 아버지의 존재를 깨닫지 못했다.

그녀는 부득불 괜찮다는 그를 끌고 경복궁으로 가 경회루 앞에서 전통 혼례복을 입고 커플 사진까지 찍었다. 꼭 이래야겠냐는 그의 퉁명스러운 물음에도 굴하지 않고서.

"죽을 때까지 간직하기예요?"

협박에 가까운 부탁. 그 후 그 사진은 그녀 지갑 속 보물이 되었다. 친구들의 말을 빌면 엄청나게 시대에 뒤떨어진 촌스러운 커플 사진이었지만 그녀에겐 더할 나위 없이 소중한 것이었다.

"요즘 세상에 누가 경복궁 가서 한복 입고 커플 사진을 찍냐. 어우…… 나 같으면 부끄러워서라도 저런 사진 못 내놔."

시아의 핀잔이 강의동을 달려나가는 희서의 귓전을 울려댔다. 하지만 그것을 애인 없는 서러움에 의한 시샘으로 간주한 그녀는 웃음으로 여유롭게 넘길 수 있었다.

그녀는 가끔 기태의 어머니 영옥이 운영하는 포장마차로 가 일손을 도와드리기도 했는데, 오늘이 그날이었다. 기태는 그녀가 포장마차를 찾는 것을 대놓고 불쾌하게 여겼으나 희서는 영옥을 돕는 일을 그만둘 수 없었다.

“어휴, 희서 왔구나? 바쁜데 또 뭐 하러 왔어.”

탁자를 닦고 있던 영옥은 그녀를 보자마자 반색을 하며, 손을 덥석 잡아왔다. 물기가 맺힌 거친 손을 마주 잡은 희서는 진심으로 반가운 미소를 돌려주었다.

“어머니 보고 싶어서 왔죠. 또 오늘이 한 달 중 제일 바쁜 날이잖아요. 공장 아저씨들 월급날. 히.”

“어이구, 그걸 기억하고 있었어?”

“그럼요. 이 탁자는 제가 마저 닦을 테니까 어머니는 어서 다른 일 보세요.”

영옥에게서 행주를 빼앗아 든 희서는 있는 힘을 다해 탁자를 문지르기 시작했다. 흐뭇하게 자신을 바라보는 영옥의 시선을 느끼면서 그녀는 행복감을 느꼈다. 기태에게뿐 아니라 그의 어머니에게도 사랑받고 싶은 욕심이 있었기에, 궂은 일도 전혀 괴롭게 느껴지지 않는 희서였다.

“애는 지금쯤 배달 일 끝났을 텐데, 어디 가서 뭐하고 있는지 모르겠다. 오늘 일손 딸리는 거 뻔히 알면서.”

장사가 시작되고 한참이 지나도록 기태가 모습을 보이질 않자, 영옥이 결국은 불평과 근심이 동시에 어린 한마디를 내뱉고 있었다. 걱정되기는 그녀 자신도 매한가지였으나, 그런 속내를 숨기며 희서는 영옥을 위로하려 노력했다.

“걱정 마세요. 어머니. 아마 과모임이나 동기 모임 같은 데서 빠져나오지 못하고 있는 걸 거예요.”

“그럼 미리 얘길 해주든지. 희서 너만 진탕 고생하잖니.”

“전 괜찮아요.”

미소와 함께 그녀가 말을 끝내기 무섭게 여기저기서 굵직한 음성들이 주문을 외쳐 댔다. 힘이 들었지만, 그럴수록 더욱 씩씩한 척 희서는 테이블 사이를 누비고 다녔다. 주문을 받으랴 서빙을 하랴 정신없이 몸을 움직이던 그녀는, 갑작스레 손목을 부여잡는 거센 힘에 뒤를 돌아보았다.

“선배, 왜 이제야 왔어요? 얼마나 바빴는데. 잠깐만요.”

그의 손을 밀어낸 희서는 부엌으로 걸음을 옮기려 했지만 기태는 막무가내로 그녀를 끌어당겼다. 그녀의 항의를 묵살하며 포장마차 밖으로 끌고 나온 기태는 한참을 걷고 또 걸었다. 비교적 인적이 드문 주택가로 접어들자, 기태는 그녀의 손을 매몰차게 놓으며 벽으로 밀어붙였다. 알코올기가 섞인 그의 숨결이 희서의 코끝에 와 닿았고, 등 뒤로는 울퉁불퉁한 시멘트의 감촉이 느껴졌다.

“너 뭐야?”

잔혹하리만치 차가운 그의 물음에 희서의 얼굴이 일그러졌다.

“네가 뭔데 내 인생에 끼어들어! 네가 뭔데 날 이렇게 비참하게 만드는 거냐고!”

핏줄이 곤두설 정도로 격렬하게 고함을 지르는 기태에게서 처절한 아픔과 깊은 슬픔이 느껴졌다. 화가 나기는커녕 그에 대한 안쓰러움으로 손을 뻗으려던 희서는, 휙 하는 소리에 이어 그녀의 얼굴 옆 벽을 치는 그의 주먹에 놀라 뻣뻣하게 굳어버렸다.

잠시 후 슬쩍 고개를 돌린 희서의 시야에, 회색 빛 벽을 물들이고 있는 검붉은 액체가 보였다. 그것은 그의 짓눌린 주먹에서 끊임없이 흘러나오고 있었다. 놀라고 걱정스런 마음에 몸을 돌린 희서는, 그의 손을 잡아 입고 있던 셔츠 자락으로 닦아주었다.

"왜 이래요? 뭐 힘든 일 있어요?"

"너 이제 여기 오지 마라."

그녀의 온몸에서 힘이 스르륵 빠져나가는 순간, 기태는 자신의 손을 거둬들이며 돌아섰다. 그 너른 등이 너무도 단호해 보여 두려웠다.

"너한테는 포장마차도, 트럭도, 그리고 나란 놈도…… 안 어울린다. 내가 잠시 착각을 하고 있었어."

그녀의 고개가 가로저어졌지만 그것은 본인인 희서도, 등을 돌린 기태도 알지 못했다. 그는 조심해서 잘 가라는 말도 없이 그렇게 낯선 어둠 속에 그녀를 버려둔 채 휘적휘적 걸어가 버렸다.

오지 말라는 단 한 마디로 그에게 향하는 마음을 멈출 수 있었다면, 애초에 시작도 하지 않았을 것이다. 그를 만나서 무슨 말이라도 듣고, 이야기를 해야만 했다. 결국 까맣게 타 들어가는 속을 어쩌지 못한 그녀는 다시 포장마차를 찾았고, 영옥에게서 그가 새로이 아르바이트를 시작한 공사장의 위치를 알아냈다.

하지만 대형 빌딩의 신축 부지에 도착했을 때 이미 현장에 그는 없었다. 인부의 말을 통해 그가 방금 귀가했음을 전해 받은 희서는 부랴부랴 차를 돌려 버스 정류장으로 향했다. 그리고 마침 버스에 오르고 있는 기태를 볼 수 있었다.

잘못하다 그를 놓칠세라 희서는 여느 때보다 운전에 집중을 하여 버스의 뒤꽁무니를 따랐다. 버스는 영옥의 포장마차가 있는 신촌 부근에 그를 내려놓았다.

천천히 그를 따르던 희서는 곧 차가 오를 수 없는 가파르고 좁은 진입로로 기태가 들어서자 더 생각할 겨를도 없이 문을 열고 인도로 내려섰다. 어깨를 축 늘어뜨린 채 그는 끝도 없이 이어진 길을 걷고 있었다. 그는 길 주변으로 빼곡이 늘어선 집 중 한 곳의 문을 열고 들어갔다. 남은 힘을 모두 그러모아 그곳으로 후닥닥 달려간 희서는 집 앞에서 몇 번이나 숨을 고르고서 문을 두드렸다.

대답도 없이 문이 벌컥 열렸다. 긴장이 풀린 듯 보였던 그의 눈매가 그녀를 보자마자 다시 매서워졌다. 면전에서 다시 닫히려는 문을 희서는 자신의 몸을 밀어 넣어 막아섰다.

“이, 이러지 말아요. 할 말 있어서 왔단 말이에요. 어떻게 선배는 선배 말만 하고 끝이에요? 내 말도 좀 들어줘야 하는 거 아닌가?”

기태는 눈살을 찌푸리며 그대로 문을 열어둔 채 방 안으로 홱 들어가 버렸다. 안도의 한숨을 내쉰 희서는 문을 잠그고 그를 따라 들어갔다. 좁은 단칸방은 허름했지만 나름대로 정리가 잘 되어 있었다.

“지붕 안 무너진다. 앉아라.”

그녀의 머뭇거리는 듯한 태도가 그에게 불쾌감을 안겨준 것 같았다. 희서는 목도리와 코트를 차례로 벗어 옆 자리에 놓아두며 바닥에 앉았다. 기태가 앉아 있는 좌식 책상을 훑던 희서는 그 위에 뜯겨져 있는 파스를 보았다.

“많이 아파요?”

그녀의 눈길이 체크무늬 셔츠 아래 그의 등을 향했지만, 기태의 외면은 아주 철저했다.

“갑자기 왜 그러는 건데요? 내가 어머니 가게 일 도와드리는 게 그렇게 싫어요? 진심으로 내가 하고 싶어서 하는 일인데, 난 그저 선배한테 조금이라도 도움이 되고 싶어서 그러는 건데.”

희서는 그에게로 더욱 다가가 앉으며 언제나 되돌려 받지 못했던 자신의 마음을 전했다.

“나 선배 사랑해요.”

“동정은 사랑이 아니다.”

"누가 누굴 동정한다는 거예요?"

"날 보는 네 눈빛이 그래, 가여워서 못 견디겠다는 그런."

잇새로 내뱉듯 중얼거린 그는 자리에서 벌떡 일어나 방문을 열어젖혔다. 덜컹이는 유리 문을 잡고 선 그의 손길이 떨렸다. 그녀가 어서 돌아가 주었으면 싶었다. 자신의 마음속에서 휘몰아치고 있는 이 감정을 그녀는 영원히 몰랐으면 싶었다. 하지만 그의 바람과는 달리 가느다란 두 팔이 허리를 감싸왔다.

"하루라도 선배 보지 못하면 미칠 것 같은데! 선배가 내 곁에 없다는 생각만 하면 당장 죽어버릴 것 같은데! 이런 마음이 동정이라고 누가 그래!"

그녀의 절규에 그의 마음에 쳐진 울타리가 무너져 내리려 했다.

"희서랑 자네가 어울린다고 생각하나?"

"자네가 원하는 게 내 딸인가, 아니면 내 돈인가?"

자신을 그나마 졸라맬 수 있는 건 귓가를 파고드는 채 사장의 음성 때문이었다. 그는 묵묵히 그녀의 깍지 낀 손을 떼어내며 돌아섰다. 그 극렬한 거부 의사에도 외려 희서는 발끝으로 일어서서 그의 목에 팔을 감았다. 그것을 풀어내려 노력하던 기태의 굳은 몸에서 점차 힘이 빠져나갔다. 그녀를 밀어내야 한다는 것을 알지만 저 눈빛을, 저 입술을 외면할 수가 없었다. 그는 자신에게 매달리고 있는 여자를 집어삼킬 듯 키스를 퍼부었다.

마침내 열에 들뜬 손길은 그녀의 치마 속을 파고들어 엉덩이를 움켜쥐었다. 그 여성스런 굴곡을 한동안 음미하던 그는 걷잡을 수 없을 정도로 치미는 욕망에 자신을 놓아버렸다. 스스로도 의식하지 못하는 사이 손가락이 스타킹 속의 여성을 파고들었다.

그와 동시에 상기된 얼굴로 그의 품에 몸을 내맡기고 있던 희서의 눈꺼풀이 번쩍 뜨여졌다. 급작스레 그녀의 다리가 오므려져 그의 손이 더 이상 움직이는 것을 막아섰다. 그의 이성은 그녀의 미약한 변화를 눈치챘지만, 본능은 그러질 못했다.

"서, 선배!"

그녀의 간절한, 아니, 난처한 표정 앞에서 이글거리던 기태의 눈빛은 막이 씌워진 듯 고요해졌다. 그녀를 안은 팔에서 점차 힘이 빠져나갔다.

가질 수 없는 것을 다시 욕심낸 자신을 책망하며 기태는 그녀에게서 몸을 돌렸다. 채 사장의 비웃는 듯한 표정이 희서의 얼굴에 겹쳐져 떠올라 더 이상 그녀를 보고 있을 수가 없었다. 그녀에게서 시선을 비껴낸 그는 바닥에 떨어져 있던 옷과 가방을 들어 희서의 품에 안겼다.

걷잡을 수 없이 타오르는 소유욕을 외면하려 그는 희서의 손목을 잡아 거칠게 밖으로 끌고 나갔다. 현관문을 열고 차가운 바람 사이로 자신의 작은 연인을 밀어낸 기태는 무뚝뚝한 표정으로 거세게 문을 닫아버렸다. 이어지는 그녀의 노크 소리가 심장을 후벼 파는 것 같았다. 방으로 들어온 그는 그것을 듣지 않으려고 라디오의 볼륨을 커다랗게 높였다.

갑작스레 변한 기태의 태도는 희서에게 마음의 병을 안겨주었다. 하지만 그렇게 아프고 난 후에도 그녀는 여전히 그에 대한 마음을 접을 수 없었다. 또다시 희서는 포장마차를 찾았다. 그런 그녀를 맞아준 것은 초토화된 그것의 내부와 넋을 잃은 영옥, 그리고 분노를 억누르고 있는 기태였다.

등을 구부리고 앉아 깨진 그릇을 주워 담고 있던 영옥의 젖은 얼굴이 희서를 향해 돌려졌다. 망연자실한 표정으로 서 있던 기태의 눈빛이 그녀에게 닿는 순간 불타올랐다.

"아이고, 희서야! 마른 하늘에 날벼락도 아니고 이게 웬일이라니? 다짜고짜 남의 가게에 장정들이 쳐들어와서는 이 꼴을 만들어놓고 날아버리지 뭐냐. 이걸 어쩌면 좋으냐!"

가슴이 덜컥 내려앉는 것만 같았다. 뿌옇던 그녀의 머리 속 안개가 영옥의 말을 들으며 조금씩 걷혀가는 기분이었다. 어느 날 갑자기 변해 버린 기태의 태도와 최근 들어 그녀를 감시하는 듯 보였던 아버지의 눈빛이 번갈아 떠올랐다. 그제야 희서는 어렴풋이 눈치챌 수 있었다. 기태는 일절 언급하지 않았지만 이런 저런 상황과 그의 기색을 통해 이 일의 배후에 아버지가 있음을.

숨을 참고 서 있던 희서가 두려움을 물리치고 물음을 내뱉으려는 찰나, 그녀에게로 성큼성큼 다가온 기태가 손목을 낚아챘다. 그녀를 밖으로 끌고 나온 그는 마치 더러운 것을 만졌다는 듯 그녀를 놓았다.

"혹시…… 혹시 말인데요. 우리 아버지 만난 건가요?"

그녀의 물음이 채 끝나기도 전에 기태는 마치 기다렸다는 듯 돌아섰다. 삭막했던 그의 눈동자 속에 광풍이 몰아치고 있었다.

"알고 있으면서 뭘 묻지?"

비웃음 섞인 되물음에 희서의 손이 저절로 툭 떨어졌다. 얼굴 근육이 제멋대로 움직여 댔다. 그런 그녀를 외면한 채 기태는 계속 말을 이었다.

"너로 인해 내 인생이 침범당하는 건 여기까지야. 더 이상은 용납 못한다."

"오늘 일은…… 아버지를 대신해서 내가 사과할게요."

"너한테 미안하다는 말 듣고 싶지 않아."

하늘을 올려다보며 한숨을 내쉰 기태는 희서를 향해 알 수 없는 시선을 던진 후 그대로 돌아섰다. 그의 반대 방향으로 발을 내디디는 그녀의 입술은 단호하게 앙다물어져 있었다.

✱

평소 표현은 잘 하지 않아도 자식들에 대한 사랑만큼은 남다른 아버지였다. 그렇기에 지금 이 순간 단호한 표정으로 '안 된다' 는 말을 내뱉고 있는 아버지는 그녀가 아는 채신호 사장이 아닌 것 같았다.

"왜 안 된다는 거죠?"

"몰라서 묻는 거냐? 기태란 그 애 알아보니, 뭐 하나 확실한 것이 없더구나. 집안도, 재력도, 그리고 심지어 미래도. 그런 아이랑 만나봤자 네 인생만 허비하는 거야."

"그런 게 뭐가 그렇게 중요한데요? 내가 사랑하는 사람이에요. 그 사람 놓치면 나 정말 행복할 수 없을 것 같단 말이에요!"

그녀는 소파 끝에 엉덩이를 걸친 채로 아버지에게 매달렸다. 그러나 그녀의 절절한 애원에도 채 사장의 눈길은 단호하기 짝이 없었다.

"네가 아무리 그래 봐야 이번엔 절대 이 아비도 물러설 수가 없다."

"그래서…… 미리 손을 쓰신 거예요?"

이십 년을 살면서 지금까지 이토록 아버지가 원망스러운 적이 없었다. 왜 자신의 사랑을 아버지도 기쁜 마음으로 인정해 주시지 않는 것인지 도무지 이해할 수가 없었다.

"보아하니 그 아이가 자기 처지를 망각하고 있는 것 같길래 그래, 내가 만나서 좀 타일렀다."

"정말 너무하세요! 그렇게 선배 마음에 상처 입히고, 어머니까지 괴롭히시다니. 아버지 눈에는 엇나가는 나만 보이고, 그 사람들 힘들어하는 건 안 보이죠?”

“네가 지금 누구 앞에서 소릴 지르는 거냐? 죽은 네 엄마와 내가 널 그렇게 가르쳤니? 채희서, 당장 앉아!”

벌떡 일어나서 눈을 부라리고 있는 희서를 향해 아버지의 한탄 섞인 호통이 날아들었다. 하지만 이기적인 부정(父情)이 만들어낸 깊은 골로 인해, 다시금 다가서고 싶은 마음이 들지 않는 그녀였다.

“기태 선배 더 이상 괴롭히지 마세요. 그렇다고 해서 제가 그 사람 포기하는 일도 없을 거예요.”

“그렇게 그놈이 좋으냐? 이 아비와의 연을 끊을지라도?”

세월의 흔적이 담긴 아버지의 주름진 미간을 보면서, 희서는 가슴에서 느껴지는 아픔을 모른 척하려 노력했다. 그녀의 입매가 활시위처럼 팽팽하게 당겨졌다.

“아버지가 뭐라 그러셔도 저 여기서 그만 못 둬요.”

커다랗게 확대된 아버지의 눈동자를 피해 희서는 몸을 돌렸다. 그때 그녀에겐 아버지의 바람을 들어드리는 것보다 상처 입은 기태의 마음을 헤아려 주는 것이 훨씬 급하게 느껴졌다.

‘이번 한 번만이다’, ‘마지막이다’ 라는 거짓말로 애원하다시피 하여 희서는 도서관에서 나오는 기태를 붙잡을 수 있었다. 조수석에 기태가 앉자마자 희서는 튀어나가듯 차를 출발시켰다. 그와 단둘이 있을 수 있는 곳으로. 거기까지 생각이 이르자 희서의 발에 힘이 가해졌다.

가까운 곳에서 이야기를 할 줄 알았던지, 그녀가 고속도로로 접어들자 그는 멈추라는 지시를 내렸다. 하지만 그에 아랑곳없이 희서는 계속 대관령으로 차를 몰았다.

"당장 차 세우라고 했어."

"제발. 이러는 거 정말 마지막이라고 했잖아요."

문에 손을 올려놓으려는 그의 팔을 희서는 간절하게 부여잡았다.

"그 이후엔 정말 선배가 원하는 대로 해줄 테니까."

눈시울이 뜨거워져 와 희서는 기태에게서 고개를 돌리고 말았다. 그의 몸에서 서서히 힘이 빠져나가는 것이 손바닥을 통해 전해졌다.

그 후, 영동고속도로로 접어들 때까지 그들 사이에는 어떤 대화도 오가지 않았다. 하루 종일 동동거려서인지 피곤함이 밀려온 희서는 졸음을 떨구기 위해 라디오를 켰다. 강원도 지역에 폭설주의보가 발령되었다는 뉴스에 당황하고 있는 그녀와 달리 침착한 기태의 음성이 들려왔다.

"얘긴 다음에 하고 돌아가자."

그러나 희서는 당장 라디오의 OFF 버튼을 누르며 아이처럼 고개를 내저었다. 이렇게 서울로 돌아갈 수는 없었다. 머리가 아프고 이상하게 으슬으슬 추웠지만, 그녀는 눈에 힘을 주며 더욱 속력을 높였다. 흘끔 그녀를 돌아본 기태의 얼굴이 약간 일그러졌다. 따스한 공기 중으로 놀랍도록 차가운 손이 희서의 이마에 와 닿았다.

"젠장, 열이 있잖아."

험악한 표정으로 중얼거리는 그를 향해 희서는 애써 웃어 보였다. 하지만 기태는 주변을 둘러보느라 그녀의 미소를 보지 못했다.

"저리로 들어가."

그의 손가락 끝이 가리키는 곳에 어렴풋이 〈대관령 휴게소〉가 드러나 보였다. 휴게소에서 차를 세운 희서는 기태에 의해 끌리다시피 운전석에서 내려야 했다. 그녀를 조수석에 앉힌 그는 문을 닫고 어디론가 사라졌다가 다시 나타났다. 비록 무뚝뚝한 얼굴이었지만, 해열제와 따스한 물이 든 종이컵을 쥐어주는 손길은 부드럽기 짝이 없었다.

시동을 걸며 핸들을 돌리는 그를 희서는 불안한 눈길로 올려다보았다.

"서울로 갈 건가요?"

잠시 후 차는 곧 〈양떼목장〉이라는 팻말이 적힌 길로 접어들었다. 그의 무언의 대답에 안도감을 느낀 희서는 들고 있던 약을 물과 함께 삼킨 후, 시트에 편안하게 머리를 기댔다. 나른한 기운이 온몸에 퍼지자 눈앞에 펼쳐지기 시작한 하얀 세계도 점점 사라져 갔다.

눈을 뜬 희서는 왜인지 익숙한 느낌을 주는 방을 둘러보다가 이곳이 다름 아닌 기태와 지난번 함께 머물렀던 양떼목장의 콘도임을 알아챘다. 일어나 고개를 돌리자 미명이 스며들고 있는 이국적인 모양의 창 아래, 그가 앉은 채 잠들어 있는 모습이 보였다. 그의 옆에 놓인 물이 든 세숫대야와 그곳에 담긴 수건을 보고 있노라니 가슴이 찡해져 왔다. 밤새 그녀를 간호한 모양이다.

그에게 이불을 덮어주려 다가가던 희서는 갑자기 눈을 번쩍 뜨는 기태로 인해 놀라 엉덩방아를 찧으며 주저앉고 말았다.

"까, 깜짝이야!"

찌푸린 채로 그녀의 얼굴 여기저기를 살핀 기태는 자리에서 일어나 창문을 내다보았다. 그를 따라 일어난 희서는 창밖으로 순백색의 설원을 볼 수 있었다.

"갇혀 버렸군."

기태의 왠지 씁쓸한 중얼거림이 희서의 마음에 깊숙이 와 박혔다. 헛기침으로 불편한 공기를 헤치며 희서는 대화의 문을 열었다.

"어제 밤새 이러고 있었던 거예요?"

"신경 쓰지 마. 네가 아니라도 그렇게 했을 테니까."

묘하게 공격적인 그의 대답은 그녀의 말문을 막아버리기에 충분했다. 강압적으로라도 그가 자신을 보도록 만들고 싶었다. 그에게로 뻗어지려는 손을 옆구리에 붙이며 희서는 어렵사리 말했다.

"정말 미안해요. 본의 아니게 선배랑 어머니 괴롭혀서. 그런데 말이죠, 왜 나한테 말하지 않은 거예요? 왜 날 바보로 만들어요?"

"너한테 뭐라 그래야 했을까? 그러면 뭐가 달라졌을까?"

그의 눈 속에서 일렁이는 슬픔이 희서에게로 옮겨져 왔다.

"아무것도 달라지지 않았을 거예요. 그건 지금도 마찬가지구요. 나…… 선배 못 보내. 그럴 수가 없어."

"아직도 내가 한 말들 이해하지 못했구나."

"네, 이해할 수 없어요. 어떻게 아버지의 반대 때문에 그렇게 쉽게 그만두자는 말을 해요? 난 내가 가진 모든 걸 다 버리고 선배만 따를 준비가 되어 있는데, 선배는 어떻게 날 밀어낼 생각만 해요? 그럼 난 어떻게 해요!"

그의 팔을 마구 때리며 울부짖는 희서를 기태는 가만히 받아내기만 했다. 그것이 그녀를 더욱 화나게 만들었다.

"뭐라고 말 좀 해봐요! 왜 아무 말도 못해요! 선배 나 좋아하긴 해요? 그깟 자존심 조금 다치면 어때서! 우리 아버지, 나 그냥 안 보고도 살 수 있어요. 선배가 그러라면 그럴게요. 그러니까 제발…… 나 버리지 마. 선배가 밀어내면 이제 아무 데도 갈 곳이 없어. 으흐흑."

그의 품으로 쓰러지는 그녀를 기태가 붙잡아주었다. 그녀의 등을 안은 손에 점점 힘이 들어갔다. 귓가를 통해 마치 죽어 있는 듯싶던 그의 심장 박동이 선명하게 느껴졌다.

"지금부터 그냥 우리 두 사람만 생각해요."

울먹이는 그녀의 속삭임에 이어 그의 손바닥이 볼을 감싸며 다가왔다.

"내가 뭐라고 이러니. 채희서, 왜 나한테 네가 가진 것 모든 걸 다 걸려고 그러는 거야."

"사랑하니까. 강기태라는 남자를 정말 많이 사랑하니까."

흔들리던 그의 눈빛이 굳어졌다. 그녀를 붙잡은 손아귀에 힘이 더욱 들어갔다.

"시간이 흐른 뒤에…… 네 가족들과의 연을 끊게 만든 날, 넌 반드시 원망하게 될 거야."

모든 일에서 늘 자신만만했던 그가 사랑 앞에서 저토록 자신 없어하는 모습은 희서를 아프게 했다. 어느새 붉어진 눈으로 그녀는 기태를 향해 다가섰다.

"원망하지 않을 거예요. 되레 지금 선배를 보내고 나면, 평생 후회하게 될지도 몰라. 그러니까 선배도 조금만 내게 다가와 줘요. 조금만 용기를 내요, 우리."

천천히 그녀의 앞에 드러난 그의 눈매도 조금 젖어 있는 것처럼 보였다. 눈을 깜빡여 물기를 털어내며 희서는 애써 웃었다. 그래야 그도 웃어줄 것 같았다. 그녀의 바람대로 기태의 입가가 기울여지는 듯싶었다. 하지만 그녀를 품에 안아버리는 그로 인해 희서는 더는 그 표정을 볼 수가 없었다.

"눈싸움하러 나갈래요?"

분위기를 전환하기 위해 그녀가 한 말에 기태가 고개를 젓는 것이 느껴졌다.

"안 돼. 너 이제 겨우 열 내렸잖아."

하지만 희서는 그의 품에서 미꾸라지처럼 쏙 빠져나오며 혀를 낼름 내밀었다. 나무 문을 밀자, 무릎 높이 이상으로 쌓인 눈이 스르륵 밀려났다. 끝없이 펼쳐진 눈밭의 광경이 이내 희서를 흥분에 들뜨게 만들어 추위를 느낄 겨를도 없었다.

"이야!"

점퍼 주머니에서 장갑을 꺼내 낀 희서는 방 안을 돌아보았다. 내키지 않은 표정이지만 신발을 신고 있는 기태를 확인하고서야 그녀는 아무런 표시도 없이 깨끗한 눈 위로 뛰어들었다. 허리를 숙인 채 눈을 손에 떠보던 희서는 갑자기 오른쪽 뺨에 차갑고 단단한 무엇이 아프게 와서 부딪치자 비명을 지르며 옆을 돌아보았다. 그곳에는 너무 덤덤해 얄미워 보이기까지 하는 기태가 서 있었다.

"뭐예요! 완전 반칙이잖아!"

앞뒤 재보지도 않고 희서는 커다랗게 눈을 뭉쳐 그에게 던졌다. 넓디넓은 설원 위에서 젊은 연인의 눈싸움은 한동안 계속되었다. 그들 위로 다시 눈이 내리기 시작하고 있었다.

장시간의 눈싸움으로 인해 신발도, 바지도, 심지어 점퍼까지 다 젖어버렸다.

기태의 배려로 따스한 물에 먼저 샤워를 한 희서는, 여분의 옷이 없다는 것을 몸을 다 씻고 난 후에야 깨달았다. 오랫동안 욕실에서 망설이던 그녀는 기태 역시 추울 것이라는 생각으로, 어쩔 수 없이 얼음장같이 차가운 옷을 다시 걸치고 나갔다. 그녀에게 이불을 던져 준 그는 욕실로 들어가기 전 한마디 경고를 잊지 않았다.

"젖은 옷은 벗어서 아랫목에 말리는 게 좋을 거야."

그가 욕실에 들어가자마자 후닥닥 옷을 벗은 희서는 속옷만 입은 채로, 이불을 둘둘 말고 누웠다. 너무 따스해서 금세 노곤함이 밀려왔다. 어느새 잠이 들었던 것인지, 희서는 이불이 당겨지는 느낌에 번쩍 눈을 떴다. 금방 씻고 난 기태의 맑은 얼굴이 그녀의 바로 곁에 있었다.

"이불이 하나뿐이잖아."

저도 모르게 몸을 움직여 벽으로 딱 붙어 누운 희서는 왠지 어색한 느낌에 그에게서 고개를 비켜냈다. 하지만 내부에서 피어오르는 열망은 그녀에게 부끄러움도 잊게 만들 정도의 대담함을 불어넣어 주었다. 그녀는 눈을 질끈 감고 몸을 돌려 기태의 목을 껴안았다.

"안아줘요."

책이나 영화에서만 보던 그 대사를 자신이 하게 되리라고는 전혀 생각지 못했다. 하지만 바로 앞의 남자를 원하는 절실한 마음은 그 단어 외엔 어떤 말로도 표현할 수가 없었다. 곧 그녀를 바로 눕힌 기태의 혼란스런 눈빛이 와 닿았다. 희서는 그에게서 팔을 풀지 않으며 고개를 들어 살짝 입을 맞추었다. 그러자 그의 입술이 그녀의 얼굴 곳곳에 낙인을 찍듯 내려앉았다. 이마와 눈꺼풀, 코, 볼에 와 닿던 그것은 마침내 희서의 입술을 삼키고 빨아들였다. 그의 혀가 그녀의 입 안 곳곳을 쓰다듬은 것이 처음은 아니었지만, 이번엔 뭔가 색다른 느낌이었다. 야릇한 쾌감이 그녀의 몸속 깊은 곳에서 피어오르고 있었다.

농도 짙은 키스에 이어 목덜미를 애무하던 기태는, 입술을 더욱 아래로 내려뜨려 브래지어 위로 가슴 계곡을 쓸었다. 어느새 등 뒤로 돌아간 그의 손가락에 의해 후크가 쉽사리 풀리자, 유두가 자유롭게 공기 중으로 드러났다. 검붉은 빛으로 우뚝 선 그것의 한쪽을 엄지손가락으로 쓸며, 기태는 반대쪽을 입 안에 머금었다. 그의 입술과 그 사이로 가슴의 정상이 타액으로 번쩍이는 모양을 희서는 열에 들뜬 눈으로 바라보았다. 그를 느끼고 싶다는 열망으로 인해 그녀는 손을 들어 적당히 그을린 가슴 근육을 매만졌다. 힘든 일로 다져진 그의 몸매는 적당히 단단했고, 보기 좋게 균형이 잡혀 있었다.

한참 그녀의 가슴을 희롱하던 그는 또다시 고개를 내려 배꼽에서 발가락 끝까지 기나긴 애무를 퍼부었다. 그리고 그녀의 매끄러운 다리를 매만지던 그의 딱딱한 손바닥이 허벅지 사이를 파고들었다. 잠시 주춤거리던 희서는 이번엔 용기를 내어 약간 다리를 벌렸다. 작은 팬티가 그의 손가락에 걸려 곧 이불 밖으로 내던져지는 모양을 그녀는 웃으며 바라보았다. 그녀를 내려다보며 기태 역시 미소 짓고 있었다.

"예쁘다."

그에게서 이런 식의 칭찬은 처음 듣는 희서였다. 당혹스러우면서도 행복했다. 그런 그녀의 표정 변화를 관찰하던 기태는 또다시 슬며시 웃다가 키스했다. 그녀의 목구멍 깊은 곳에서 신음이 흘러나올 때까지. 그러는 동안 그의 손가락은 그녀의 여성을 매만지고 쓸었다. 처음엔 낯설기만 했던 희서도 그의 애무가 싫지 않았다. 저도 모르게 점점 다리를 벌리며, 그녀는 자신이 앞으로 벌어질 일들을 기다리고 있다는 것을 깨달았다.

"제발……."

그녀의 애원이 끝나기 무섭게 묵직한 체구를 실어오는 기태였다. 그녀 위에서 속옷을 벗어 내린 그는 희서의 손에 깍지를 끼며, 여성의 입구로 매끄러운 남성의 상징을 부딪쳐 왔다. 자세히 보진 못했지만 그녀는 그렇게 짐작했다. 하지만 그것이 그토록 단단하고 거대할 줄은 예상하지 못했던 희서는 그의 진입이 힘들어질수록 흥분이 급속도로 가라앉는 것을 느꼈다. 몸을 빼려는 그녀의 귓가에 기태가 애써 정염을 참는 음성으로 속삭였다.

"괜찮아."

그의 한마디에 희서는 모든 걸 감내하기로 마음먹었다. 아픔을 참느라 입술을 깨물던 희서는 결국 비명을 질렀지만 그것은

그의 깊은 키스에 묻혔다. 여린 살갗이 찢기는 듯한 고통에 절
로 흘러내린 눈물은 그에 의해 닦여졌다.

움직이지 않는 것이 힘든 듯 땀을 흘리는 그의 얼굴은 붉게
달아올라 있었다. 그녀는 억지로 그를 향해 웃음을 지으며, 각
진 턱을 매만져 주었다. 그의 손이 다시 그녀의 손을 찾아 쥐었
다. 그리고 무방비 상태로 긴장을 푼 그녀 안으로 기태는 더욱
깊숙이 밀고 들어왔다. 어깨를 움찔하는 그녀의 이마에 그는 부
드럽게 입을 맞추었다. 소리 내어 표현하진 않아도 그의 눈빛이
지금 심정을 모두 말해 주고 있는 듯싶었다.

사랑해. 채희서, 사랑해.

그런 생각만으로 희서의 눈빛이 부드러워졌다. 또한 그녀 안
에서 앞뒤로 흔들리던 그의 움직임이 역시 점차 부드러워지고
있었다. 너무 유연하여 충족되지 않는 갈망으로 인해 희서는 그
의 허리에 다리를 감으며 몸을 밀착시켰다. 두 사람 사이의 거
리가 좁혀지자, 그의 움직임도 점차 빨라지기 시작했다. 그에게
로 엉덩이를 들어 보조를 맞추는 희서의 몸도 점점 뜨겁게 달아
올랐다. 서로가 줄 수 있는 쾌감이 극도의 정점에 다다를 때까
지 그들은 열정의 춤사위를 멈추지 않았다. 뜨겁게 데워진 방
안 공기 중으로 한참 동안 남녀의 달짝지근한 숨결이 뒤섞여 맴
돌았다.

눈을 뜨면 그의 품이라는 생각이 지난 며칠 동안 그녀를 행복

하게 만들었다.

　수면의 늪에서 떠올라 의식이 맑아지자, 희서는 버릇처럼 눈을 감은 채 미소를 머금으며 손을 뻗었다. 하지만 평소와 달리 아무것도 만져지지 않자, 고개를 쳐든 불안감으로 인해 그녀는 벌떡 자리에서 일어났다. 차가운 공기만 머물고 있는 옆 자리의 베개 위에 고이 접힌 종이가 보였다. 희서는 떨리는 손으로 그것을 집어 들었다.

　〈아침에 중요한 시험이 있어. 차 좀 빌릴게. ―기태.〉

　그제야 그녀는 기태가 오랫동안 준비해 온 건축기사 시험이 오늘임을 기억해 냈다. 그런데 자신은 잠에 빠져 그에게 시험을 잘 보란 격려의 말도, 하다못해 배웅조차 하지 못했으니. 찌푸린 얼굴로 스스로를 질책하며 희서는 후다닥 일어나 옷을 챙겨 입었다. 혹여라도 그를 붙잡을 수 있지 않을까 싶은 기대감으로 그녀는 문을 열었으나 인기척은커녕, 눈송이들이 떨어지는 소리 외에는 아무것도 들리지 않을 정도로 주위는 고요하기만 했다.

　"미리 얘기해 주었으면 좋았잖아. 괜히 사람 미안해지게."

　마치 보이지 않는 저 너머에 기태가 있기라도 한 듯 시선을 떼지 못하던 그녀는, 곧 살갗을 파고드는 추위에 문을 닫고 안으로 들어가려 하였다. 그때, 어디선가 자동차의 엔진 소리 같은 것이 희미하게 들려와 희서의 신경을 잡아끌었다. 기태일 것이라는 짐작에 행복감을 만끽하며, 그녀는 문을 확 밀고 소리의 근원지를 향해 달려나갔다.

하지만 자동차가 점점 가까워질수록, 그녀의 얼굴에서는 웃음기가 걷혀가고 들려 있던 팔이 천천히 내려갔다. 그것이 자신의 작은 승용차가 아니라 검고 커다란 고급 세단임을 확인한 희서는 차츰 뒷걸음을 쳤다. 차에서 내리는 익숙한 사람의 모습이 보였다. 짙은 회색 모직 코트를 입은 중년 남자는 경호원들의 호위를 받으며, 그녀를 향해 다가오고 있었다.

"아, 아빠……."

당혹감에 그저 멀거니 아버지의 굳은 표정만을 바라보던 그녀는, 커다란 손이 다짜고짜 뺨으로 날아드는 것을 피하지 못했다. 그 충격으로 축축하고 차가운 바닥에 털썩 주저앉게 된 희서는 한동안 몸을 추스를 수가 없었다.

"아비는 네 걱정으로 밤잠도 이루지 못했는데…… 넌 그놈이랑 그동안 행복하더냐? 영원히 눈속임하면서 이렇게 숨어 지낼 수 있으리라고 생각한 건 아니겠지?"

며칠 사이 부쩍 초췌해진 아버지의 모습이 희서를 죄책감으로 몰아넣었다. 그녀는 자리에서 고개를 떨군 채 아버지의 화기가 가라앉기를 기도했다. 하지만 그녀의 생각과 달리 한참의 침묵 끝에 아버지의 입에서 나온 짧은 한마디는 절망적인 성질의 것이었다.

"가자."

목을 뒤로 한껏 꺾으며 희서는 커다랗게 확대된 눈으로 아버지를 바라보았다.

"자, 잠시만요. 조금만 기다려 주세요. 저 이렇게는 못 가요."

그녀의 손이 바짓단을 잡고 늘어지는 것에 아랑곳하지 않고 채 사장은 경호원들을 돌아보며 서릿발 같은 명령을 내렸다.

"뭣들 하는 건가! 어서 이 아이를 차에 태우게."

일제히 그녀의 양쪽으로 덩치 큰 경호원들이 다가와 두 팔을 잡아 일으켜 세웠다. 날카로운 비명을 지르며 몸을 비틀어보았으나, 그들의 힘에는 역부족이었다.

"안 돼! 나 그 사람 기다려야 한단 말야! 야, 이거 못 놔? 놔! 놓으라고!"

희서에게서 고함 섞인 말소리가 터져 나왔지만, 그것은 눈 속으로 파묻혀 더 이상 퍼지지 못했다. 그녀는 틀려지지 않는 고개를 애써 돌려 아버지를 바라보았다.

"나 안 가요! 제발 이러지 마세요!"

그러나 그녀를 철저히 외면한 채 사장의 표정 앞에서 희서는 더욱 짙은 절망감을 맛보아야만 했다. 무력감으로 인해 질척하게 흘러내린 눈물은, 점점 작아지고 있는 기태와의 보금자리를 그녀의 시야에서 완전히 사라지게 만들었다.

✻

이십 년간을 지내온 집과 자신의 방이 창살 없는 감옥처럼 느껴질 줄은 몰랐다.

밖에서 문을 열어주지 않는 한 희서는 방 밖으로 한 발자국도 나갈 수 없었고, 혹시나 싶어 창문을 열어보면 정원에는 경호원들이 어슬렁거리고 있었다. 전전긍긍 애를 태워보았지만, 방의 전화선은 차단되었고 삐삐는 압수되었기에 기태에게 연락을 취할 방도가 없었다.

그렇게 십 년과도 같은 이십여 일이 지난 어느 날이었다. 굳은 표정으로 들어선 아버지는 그녀에게 시아의 출국 소식을 알렸다. 친구에게는 미안했지만 희서는 바로 지금이 기회라는 생각을 했다.

"배웅하려면 지금 나가야 할 것 같구나."

아버지의 표정엔 탐탁하지 않음이 극렬하게 드러나 있었다. 하지만 그것을 못 본 척하며 희서는 외출 준비를 서둘렀다.

"다녀와야겠어요. 금방이면 돼요."

집을 나오는 그녀의 뒤로 경호원들이 자연스레 따라붙었다.

국제공항 청사 앞에 차가 멈춰 서자, 희서는 경호원들과 나란히 걸어 출발 층으로 향했다. 마침 출국장 입구에서 초조하게 서성이고 있는 초아와 시아 자매의 모습이 들어왔다. 그녀를 보고 반색을 하며 달려오는 친구들을 차례대로 껴안으며 희서는 애써 괜찮다는 표정을 지어 보였다. 잠시 친구들과 이런저런 이야기를 나누던 그녀는 경호원들의 눈과 귀를 피해 속삭였다.

"나 저 사람들 따돌려야 되거든? 지금 무지하게 급해. 그러니까 너희들이 좀 도와줘야겠다."

희서는 마침 모자를 눌러쓰고 있는 초아의 복장에 만족스러운 미소를 지으며 그들을 이끌고 화장실로 향했다. 내부로 들어서자마자 그녀는 초아를 옆 칸으로 밀어 넣으며 간절히 부탁했다.

"초아야, 나랑 옷 좀 바꿔 입어."

"야, 이게 뭐 하는 짓이냐. 나 지금 가야 한다구."

시아의 중얼거림에 개의치 않으며 희서는 공중에서 떨어지는 초아의 옷가지들을 받아 입었다. 마침내 커다란 헌팅캡까지 깊숙이 눌러쓴 그녀는 파우더룸으로 나왔다. 거울 뒤로 걱정스런 표정을 짓고 선 친구들이 보였다.

시아를 향해 돌아서 손을 꽉 쥐어준 희서는 갑작스레 치밀어 오르는 울컥하는 감정에 간단히 작별을 고했다.

"잘 가고, 건강해. 전화 자주 하고."

"그래, 채희서. 너도 건강하고…… 꼭 행복해져라."

시아의 간단하지만 진심이 담긴 기원이 기어이 희서에게서 눈물을 뽑아내고 말았다. 그녀는 흐르는 액체를 숨기기 위해 친구들에게서 비켜섰다. 뒷일을 초아에게 부탁한 희서는 다시 한 번 깊숙이 모자챙을 끌어 내리며, 뒤도 돌아보지 않고 그곳을 나왔다. 그녀의 움직임을 주시하는 눈길이 느껴졌지만, 누구도

가까이 다가오지는 않았다. 종종걸음을 치던 그녀는 그들의 시
야에서 벗어났다고 느껴지는 순간부터 미친 듯이 뛰었다. 공항
밖으로 나온 희서는 팔을 크게 휘둘러 택시를 잡았다.

"종로로 가주세요."

그녀는 다급한 마음에 연신 시계를 바라보았다. 벌써 이십오
일하고도 몇 시간이 지나 버렸다. '제발' 이라는 단어를 저도 모
르게 입 밖으로 수십 번을 중얼거리며 희서는 시트에 등을 기대
지도 못하고 전전긍긍했다.

마침내 기태가 아르바이트를 하는 공사 현장에 택시가 멈춰
섰다. 수많은 인부들이 왔다 갔다 하고 있었지만, 기태의 모습
은 좀처럼 보이질 않았다. 마침 인상 좋아 보이는 중년 남자가
지나가자 희서는 얼른 물음을 던졌다.

"혹시 여기 아르바이트하는 학생 중에 강기태라고……."

남자는 기태를 알고 있었다. 하지만 그는 꽤 오랫동안 일을
쉬고 있다고 했다. 불안감에 입술이 파르르 떨렸다. 그의 안위
에 대한 걱정과 함께 혹시라도 만날 수 없을지 모른다는 두려움
이 그녀를 뒤흔들고 있었다. 그녀를 위아래로 훑어보던 남자는
바쁜 듯 자리를 그만 뜨려 했다. 그제야 다급해진 희서는 그를
불러 세웠다.

"그럼 혹시나 그 사람 나오면, 길 건너 '아디오'란 카페에서
희서가 기다린다고 좀 전해주시겠어요?"

고개를 끄덕 하고 마는 인부를 향해 그녀는 정중하게 고개를

숙이며 한 번 더 부탁했다. 좁은 길과 횡단보도를 기계적으로 지나친 희서는 카페 문을 열고 내부로 들어갔다. 창가 자리에 앉아 커피를 주문한 희서는 한참을 멍하니 있었다.

텅 빈 위 속으로 커피가 한 잔, 두 잔, 세 잔, 그리고 네 잔째 들어갔을 때 '딸랑' 하는 청명한 소리가 들렸다. 귀에 익은 발걸음 소리가 그녀의 앞에서 멈추고, 그 특유의 향기가 느껴지자 눈물이 나올 정도의 진한 반가움이 밀려들었다. 미소와 함께 고개를 든 희서는, 기태의 움푹 들어간 뺨과 눈동자를 발견하고는 즉시 표정을 굳혔다.

"얼굴이 왜 그 모양이에요?"

마주하고 싶지도 않다는 듯 창밖으로 시선을 고정하고 있던 그는, 다가온 종업원에게 곧 나갈 거라는 말만을 내뱉고는 다시 그녀를 외면했다. 기태가 친 높다란 장벽을 어떻게 헐어버릴 수 있을지, 어쩌면 이젠 너무 단단해진 그것을 넘을 수조차 없는 건 아닌지 희서는 두려워졌다.

"나 좀 봐요."

"이제 제발 그만두자."

여전히 그녀를 비껴난 그의 눈빛은 한겨울의 나뭇가지처럼 메말라 있었다. 지금 이 차가운 사람이 목장에서 꿈결 같은 며칠을 함께 보낸 그 다정했던 남자가 맞는지 의심스러웠다.

"자존심이랑 네 조건 사이에서 갈팡질팡했던 거 사실이다. 하지만 이제 그만두고 싶어."

"자존심? 내 조건? 그게 무슨 말이야! 그럼 사랑은?"

그녀에게서 흘러내린 눈물이 테이블을 적셨지만, 기태는 예전처럼 눈가를 쓸어주기는커녕 위로조차 건네지 않았다.

"훗, 사랑?"

"젠장. 날 좀 보고 이야기하라구요! 그렇게 금방 돌아서 가버릴 것처럼 굴지 말란 말이야!"

그녀의 주먹이 탁자를 내려치자 사람들의 눈길이 그들에게로 집중되었다. 그리고 마침내 기태의 공허한 눈빛 역시 그녀에게로 와 닿았다.

"잠시 후면 난 갈 거고, 넌 남을 거야. 우리 그만 각자의 위치로 돌아가자."

"또다시 왜 이래요? 우리 서로 사랑하잖아. 그거면 된 거잖아."

"누가 너 사랑한대? 내가 언제 그런 말을 한 적이나 있었던가?"

그의 분명한 물음이 희서의 심장을 푹 파고들었다. 그랬다. 그들이 하나가 된 희열의 순간조차 그는 사랑한다는 말을 내뱉은 적이 없었다. 그녀의 손이 탁자 아래로 힘없이 늘어졌다.

"네 조건에 끌렸었는데, 그게 그다지 매력적이지 않다는 것을 이제야 깨달은 것뿐이야."

"왜?"

반사적인 되물음에 잠시 침묵이 흐른 후, 기태의 조용한 대답이 들려왔다.

"널 얻기 위해 치러야 할 희생이 너무 커. 난 이기적인 놈이라 그건 싫거든."

"난 선배 얻기 위해서라면 뭐든지 다 버릴 수 있는데?"

이렇게까지 매달리는 자신이 구차하다고도 느껴지지 않았다. 그를 잡을 수 있다면 이보다 더한 말이라도 할 수 있었다. 어디 말뿐이겠는가. 그가 시키는 어떤 짓이라도 할 수 있을 것 같았다.

"사랑해요."

희서는 간절한 마음을 담아 네 음절의 단어를 또박또박 내뱉었다. 그 말이 끝나기 무섭게 기태는 벌떡 몸을 일으켜 험상궂은 표정의 장승처럼 그녀의 앞을 버티고 섰다.

"너도, 네 조건도, 그리고 주기만 하는 네 사랑도…… 이제 정말 지긋지긋해."

테이블 옆으로 한 발을 내디디는 그의 옷자락을 희서는 부여잡았다. 바람 냄새가 배인 점퍼 자락이 볼에 닿도록 그녀는 그것을 잡아당겼다. 잠시 멈칫거리던 기태는 그대로 몸을 비틀며 그녀의 곁을 스쳐 지나갔다. 그의 잔향이 코끝을 스치자, 흠뻑 젖은 얼굴로 희서는 있는 힘을 다해 소리쳤다.

"선배 이렇게 가버리면, 나 죽어. 죽어버릴래!"

세상 끝에 홀로 남겨진 듯한 끔찍한 외로움과 절망감이 그녀를 아이처럼 몸부림치게 만들었다. 발작적으로 울음을 토해내던 희서는 창밖으로 멀어져 가는 그의 모습을 보며, 감정의 격랑에 휩싸이고 말았다. 더는 남은 게 없다는 극한의 충동에 의해 그녀는 테이블 위에 놓인 물 잔을 깨어 들었다.

날카로운 파열음에 이어, 유리 파편들이 흩날리고 사람들의 비명 소리가 파고들었지만 어느 것도 희서를 막을 수는 없었다. 종업원이 달려오기 전에 그녀는 자신의 왼쪽 손목에 날카로운 유리의 끝을 가져갔다.

따스함이 그녀의 팔을 적시자 따끔한 아픔에 이어 기분 좋은 나른함이 밀려왔다. 이제 어떤 슬픔도, 외로움도, 아픔도 존재하지 않을 것이라는 생각으로 모처럼 평온한 미소를 지으며 희서는 천천히 암흑 속으로 빠져들었다.

✳

눈을 뜨자, 온통 세상이 새하얗게 보였다. 처음엔 자신이 천국에 온 것이라고 생각했다. 하지만 몸을 움직이는 순간 손목에 통증이 느껴지고 귀에 익은 목소리가 들려오자 희서는 이곳이 병원임을 자각할 수 있었다. 원하는 대로 세상을 등지지 못했다는 절망감이 그녀를 가득 메우고 돌았다.

"그게 사실인가?"

놀라움 섞인 물음을 내뱉고 있는 이는 분명 아버지 채신호 사장이었다.

“사실입니다. 이제 사 주째로군요.”

당황한 기색이 역력한 아버지와 의사의 대화가 이어졌지만, 혼란스러운 생각을 정리하느라 희서는 더는 주의 깊게 들을 수가 없었다. 손을 편평한 배로 내려뜨린 그녀는 그 속에 생명이 자라고 있다는 사실을 차츰 인식하며, 마침내 미소를 그릴 수 있었다. 그를 닮은 생명을 가진 데서 느껴지는 벅찬 희열은 희서에게서 두려움과 절망의 흔적들을 모두 걷어갔다.

문이 닫히는 소리에 이어, 아버지의 깊은 한숨이 가까이서 느껴지자 그녀는 천천히 눈을 떴다. 그녀의 시선을 붙잡은 채 사장의 안색이 조금 밝아졌다.

“정신이 드니?”

“아빠, 그 사람 불러주세요.”

그를 당장 만나야만 했다. 만나서 아이 이야기를 해야 했다. 그러면 그의 돌아선 마음이 다시 그녀에게로 향할지도 모른다. 실낱같은 희망이 희서에게 점차 기운을 불어넣어 주었다.

“이 꼴을 하고서도, 그놈 이야기냐?”

“만나서 할 말이 있어요. 못다 한 말이 있다구요.”

무뚝뚝한 것처럼 보여도 누구보다 인정이 많은 사람이기에, 그가 무척 좋아할 것이라고 확신할 수 있었다. 생각만으로도 행복해져 그녀의 입가에 미소가 맺혔다.

“네가 누워 있는 동안, 사고가 있었다.”

아버지의 손에 들린 신문이 그녀의 신경을 붙잡았다. 위태롭게 지탱되고 있던 그것은 친절하게도 아버지가 펼쳐 준 면에 난 기사를 읽어 내려가는 동안, 뚝 끊어지고 말았다.

낚아채듯 그것을 집어 든 그녀는 미친 듯이 고개를 저으며, 히스테릭한 비명을 내질렀다.

"말도 안 돼! 이건 분명 뭔가 잘못된 거야! 그가 죽었을 리가 없잖아! 그럴 리가 없잖아!"

"믿을 수 없겠지만, 사실이다."

"동명이인일 수도 있잖아요! 그가 경부고속도로에는 왜 갔겠어요?"

부정의 뜻임에 분명한 아버지의 한숨이 희서를 더는 참을 수 없게 만들었다. 그녀는 팔에 꽂힌 링거 바늘을 거칠게 빼내며, 죽을힘을 다해 침대에서 내려섰다.

"난 믿지 않아. 다 거짓말이야."

"그렇게 나갈 거냐? 박 기사 대기시키마."

뜻밖에도 순순한 아버지의 대답이 희서를 더욱 불안하게 만들었다.

"신촌으로 가요."

곁에서 손을 쥐어주는 아버지의 존재도 전혀 위로가 되지 않았다. 그와 헤어지던 그날처럼 그녀는 연신 '제발'이라는 한 단어를 중얼거렸다.

신촌의 허름한 동네 어귀에 차가 이르자, 희서는 아버지와 박 기사를 기다리지 않고 먼저 그의 집으로 걸음을 옮겼다. 어디서 그런 초인적인 힘이 난 것인지 몰랐다.

외짝 문 앞에 도착한 후 노크를 하려 손을 들어 올리려던 희서는 등 뒤에서 찬바람보다 더 냉랭한 음성이 들려와 천천히 팔을 내렸다.

"네가 여긴 웬일이냐?"

고개를 돌린 희서는 상복을 입고 자신에게 다가오는 영옥의 모습에 휘청거려야 했다.

"어, 어머니……."

그토록 다정했던 얼굴은 그녀에게 미소 한 자락 보내주지 않는다. 그저 눈물로 얼룩진 얼굴을 그녀에게서 홱 돌려낼 뿐.

"어머니, 서, 선배는?"

"가거라. 네가 더 미워지기 전에 그만 돌아가."

설마 현실일 리 없다. 이건 끔찍한 악몽이다.

"난 갈 거고, 넌 남을 거야."

이별의 순간에 그가 했던 말들이 정말로 실현되고 있을 리가 없다.

희서는 흡사 미친 사람처럼 영옥에게 매달렸다. 그러나 이내 그녀의 두 손은 영옥이 휘두른 팔에 의해 후두둑 떨어지고 말았다.

"널 이제 다시는 보고 싶지 않구나! 널 만나지 않았다면, 내 아들이 부산으로 떠날 마음을 먹지도 않았을 거고. 새파란 나이에 세상을 등지는 일도 없었을 거야! 모든 게 너 때문이다!"

차가움의 휘장 뒤에 억눌린 감정을 토해내며 영옥은 그녀의 어깨를 몇 번이고 주먹으로 내려쳤다. 속내의 아픔으로 육체의 고통조차 느껴지지 않는다. 떨어지는 눈물 사이로 그녀는 한마디의 사과를 어렵사리 내뱉었다.

"정말, 정말 죄송해요."

"듣기 싫다, 듣기 싫어! 그런 말로 내 아들이 살아 돌아올 수 있다더냐. 응? 아이고, 기태야! 이 불쌍한 놈아!"

바닥에 철퍼덕 주저앉아 영옥은 기어이 대성통곡을 하고야 말았다. 터져 나오려는 흐느낌을 이를 악물고 참아낸 희서는 중년 여인의 곁으로 다가가 앉았다.

"제발 가거라. 제발!"

영옥에게로 손을 내밀려던 희서는 앙칼진 어조의 부탁, 아니, 명령에 그만 자리에서 무너지고야 말았다. 멍하니 자신을 놓아버린 그녀를 일으켜 세우는 아버지와 박 기사의 손길이 느껴졌다. 그들에게 의지해서 희서는 휘적휘적 그곳을 벗어났다. 그녀는 결국 차로 가는 도중 아버지의 품에서 정신을 잃고 말았다.

4. 그늘

비극으로 끝을 맺고만 그와의 기억을 떠올리면, 행복감에 설레던 가슴은 점차 얼얼한 아픔으로 묵직하게 가라앉고 만다.

한동안 아픈 추억이 남긴 잔상에서 벗어나지 못하고 있던 희서는 문을 열고서 자신을 기다리고 있는 강 비서로 인해 하는 수 없이 차에서 내려서야 했다.

현관문을 여는 순간 맞닥뜨린 기태의 차가운 눈동자 앞에서 그녀는 한없이 초라해지는 자신을 느꼈다. 예전과 달리 그의 눈 속에 비친 자신은 아주 볼품없어 보였다.

기태의 눈짓 한 번에 그녀의 뒤에 서 있던 강 비서의 존재가 사라지는 것이 느껴졌다. 왠지 모를 아쉬움에 자칫 뒤를 돌아보려던 희서는 자신을 다잡으며 자리를 지켰다.

그녀를 무시하며 소파로 가서 앉는 그를 보며 희서는 모욕감을 느꼈다. 생각 같아서는 이대로 문을 박차고 나가 다시는 그의 잘난 면상을 보고 싶지 않았다. 하지만 생각을 행동으로 옮기기에는 그녀를 잡고 놓아주지 않는 것들이 너무 많았다.

“들어오기 싫어? 거기 서서 얘기할 텐가?”

그를 외면한 채 선 희서의 귓가로 기태의 물음이 스며들었다.

“너 편할 대로 해.”

멀리 떨어져 있지만, 그들은 서로를 외면한 채 같은 방향을 보고 있었다. 그는 앉아서, 그녀는 서서. 황량한 공간 속으로 그의 단호한 명령이 떨어졌다.

“다시는 강 비서의 입장을 난처하게 만드는 부탁 따윈 하지 마.”

아랫배 부근에서 만난 두 손을 비틀어 쥐며 희서는 입술을 깨물었다. 아무 잘못도 없는데 억울하게 혼이 나는 어린아이가 되어버린 듯한 기분이었다.

“내 제안을 받아들인 이상, 어느 정도의 억압은 예상하고 있지 않았나?”

눈가와 볼의 근육이 경련을 일으키고 있었다. 더는 참지 못하고 희서는 그를 향해 몸을 홱 돌렸다. 그녀의 이글거리는 시선이 그의 차가운 눈빛과 맞닿았다.

“당신이 원한 건 내 몸이지 내 자유도, 내 마음도 아니잖아!”

“네 마음 따위는 관심없어.”

일시적인 현기증이 밀려와 희서는 오른쪽 어깨를 벽에 기댔다. 갑작스레 발등에 화끈거림이 일었다. 내색을 하지 않기 위해 그녀는 입술에 더욱 깊이 이를 박아 넣었다.

“하지만 자유에 관한 문제라면 다르지. 네 마음이 어딜 향하든 상관없지만, 네 몸은 아니야. 내가 원할 때 넌 반드시 내 눈앞에 있어야 해. 그것이 네 자유의 제한 범위야.”

고막을 울리는 듯한 그의 음성을 들으며 희서는 힘겹게 한 소절씩 내뱉었다.

“오늘은…… 정말 중요한 일이 있었어요.”

“무슨 일? 당신의 아들과 새 애인을 만나는 게 그렇게 급한 일이었나?”

역겨움이 묻어나는 그의 물음에 희서는 서글픔을 느꼈다. 희원이 기태에 의해 이렇게 취급받아야 할 하등의 이유가 없다. 아버지의 정을 모르고 자란 것도 안쓰러운데, 친부에게 미움까지 받는다는 건 너무 잔혹한 일이다.

“그 애는…… 나의 전부예요.”

어느새 간절한 눈빛이 되어 그를 바라보던 희서는 기태의 유리알 같은 시선에 몸을 굳혔다.

“그래? 그렇다면 내게 대항하지 마.”

“네가 가진 모든 것을 빼앗을 거다.”

그녀가 제안을 받아들이기 전, 기태가 했던 한마디가 지금의 말 소리 위로 겹쳐 들려왔다. 지독한 무력감으로 희서는 그 자리에서 눈을 감았다. 그녀의 마른 입술 사이에서 바람 같은 부탁이 흘러나왔다.

"약속은 지켜주세요."

당신이 질릴 때까지 당신 곁에 머물러 있으면, 내 주변의 모든 것을 그대로 두겠다는 약속을 잊진 않았겠죠.

"약속 대 약속이군."

어느새 그녀의 바로 앞에서 들려오는 그의 음성에 희서는 무거운 눈꺼풀을 들어 올렸다. 마치 비웃는 듯한 기태의 시선이 그녀를 몸을 위아래로 훑어보고 있었다. 긴 손가락이 그녀의 뺨으로 흩어진 머리칼을 치워내는가 싶더니, 벽으로 그녀를 밀어 붙였다. 그것에 멍하니 기대어 선 희서는 그가 손가락으로 입술을 쓰는 것을 내버려 두었다. 이내 그녀의 입술과 턱, 그리고 쇄골을 따라 움직이는 뜨거운 숨결이 느껴졌다. 그의 손길이 카디건과 티셔츠 사이를 파고들었다. 목을 따라 다시 올라온 입술이 그녀의 입술을 삼켜 버렸다. 순식간에 입 안으로의 침입을 감행한 기태는 혀로 그녀의 혀를 붙잡아 가두며 밀고 당기기를 계속했다.

그렇게 그가 만들어내는 열정에 점점 사로잡혀 가던 희서는 자신의 몸이 공중으로 들려지는 것을 깨달았다. 스르륵 신발이

벗겨져 나가는 순간 그녀는 날카로운 통증으로 비명을 지르고
말았다.

"아악."

그녀를 품에 안고 거실로 올라서던 기태의 흥분된 얼굴에서
희미한 당혹스러움이 엿보였다. 아무것도 아니라는 듯한 표정
으로 다시 팔을 뻗으려는 그녀를 밀쳐 내며 그는 몸을 숙였다.
기태의 커다란 두 손이 조금 더 두툼한 왼쪽 발을 받쳐 들었다.
그는 생각 외로 조심스레 손을 놀려 양말을 벗겨냈다. 거즈에
감싸인 발이 드러나자 기태의 반듯한 이마가 찌푸려졌다.

"그저 조금 데었을 뿐이에요."

변명 아닌 변명을 하는 그녀에게 기태는 어떤 말도 하지 않았
다. 다만 심각한 얼굴과 냉철한 손길로 거즈를 벗겨낼 뿐. 희서
의 입에서 절로 아픔에 찬 신음이 흘러나왔다.

"이대로 둘 생각이었나?"

그의 핀잔 어린 물음에 그녀는 퉁명스레 대답했다.

"응급 처치는 했어요."

"그걸로 된 건 줄 알아? 물집이 잡혔잖아."

갑자기 발을 놓으며 그가 일어나는 바람에 희서는 균형을 잃
고 비틀거렸다. 그녀에게 멀어진 그는 등을 보인 채 서서 전화
기의 버튼을 신경질적으로 눌러댔다.

"나야. 유 박사님 모시고 빌라로 와줘야겠어. ……그래, 지금
즉시."

　짧디짧은 통화를 끝내고도 기태는 그대로 서서 한동안 침묵을 지켰다. 그의 너른 어깨를 바라보며 희서는 희미한 불안감을 느꼈다. 그러나 뜻밖에도 그녀를 향한 표정과 목소리는 덤덤했다.

　“옷 입고 들어가. 곧 주치의가 올 거야.”

　말의 내용과는 달리 의중을 알 수 없는 그의 눈빛이 그녀를 붙잡고 놓아주지 않았다. 때문에 희서는 자리에서 한 발자국도 움직일 수 없었다.

　결국 자리를 먼저 뜬 쪽은 기태였다. 그는 찬바람을 일으키며 서재를 향해 걸어갔다. 그의 뒷모습이 시야에서 사라질 때까지 응시하던 희서는 한숨을 내쉬며 천천히 그 자리에 주저앉아 버렸다.

　그는 어젯밤 그녀를 찾지 않았다.

　이미 출근을 한 것인지 아침에도 그의 모습은 보이지 않았다. 희서의 시선이 집 안 이곳저곳을 배회하고 있다는 것을 알아챈 듯 가평댁은 미소와 함께 말했다.

　“사장님은 보통 일곱 시쯤에 회사로 나가세요.”

　“네.”

　그녀는 자신의 앞에 놓이는 밥그릇을 바라보며 대답했다. 그와 마주치지 않아 좋은 것인지 싫은 것인지 명확치가 않은 감정들로 인해 혼란스러웠다. 붕대를 감아 두터워진 왼발을 내려다보며 희서는 어제 주치의의 치료 과정을 처음부터 끝까지 심각한 눈으로 지켜보던 기태의 모습을 떠올렸다. 그녀를 몰아붙이던 평소의 그와는 조금 다른 느낌이었다. 진심으로 걱정하는 듯 보였다고 해야 하나. 어쩌면 자신이 그렇게 생각하고 싶었기에 만들어낸 것일 수도 있지만.

멍하니 앉아 있는 그녀에게 머물고 있는 가평댁의 의아한 눈빛에 희서는 생각을 거기서 멈추었다. 이러다 출근은 고사하고 아침식사도 하다 말 것 같아 다급한 마음이 든 그녀는, 허겁지겁 밥을 입 안으로 밀어 넣었다.

가평댁의 배웅을 받으며 빌라를 나와 엘리베이터에서 내리자 뜻밖에도 강 비서가 서 있었다.

"사무실까지 모셔다 드리라는 사장님의 지시가 있었습니다."

"아뇨, 괜찮아요. 지하철 타면 금방이에요."

그냥 지나가려는 그녀의 팔을 놀랍도록 강한 힘으로 강 비서가 부여잡았다. 상대의 차가운 눈 속에 깃든 번뜩임은 상사와 무척이나 닮아 있었다.

"제 입장도 생각해 주십시오."

"다시는 강 비서의 입장을 난처하게 만드는 부탁 따윈 하지 마."

경고 가득한 기태의 음성이 희서의 귓전을 쟁쟁하게 울렸다.

하는 수 없이 그녀는 자신을 향해 열려진 문을 잡으며 차 내부로 들어가 앉았다. 어제와 똑같은 기사가 그녀를 향해 고개를 숙이자, 이번엔 희서도 마주 인사를 해주었다.

"사무실은 안국동에 있어요. 참, 소개가 늦었네요. 채희서예요."

그저 목적지만 이야기하려던 희서는 기사를 향해 미소를 지으며 간단한 자기소개를 했다. 어차피 기태와의 생활에 익숙해져야 한다면, 누구하고든 이런 식의 불편한 분위기는 싫었다. 그녀의 돌발 행동에 무척이나 당황한 듯 입을 멍하니 벌리고 있던 기사는 눈에 띄게 얼굴을 붉혔다. 그는 강 비서의 눈치를 보다가 한참 후에야 대답을 했다.

"유, 윤성빈입니다. 윤 기사라고 불러주십시오."

"네."

웃으며 옆 자리를 돌아본 희서는 강 비서가 그녀를 철저히 외면한 채 창밖으로 시선을 두고 있음을 알아차렸다. 어쩔 수 없어진 그녀는 시트에 머리를 기대며 조용히 부탁했다.

"음악 좀 틀어줄래요?"

조금 막히긴 하였지만, 지하철보다 훨씬 편안하게 사무실 앞에 도착한 희서는 윤 기사와 강 비서에게 차례로 눈인사를 하고서는 목조 건물 안으로 들어갔다.

평소보다 조금 일찍 나온 탓인지 모든 책상은 텅 비어 있었다.

"어, 오늘은 왜 이렇게 출근이 빨라요?"

김이 나는 머그잔을 들고 탕비실 앞에 선 사람은 지문이었다.

"네. 그렇게 됐어요."

희서는 책상 위에 가방을 놓아둔 후, 지문을 스쳐 탕비실로 들어갔다. 지문이 그만 자기 자리로 돌아가 주었으면 싶었지만, 그는 되레 그녀를 따라 들어왔다.

"뭐 마실 건데요? 내가 타줄게요."

"괜찮아요. 그래 봤자 다 인스턴트인데요 뭘."

"희서 씨, 내가 무서워요?"

갑작스런 지문의 물음에 희서는 잔을 놓으며 그를 바라보았다. 그의 눈빛에 깃든 재치와 평소의 편안한 분위기가 싫지는 않았지만, 더는 다가서는 것을 원치 않았다. 그래서 저도 모르게 벽을 만들었던 모양이다. 희서는 그만 피식 웃고 말았다.

"제가 원래 좀 그래요. 지문 씨가 이해해요."

"다행이네요. 난 또 내 생김새나 성격이 희서 씨를 두렵게 만드는 줄 알고 걱정했잖아요."

희서는 오랜만에 소리를 내어 웃어보았다. 그녀의 웃음에 지문은 자극을 받은 듯 이런저런 이야기들을 쉴 새 없이 늘어놓았고, 덕분에 그들은 다른 직원들이 올 때까지 무리없이 시간을 보낼 수 있었다.

"요즘 실장님이 왠지 기운없는 거 같지 않아요?"

"네? 전 별로."

“저도 병훈이 형한테 들은 건데요. 실장님네 집에서 약혼녀랑 결혼을 어마어마하게 반대한다나 봐요. 벌써 칠 년인가, 팔 년인가 사귄 사이인데 말이에요.”

희서는 마시던 커피 잔을 책상 위에다 그대로 내려놓았다. 혼자서 끙끙대고 있을 초아를 생각하니 심장 부근이 아파왔다. 어머니를 모시고 얼마나 씩씩하게 사는 친구인데. 심재원 같은 인간한테는 얼마나 아까운 친구인데.

천사 같은 초아를 박대한다는 재원의 어머니를 찾아가 욕이라도 한 바가지 퍼부어주고 싶은 마음이었다. 떠들고 싶은 기분이 싹 사라진 희서는 지문에게 자리로 돌아가 달라고 이야기하려다가, 마침 재원이 들어오는 덕에 그런 수고를 덜 수 있었다.

“좋은 아침!”

희서는 그의 인사에 별다른 반응을 보이지 않으며 서류철로 코를 박아버렸다. 지금 당장 재원에게 좋은 얼굴을 보일 순 없을 것 같았기에.

오전 내내 재원을 피하던 희서는 다리가 아파서라는 핑계로 식사도 함께 하러 나가지 않았다. 굳이 사무실에서 함께 먹어주겠다는 지문을 몰아낸 희서는 외출 준비를 서둘렀다. 아마도 지금쯤이면 그녀를 기다리느라 희원의 목이 빠져 있을지도 모른다. 희서는 미소를 머금으며 사무실의 문을 잠그고, 열쇠를 이웃에 위치한 인테리어 사무실에다 맡겼다.

버스 정류장으로 향하던 그녀는 요란한 소리를 내며 바로 곁

에 멈춰 서는 스포츠카를 찌푸린 얼굴로 훑어보았다. 그러나 그
것은 운전석에서 미소 짓고 있는 멋진 남자를 발견하는 순간 금
세 사그라들었다. 완전히 내려진 창 너머에서 이언이 긴 팔을
내밀어 손을 흔들고 있었다.

"조이! 잘 맞춰 왔지요?"

"엄마!"

조수석에서 그녀를 부르고 있는 희원을 바라보느라 이언에게
는 대충 고개를 끄덕여 주고 마는 희서였다. 생각지도 못했던
그들의 방문에 놀랍기도 하고 반갑기도 하여 그녀는 잠시 할 말
을 잊었다. 그러다 번쩍거리는 차를 훑어보던 희서의 입에서 자
동적인 물음이 흘러나왔다.

"웬 차예요?"

"나 이런 차쯤은 몇 대도 조달할 만한 능력 있어요."

말을 끝맺음하기 무섭게 이언은 문을 열고 나와 그녀의 어깨
를 감싸 쥐었다. 뒷 좌석의 문을 열고서 희서를 밀어 넣은 그는
미소를 지으며 말했다.

"점심 시간이죠? 같이 식사하러 가요."

뭐라 대꾸하기도 전에 그녀의 바로 코앞에서 문이 닫혀 버렸
다. 그 바람에 희서는 운전석에 앉는 이언의 뒤통수를 바라보아
야만 했다. 그는 룸미러를 통해 그녀를 응시하며 희원이 주는
작은 상자를 뒷자리로 건넸다.

"엄마, 테니스 아저씨가 엄마한테 주는 선물이래."

묵직한 느낌에 당황하며 희서는 포장지를 풀어보았다. 상자 밖에 찍혀진 전자제품 회사의 상표명에 놀란 그녀는 입구를 열어 내용물을 꺼내보고서는 더욱 놀랐다.

"휴, 휴대폰이잖아요?"

"원도, 나도 조이 연락처를 모르니까 답답해서요. 우리 둘이서 생각해 낸 귀국 선물이에요. 어때요, 마음에 들어요?"

희서는 은빛의 최신형 휴대폰을 멀거니 내려다보며, 고맙다는 말을 중얼거렸다. 행복해 보이는 아들과 만족한 듯한 이언의 면전에서 도저히 그것을 도로 내밀 수가 없었다. 그녀는 그저 억지웃음을 지으며 차가운 기계를 매만질 뿐이었다.

짧은 점심 시간을 핑계 삼아 희서는 근처의 레스토랑으로 그들을 안내했다. 다행히도 이언은 입맛에 거슬리는 기색을 내비치지 않고 맛있게 먹어주었다. 희서는 나이프를 내려놓으며 그의 진갈색 눈을 응시했다.

"이건 제가 내는 거예요? 그간 너무 신세를 졌잖아요."

"그래요."

순순히 그녀의 호의를 받아들이는 이언이었다. 그는 스테이크를 썰면서도 간간이 분위기를 띄우는 농담을 잊지 않았다. 그로 인해 희서도 희원도 가식없이 웃을 수 있었다. 희원의 입을 냅킨으로 닦아주고 있는 이언을 보며 희서는 얼마 전부터 별러 왔던 물음을 내뱉었다.

"근데, 정말 언제 돌아갈 거예요?"

미소 만면이던 그의 입가가 조금 굳어졌다. 그는 천천히 팔을 내려놓으며 희서를 진지하게 바라보았다.

"내가 빨리 떠났으면 좋겠어요?"

"아니, 그게 아니라……."

슬쩍 희원의 눈치를 본 희서는 아이가 애써 눈을 내리깔며 음식을 먹는 데 열중하는 척하고 있다는 것을 알 수 있었다. 그녀는 목소리를 낮추어 이언에게 속삭였다.

"이렇게 멋대로 행동하면 어떻게 해요? 당신은 공인이잖아요."

"말했잖아요, 나한테 원이랑 조이 당신 일보다 중요한 건 없다고."

"후…… 못 말릴 사람이군요. 그럼 언제까지 한국에 머무를 건가요?"

끄떡도 않는 이언이 원망스러워져 희서는 한숨을 내쉬며 물었다. 그러나 그는 어깨를 으쓱할 뿐 이렇다 할 대답을 하지 않았다. 그저 그녀를 피하며 희원에게 이런저런 이야기를 건넬 뿐이었다. 그리고 식사가 끝날 때까지 그들 사이에는 별다른 말들이 오가지 않았다. 그나마 대화가 끊이지 않을 수 있었던 것은 희원으로 인해서였다. 희서와 이언은 마치 경쟁이라도 하듯 희원에게 말을 걸고, 아이의 대답을 듣기를 즐겼다.

후식까지 먹은 그들은 여느 부부들처럼 나란히 레스토랑을 나왔다. 주차장까지 함께 걸어나온 희서는 집까지 태워다 주겠

다는 이언의 제의를 거절하며, 희원의 손을 잡고 도망치듯 택시
에 올랐다.

"엄마, 아직도 테니스 아저씨 저기 서 있어."

희원이 곁에서 그녀의 옷자락을 잡아끌었지만, 희서는 끝까
지 뒤를 돌아보지 않았다. 그녀는 벌써 점심 시간이 끝나가려
한다는 사실에 조급증을 느끼며, 다음 행보를 생각했다. 그러나
아무리 궁리를 해보아도 지금 당장 그녀에게 도움을 줄 만한 사
람은 단 한 명밖에 떠오르지 않았다.

"양재동 쪽으로 가주시겠어요?"

기사에게 목적지를 일러준 희서는 아들의 기대감 어린 눈동
자를 마주했다.

"집으로 가는 거예요?"

"아니, 이모 만나러 가는 거야, 초아 이모. 시아 이모한테 얘
기 많이 들었지?"

고개를 끄덕이는 아들을 처연하게 바라보다가 그녀는 미터기
위의 시계가 점심 시간의 끝을 알리고 있음을 발견했다. 어쩔
수 없이 희서는 핸드백에서 손에 익지 않은 휴대폰을 꺼냈다.
그리고 이제는 외울 수 있는 전화번호를 눌렀다.

[네, 〈가시〉의 성지문입니다.]

지문의 목소리였다. 희서는 자신을 빤히 올려다보고 있는 아
들을 피해 창 쪽으로 바짝 붙어 앉았다.

"채희서예요."

[희서 씨? 지금 어디예요? 다들 기다리고 있어요. 오늘 출장 나가기로 한 거 잊었어요?]

"미안해요, 지문 씨. 갑자기 집에 일이 생겨서…… 오후에 못 들어갈 것 같아요. 실장님께는 잘 좀 말해 주세요."

[희, 희서…….]

지문의 부름이 귓가에서 멀어지도록 휴대폰을 떼어낸 희서는 조용히 통화를 끝냈다.

"엄마, 이제 다시는 테니스 아저씨 못 보는 거야?"

섭섭함이 가득 깃든 희원의 물음에 가슴이 아팠다. 헛된 희망을 부풀리고 있었던 아들이 안쓰러워 희서는 '그래' 라는 대답을 할 수가 없었다. 그녀는 그저 희미하게 고개를 저으며 희원의 얼굴을 쓰다듬어 주었다. 그러자 아이는 그녀의 마음까지 환해지도록 빙그레 웃어 보였다. 그 천진한 미소를 보며, 이목구비는 닮았지만 전혀 다른 표정을 짓는 누군가가 떠올라 희서는 당혹스러움을 느꼈다.

예전에는 희원을 보며 그를 떠올릴 수 있다는 사실에 그저 행복해했었다. 그러나 지금은 그저 혼란스럽기만 했다. 희서는 희원과 자신 사이를 파고드는 강기태라는 남자의 영상을 비워내기 위해 고개를 내저었다.

〈새싹 어린이집〉의 낮은 대문을 밀고 들어서자, 텃밭에서 식물을 가꾸고 있는 열댓 명의 아이들 가운데 초아의 웃는 얼굴이 바로 보였다. 희서는 희원의 손을 잡은 채 서서 아이들과의 수업에 열중하고 있는 초아의 맑은 표정을 하염없이 들여다보았다. 이름을 부르면 방해가 될 것 같아 희서는 희원이 몸을 뒤틀어대도 한참 동안 그 자리를 지켰다.

“엄마, 초아 이모 어딨어?”

희서가 조용히 하라는 표정을 지은 후 손가락으로 아이들이 있는 방향을 가리키는데, 마침 몸을 일으키던 초아와 눈이 마주치고 말았다. 순식간에 얼굴이 환해진 초아는 그들에게 뛰다시피 걸어왔다. 연노랑빛 앞치마를 걸친 그녀는 무척이나 경쾌해 보였다.

“네가 희원이니? 희원이 맞아?”

너무도 반가워하며 팔을 내미는 초아를 희원은 외려 슬슬 피하고 있었다. 그러나 이에 아랑곳없이 친구는 아들을 꼭 끌어안으며 볼을 비벼댔다.

“얼마나 보고 싶었다고. 사진보다 훨씬 잘생겼다, 애.”

구조 요청을 보내는 듯한 아들의 눈빛을 모른 척하며 희서는 초아에게 상황을 일깨워 주었다.

“수업 중 아니니? 애들 저렇게 맘대로 하게 놔둬도 돼?”

벌써 몇 명의 녀석들이 고구마를 뽑아 공처럼 가지고 놀고 있었고, 또 다른 무리들은 여자 아이들의 얼굴에 흙을 뿌려대고 난리도 아니었다. 희미한 비명을 지르며 일어난 초아는 전장으로 나서는 전사처럼 비장한 어조로 말했다.

"안에 들어가 있어."

현관문을 열고 어린이집으로 들어간 희서는 놀이방을 지나 원장실로 들어갔다. 좁지만 깔끔하게 꾸며진 초아의 공간에서 유일하게 값비싸 보이는 것이 바로 소파였다. 그것이 어린이집을 열 때 초아의 아버지가 생전 처음 선물로 사준 것임을 희서는 잘 알고 있었다. 그들 모자는 바로 그 소파에 앉아 초아를 기다렸다. 희원은 가지런히 정리된 교구에 무척 흥미를 보였고, 그것이 한없이 대견한 희서였다.

"미안."

옷을 털며 들어선 초아는 희원을 향해 미소를 지었다.

"우유라도 한 잔 줄까?"

"됐어. 좀 전에 밥 먹고 왔어. 참, 수업은 끝난 거야?"

"응, 김 선생님한테 애들 정리 좀 부탁하고 먼저 들어왔어."

초아는 그들의 맞은편에 앉으며 희서를 향해 무언의 질문을 던졌다. 희서는 태연한 음성으로 책장에 꽂힌 동화책을 뒤적이고 있는 희원을 불렀다.

"원아, 저기 밖에서 미끄럼틀이랑 그네 좀 타고 놀고 있을래? 조금 있다가 엄마도 나갈게."

기다리고 있었다는 듯 환호성을 지르며 뛰어나가는 희원의 뒷모습을 바라보다가 문이 탁 닫히는 소리에 희서는 초아를 응시했다.

"사실 나…… 너한테 부탁 좀 하려고 왔어."

고개를 끄덕이며 침착한 표정을 짓는 초아에게는 무슨 이야기든 털어놓을 수 있었다. 희서는 기태의 제의를 받아들여 그와 함께 생활하게 된 경위를 높낮이없는 음성으로 차근차근 말했다. 그러나 침착함의 화신인 초아도 그녀의 말이 끝날 때쯤엔 입을 멍하니 벌리고 있었다.

"뭐? 너 지금 농담하는 건…… 설마 아니지?"

"사실이야."

"서혁이가 알아봐. 가만히 있을 것 같니?"

"그래서 너한테 부탁하는 거야. 일이 해결될 때까지만, 희원이 좀 데리고 있어줄 수 없을까?"

세상 사람들이 손가락질하는 나쁜 엄마가 되어버린 듯한 기분이었다. 초아에게 무리한 부탁을 해서 미안하고, 또 이런 방법밖에 떠올리지 못하는 자신이 최악으로 느껴졌다. 희서는 두 손으로 얼굴을 쓸어내리며 깊디깊은 한숨을 내쉬었다. 그녀는 마치 홀로 중얼거리듯 말했다.

"곧 모든 걸 끝낼 수 있을 거야."

"그건 네 바람이겠지. 차라리 그렇게 피하려고 들지 말고, 기태 씨한테 다 얘기하는 게 어떠니?"

친구의 말을 듣는 순간 그녀의 팔에서 힘이 쭈욱 빠져나갔다. 툭 하고 무릎 위로 떨어지는 손을 내려다보던 희서는 너무도 어이가 없어져 초아를 노려보았다.

"미쳤어? 내가 다 얘기했잖아. 그 사람, 예전의 기태 선배가 아니라고."

"그래도 희서야, 아직도 너에 대한 미련을 털어버리지 못하고 있는 게 틀림없어. 그러니까 널 곁에 두는 거 아니겠니?"

"아니, 그는 날 더 이상 사랑하지 않아. 그저 날 벌주는 거야. 내가 자길 그렇게 쉽게 떠났다는 걸 용납할 수 없는 거야."

고개를 내젓는 그녀의 손을 초아가 마주 잡아주었다. 친구의 눈에 어린 간절함이 희서를 잠시 동안 붙들었다.

"그건 네 짐작일 뿐이잖아. 칠 년 전 무슨 일이 있었기에 그가 그렇게 변한 것인지 너도 모르잖아. 그렇지?"

조리있게 상황을 정리하는 초아의 말이 옳다는 것을 알기에 희서는 반박하지 못했다. 초아는 계속 말을 이었다.

"서로 그렇게 상처 입혀서 뭐가 남니? 희원일 생각해야 지……."

그러나 친구의 음성이 점점 귓가에서 멀어지고, 자신의 모든 것을 빼앗을 거라는 음산한 한마디가 떠올라 평정을 찾아가던 희서의 심기를 어지럽혔다.

그녀는 거칠게 초아의 손을 놓고선 자리에서 벌떡 일어났다. 그리고는 자신의 두 손을 잡아 비틀며, 사무실 안을 서성이기 시작했다.

"아냐. 그는 내가 사실을 이야기하는 즉시, 내게서 희원을 빼앗아갈 거야. 내가 아파하고, 괴로워하는 걸 보기 위해서라도 그러고 말 거야. 절대로 그 사람이 내 아들을 보게 해선 안 돼.

육감이 지독히도 발달한 사람이라서 보는 순간 자기 핏줄임을 알아채고 말 거라고. 절대 안 돼, 절대!"

"희서야, 제발 정신 차려!"

어깨를 붙잡는 초아의 손길이 느껴졌지만, 희서는 그것을 거세게 뿌리치며 돌아섰다. 그녀의 타는 듯한 눈길이 초아의 따스한 시선을 방패처럼 막아섰다.

"너, 나한테 희원이가 어떤 존재인지 알지? 저 애 없으면 나 죽어, 죽어버릴 거야."

"그래. 알았으니까 좀 진정해."

두 팔을 쥐고 흔드는 초아의 목소리도 조금 격앙되어 있었다. 그제야 자신이 너무 흥분해 있었음을 깨달은 희서는 온몸에 힘을 뺀 채 친구를 멍하니 바라보았다. 그녀의 눈을 들여다보며 아이를 타이르듯 초아가 속삭였다.

"알았어, 알았다고."

"나, 너무 무서워."

희서는 초아의 작은 어깨를 와락 껴안았다. 그녀의 등을 쓸어주는 친구의 손길이 너무도 위안이 되었다.

"걱정 마. 희원이는 내가 데리고 있을게. 퇴근 후에 매일 보러 오면 되잖아."

초아가 애써 밝은 목소리를 내고 있다는 사실을 희서는 충분히 느낄 수 있었다. 하지만 위로받고 싶다는 이기심만으로 그녀는 친구의 괴로움을 모른 척했다. 대신 희서는 초아를 안은 팔

에 힘을 주었다. 자신이 친구의 품에서 얻는 안식만큼, 아니, 그
것보다 더한 힘을 초아에게 주고 싶었다.

　미안해, 초아야. 정말 미안해.

　떨어지지 않는 발길을 옮겨 어떻게 그의 빌라까지 왔는지 모
른다. 희서는 어둑해진 하늘을 올려다보며 한참 동안을 바깥에
서 미적거렸다.

　초아의 원룸에서 저녁까지 얻어먹은 후 희원을 떼어놓고 나
오는 길에 얼마나 울었는지 모른다. 로봇 장난감과 게임기에 정
신이 팔려 그녀에게 쾌활하게 안녕을 고하던 아들의 모습이 자
꾸 가슴에 맺혔다. 아프고 슬프고 처참했다.

　그녀의 한숨이 땅 위로 넓게 깔렸다. 희서는 그것을 멀거니
내려다보다가 천천히 입구로 들어섰다. 엘리베이터의 버튼을
누르는 순간 낯선 벨소리가 들렸다. 그제야 새로 생긴 휴대폰을
생각해 낸 희서는 핸드백을 열었다. 스치듯 바라본 액정화면에
는 '원이 아빠' 라는 이름이 번쩍이고 있었다. 어이없는 숨을 들
이키면서도 희서는 전화를 받았다.

　[그렇게 가버리고선 전화 한 통 없기예요? 1번에 내 번호 저
장해 뒀다고 말해 줬는데.]

　장난스런 투정 속에 진심이 어려 있다는 것을 이제는 안다.
그렇기에 희서는 무작정 웃을 수가 없었다. 그녀는 피곤한 눈을
비비며 대답했다.

“오후 내내 바빴어요.”

[그랬군요…… 훗, 당신이 알면 기뻐할 소식 하나 알려줄까요?]

그녀가 물어줄 때까지 그는 대답할 의향이 없는 듯싶었다. 희서는 열린 엘리베이터 안으로 몸을 밀어 넣으며 하는 수 없이 물었다.

“뭔데요?”

[나 모레 떠나요. 에이전시의 내 매니저가 혈압 올라 쓰러지기 일보 직전이랍니다. 하하하. 나랑은 꽤 오래된 친구 녀석이라 아무래도 계속 모른 척하긴 힘들어서요.]

그나마 걱정 하나는 덜 수 있게 되었다. 희서는 희미한 미소를 지으며 진심으로 말했다.

“잘 생각하셨어요. 그리고 우리 모자에게 잘 대해준 거 정말 고마워요. 당신 정말 좋은 사람인 거 알죠?”

[그것뿐인가요?]

“네?”

[후…… 그래요. 그럼, 잘 자요.]

활기차게 그녀의 귀를 울려대던 이언의 목소리가 뚝 끊겼다. 휴대폰을 가방 속 깊이 밀어 넣은 희서는 엘리베이터에서 내리자마자 보이는 차가운 회색 문으로 다가갔다. 그녀의 손가락이 버튼을 깊숙이 누르자 청명한 벨소리가 울렸다.

달칵.

잠금 장치가 풀리는 소리에 안으로 들어선 희서는 자리에 우뚝 멈춰 서고 말았다. 석상처럼 그녀의 앞에 버티고 있는 사람은 다름 아닌 기태였다. 희서의 눈동자가 거실 벽에 걸린 괘종시계를 향했다. 아홉 시 오 분 전. 그리 늦은 시간은 아니다. 그녀는 턱을 치켜들며 신발을 벗고 그를 지나치려 하였다. 지금은 이 진절머리나도록 차가운 남자와 맞대결할 기운도 없었기에 부딪치고 싶지 않았다.

그러나 기태는 그녀를 순순히 보내줄 의향이 없는 듯싶었다. 그는 그녀의 손목을 낚아채더니, 거실로 성큼성큼 걸음을 옮겼다. 낮은 비명을 지르면서도 희서는 그를 따라 인형처럼 질질 끌려갈 수밖에 없었다. 그는 그녀를 던지듯 소파에 앉혔다. 뒷머리를 등받이에 부딪친 희서는 아픔의 신음을 흘렸다. 그에게서 억눌린 음성이 비집고 나왔다.

"강 비서가 회사 앞에서 세 시간을 기다렸어."

"오후엔 외근이었어요."

"그래?"

팔짱을 낀 채 거만하게 그녀를 내려다보는 그는 여전히 짙은 색 양복 차림이었다. 느슨하게 풀린 넥타이와 약간 헝클어진 긴 머리, 그늘진 눈가가 그를 무척 피곤해 보이게 만들었다. 희서는 평소와 다른 기태의 모습을 훑어보다가, 그의 손에 들린 작은 종이 가방을 발견했다. 그러나 그녀의 눈길을 의식하자마자 그는 그것을 던지듯 거실의 장식장 위에 올려놓는 것이었다. 괜히 민망해진 희서는 그에게서 시선을 돌려 버렸다.

"네 멋대로 굴지 마. 봐주는 데도 한도가 있는 거야."

그는 잇새로 내뱉듯 경고를 하고는 휙 몸을 돌려 자신의 침실로 사라졌다. 이렇게 빨리 그의 손아귀에서 벗어날 줄 몰랐기에, 잠시 멍하니 앉아 있던 희서는 지친 몸을 일으켜 그녀의 감방으로 걸어갔다. 아니, 감옥 같은 이곳에서 그곳은 유일한 피난처일지도.

불을 켜고 침대에 던지듯 핸드백을 내려놓은 희서는 곧장 욕실로 들어갔다. 서 있을 힘도 없이 피곤하였기에 그녀는 간단히 샤워를 마친 후 가운을 입고 나왔다. 슬리퍼에 발을 끼운 희서는 젖은 머리를 털며 고개를 들었다. 그리고 눈앞에서 펼쳐지고 있는 예상치 못한 광경에 그녀는 그만 뒤로 물러나고야 말았다.

"뭐, 뭐죠?"

애써 아무렇지도 않은 척 물으려다가 말을 더듬고 만 희서였다.

침대가에 선 기태의 눈빛이 그녀를 얼려 버릴 듯 차갑게 다가왔다. 따스한 물로 샤워를 한 살갗에 오도독 소름이 돋아났다. 그녀의 시선이 그의 팔로 내려가 오른손에 들린 휴대폰으로 떨구어졌다.

"벨소리가 들리더군."

자신의 부주의함을 질책하면서, 희서는 그의 손바닥 위에 올려진 그 기계를 물끄러미 바라보았다. 기태의 표정으로 보아하

니 그녀에게 자세한 설명을 요구하는 듯싶었다. 그녀는 입술을
깨물며 생각나는 대로 말했다.

"샀어요, 오늘."

"그래?"

피식 미소를 지은 그는 엄지손가락으로 천천히 슬라이드를
밀어 올렸다. 그리고 그녀의 눈을 피하지 않으며 1번 버튼을 누
르려 하였다. 순간적인 당혹스러움으로 희서는 그를 향해 달려
들었다. 그러나 기태는 그녀의 기습을 여유있게 피하며 테라스
쪽으로 걸어가 거칠게 문을 열어젖혔다. 차가운 가을바람이 희
서의 드러난 다리를 스치고 지나갔다.

"날 기만하려 들지 마."

"뭐 하려는 거예요?"

그의 새하얀 셔츠 깃이 바람에 펄럭거렸다. 미소를 지으며 테
라스 아래를 내려다본 기태는 보란 듯이 팔을 휘둘러 휴대폰을
허공으로 던져 버렸다. 경악에 찬 눈동자로 그의 행동 하나하나
를 응시하던 희서는 자신에게로 돌아서서 문을 닫는 기태를 향
해 억눌린 물음을 토해냈다. 그녀의 심장이 평소보다 두 배 정
도는 빨리 뛰고 있었다.

"무슨 짓이죠?"

"날 속인 대가."

순식간에 미끌어지듯 다가온 그는 그녀의 가운 안으로 차가
운 손을 밀어 넣었다. 길고 단단한 손가락이 고문하듯 그녀의

몸을 옥죄어왔다. 벗어나려 들면 들수록 더욱 견고해지는 올가미 같았다. 마치 그 속에 갇혀 버린 초식동물처럼 희서는 옴짝달싹도 할 수 없었다.

그에 의해 침대로 떨어져 버린 그 순간도, 가운 끈이 풀어지는 그 순간도, 하얀 살결을 뜨거운 낙인이 훑고 지나가는 그 순간도 그녀는 가만히 누워 천장만 바라볼 따름이었다. 그녀의 생각은 하늘을 날아 희원에게로 가고자 하였지만, 곧 다가온 기태의 눈빛에 의해 제지당하고 말았다. 그는 그녀의 입술을 삼키며 아직 아무런 준비가 안 된 여성을 무자비하게 파고들었다. 아픔으로 터져 나온 비명은 그에 의해 삼켜졌다. 그녀의 의미없는 몸부림은 그에 의해 제지당했다.

자신의 위에서 움직이고 있는 이 남자를 저주한다. 죽도록 그를 사랑했던 나의 심장을 증오한다. 그리고 이렇게 그를 받아들일 수밖에 없는 나의 육체를 혐오한다.

뺨을 타고 흐르는 눈물을 보이지 않으려 고개를 돌리며 희서는 들어 올려지려는 팔을 죽을힘을 다해 내리눌렀다. 그에게 다가가고자 하는 본능과 피어오르기 시작한 미칠 듯한 열망을 참기 위해 희서는 입술을 깨물었다. 비릿한 피 맛이 느껴졌으나 그녀는 자신을 향한 채찍질을 멈추지 않았다.

그녀의 무반응에 그의 동작과 손길은 점점 거칠고 무자비해지고 있었다. 커다란 손이 그녀의 엉덩이를 움켜쥐고 여성의 가장 깊은 곳까지 속속들이 침범해 들어왔다. 그들 사이에 육체적인 거리는 더 이상 존재하지 않았다. 기태의 뜨거운 분신들이 그녀의 내부로 퍼져 나가는 순간 희서는 그와 같은 쾌감으로 몸을 떨었다.

그녀의 위로 그의 육중한 무게가 무너져 내리고, 그들 사이에 고요함이 감도는 시간이 희서에겐 가장 평화로운 한때였다. 그것은 그가 그녀에게서 몸을 빼고 일어나 방을 나가지 않았으면, 이라는 생각과 그의 존재를 밀어내고 싶다는 생각 사이에서 그녀가 중립을 지킬 수 있는 유일한 시간이었기에.

벌써 오래전에 눈을 떴지만, 그녀는 기태와의 대면을 피하기 위해 침대에서 한참을 미적거렸다. 가만히 누워 있노라니 가평댁의 소곤거리는 목소리와 현관문이 슬쩍 닫히는 소리가 들려왔다. 그제야 몸을 일으킨 희서는 욱신거리는 팔다리를 움직여 대충 출근 준비를 마쳤다. 방을 나가기 전, 잠시 마주친 거울 속의 여자는 눈 밑에 깊은 그늘이 드리워져 마치 유령처럼 보였다.

살가운 웃음을 드리운 가평댁이 부엌에서 그녀를 바라보고 서 있었다.

"밥 먹어야지."

"죄송해요. 오늘은 생각이 없네요."

더는 말씨름할 기운도 없었기에 희서는 가평댁에게 슬쩍 고개를 숙여 보이고는 현관을 향해 빠른 걸음을 옮겼다. 그러자 후닥닥 발소리가 들리고, 그녀의 팔을 잡는 다급한 손길이 느껴졌다. 돌아본 희서의 눈앞에 작은 종이 가방이 디밀어져 있었다. 힐끗 거실 장식장 위가 비어 있음을 살핀 희서는 그것이 다름 아닌 어젯밤 기태가 던져 놓은 물건임을 알아챘다.

"사장님께서 신신당부하셨어, 꼭 들고 나가라고."

걱정 가득한 가평댁의 목소리에 희서는 마지못해 종이 가방을 받아 들었다. 그녀의 손가락이 작은 상자를 끄집어냈을 때, 눈빛에 희미한 깨달음이 일었다. 상자를 열자 붉은색 슬라이드 휴대폰이 드러났다. 순간 그녀의 머리 속 가득 크게 팔을 휘둘러 테라스 아래로 이언의 선물을 내던져 버리던 기태의 모습이 떠올랐다. 휴대폰을 쥔 그녀의 손아귀에 절로 힘이 들어갔다.

풀어볼 때와는 달리 빠른 동작으로 그것을 다시 챙겨 넣은 희서는 가평댁에게 안기듯 종이 가방을 넘겨주었다.

"저 갈게요."

"이, 이러지 마. 희서 씨가 이러면 내 입장이 난처해져."

"죄송해요. 아주머니께는 피해 안 가도록 제가 잘 처리할게요."

돌아서는 등 뒤로 가평댁의 부름이 들려왔지만, 그녀는 돌아보지 않았다. 마침 멈춰 있던 엘리베이터에 오른 희서는 약해지려는 자신의 결심을 다잡기 위해 닫힘 버튼을 세게 눌렀다.

임시 주총에서 기태가 채서혁에게 경영권을 넘겨주었다는 것은 의외였다. 육 년을 곁에 두었지만 도대체 무슨 생각을 하고 있는 것인지 알 수 없는 놈이었다. 완전한 인수합병을 위해 백화점을 원한다고 했던 기태가 아니었던가. 심상치 않았던 자신의 예감이 맞아 들어가는 것 같아 기분이 좋지 않았다.

때를 맞춰 울린 전화벨에 대식을 책상 너머로 팔을 뻗었다.

[접니다.]

이자의 목소리를 들을 적마다 자신의 치부가 드러나는 듯하여 가슴이 내려앉는다. 하지만 성경수는 그에게 있어 필요악이었다.

[주총 때 경영권을 거부한 이후 곧장 채희서가 그의 집으로 들어간 것으로 보아 강기태와 채 사장의 딸 사이에 모종의 거래가 있었던 듯합니다.]

수화기를 든 대식의 손에 힘이 들어갔다.

철저하게 채씨 집안을 향해 증오의 칼을 겨누도록 훈련시켰다 생각했었는데. 아무래도 자신이 너무 안일했던 모양이다.

"알겠네."

전화를 끊으려는 그의 귓가에 다급한 경수의 부름이 들려왔다. 예감이 좋지 않다.

[제게 괜찮은 사업 아이템이 있는데, 자금이 좀 부족해서요. 투자를 해보실 의향이 없…….]

그는 경수의 말이 채 끝나기도 전에 전화기를 거세게 내려놓았다. 상대에 대한 증오심은 욕지거리가 되어 여과없이 흘러나왔다.

"쓰레기 같은 자식!"

언제나 같은 요구와 협박. 이젠 정말 지긋지긋하다.

경수가 마치 눈앞에 있기라도 한 듯 허공을 노려보던 대식은 숨이 진정된 후에 전화기를 다시 들었다.

[네, 박준경입니다.]

돌처럼 굳어 있던 대식의 안면 근육이 하나뿐인 딸아이의 경쾌한 음성을 듣는 순간부터 스르륵 풀려갔다.

"애야, 오늘 시간나면 백화점으로 가보지 그러니. 강 사장 취임도 했으니 둘이 같이 식사라도 하면서 축하주도 한 잔씩 들고."

그의 조심스런 충고에 수화기 건너편에서 준경이 까르르 웃는다.

[그럼요. 안 그래도 점심때 가보려구요. 걱정 마세요.]

시작이야 어찌 되었든 기태에 대한 준경의 마음은 진심인 것 같았다. 가끔은 아무것도 모른 채 그의 연극에 따라온 딸에게 미안한 마음이 들기도 했다. 채신호를 무너뜨리기 위한 도구로 이용하기 위해 비뚤어진 증오심을 심어준 기태에게도. 하지만 그는 후회하지 않았다. 그저 뿌린 대로 거둔다는 세상의 이치를 실현하고 있는 것뿐이라 스스로를 정당화할 뿐이었다.

사장 직함을 나타내는 같은 자개 명패는 이제 달라진 공간 속에 놓여 있다. 그는 옅은 미소를 지으며, 새로운 사무실을 둘러보았다. 그렇게 마주 잡은 두 손을 책상 위에 올려놓은 채 기태는 잠시 동안 감회에 사로잡혀 멀거니 앉아 있을 뿐이었다.

시끌벅적하고 화려한 취임식보다 조용한 혼자만의 자축연이 더 좋았다. 지금 이 시간, 이 순간이 가장 만족스러운 기태였다. 그러나 귓가를 파고드는 선명한 노크 소리는 더 이상의 느슨함을 그에게 허용치 않았다.

짙은 정장과 하얀색 와이셔츠 차림의 태진이 들어섰다. 그녀의 표정이 오늘따라 들뜬 것처럼 보였다.

"축하드립니다, 사장님."

여간해서는 잘 보이지 않는 희미한 미소를 지으며 기태는 자리에서 일어났다. 소파로 가서 앉은 그는 맞은편 자리를 그녀에게 가리켰다. 그의 찌르는 듯한 눈빛이 곧장 태진을 향했다.

"비록 겉으로 웃고 있지만, 실상 이사진들은 신임 사장이 탐탁지 않을 거다. 그들이 보는 난 미래 장인의 권력을 등에 업어, 이 자리에 오른 애송이에 지나지 않을 테니까."

그의 시선을 피하지 않은 채 태진은 그저 묵묵히 듣고만 있었다. 이어서 기태는 단호한 명령조의 말을 내뱉었다.

"비공식적인 백화점 내부 시찰을 준비해 줘."

"네."

“그리고.”

몸을 일으키려는 태진을 다시 붙잡은 그의 음성이 조금 높아져 있었다. 그녀의 의아함 가득한 눈빛이 밑으로 내려앉았다.

“만약 내가 자리를 비운 사이 〈가시〉의 심재원 실장이 찾아오면, 잠시 기다리라 일러두고.”

뭔가를 묻고 싶은 듯하였으나 태진은 묻지 않았다. 그저 그의 허가가 떨어질 때까지 그 자리를 지키고 있을 뿐이었다.

기태는 착잡한 눈길로 그녀를 바라보았다.

“태진아.”

아무리 단둘이 있다고 하나, 회사에서 그가 사적인 호칭으로 그녀를 부른 것은 처음이었다. 어찌 대응해야 좋을지 모르는 듯 태진은 곧장 그를 향하고 있던 시선을 비껴내 버렸다.

“오늘이 아버지 기일이다.”

그녀의 어깨에 잔뜩 힘이 들어가는 것이 느껴졌다. 감정을 드러내는 데 익숙지 않은 두 사람이었지만, 태진에게만은 그러고 싶지 않은 기태였다. 그녀는 누가 뭐래도 세상에 하나뿐인 그의…… 여동생이니까.

“오겠니? 아니, 와야 해.”

“죄송합니다. 제가 갈 자리가 아닌 것 같습니다.”

딱딱하기 짝이 없는 응답에 기태의 가슴 한 켠이 무너져 내리는 것 같았다. 태진을 대놓고 거부하는 어머니의 존재가 크게 떠올랐다. 애써 덤덤한 목소리로 기태는 그녀를 설득하고자 노력했다.

"어머니 때문이라면 걱정 마라. 예전처럼 그렇게 완강하시지만은 않아."

"아닙니다. 사모님 때문이 아닙니다."

고개를 든 태진의 눈가가 약간 젖어 있는 것 같았다. 그러나 벌떡 몸을 일으키는 그녀였기에, 기태는 자세히 살펴볼 겨를이 없었다.

"그만 나가보겠습니다."

아무리 해도 안 되는 것인가. 아버지의 단 한 번의 외도로 태어난 씨앗을 인정하지 못하는 어머니. 그리고 그런 어머니를 증오하는 배다른 동생 태진. 그들은 도저히 융화될 수 없는 것인가.

부러질 듯 꼿꼿이 세워진 태진의 등을 보고 있노라니 동정심이 솟아났다. 태진이 알면 전혀 반가워하지 않을 그런 감정을 한숨으로 그나마 희석시킨 기태는 동생을 부르려 했다. 그러나 태진이 문고리에 손을 올려놓는 순간, 열린 문 사이로 높다란 목소리가 비집고 들어왔다. 그것이 폭풍처럼 그의 사무실을 가득 메우는 바람에 기태는 다시 입술을 꾹 닫아야만 했다.

"기태 씨!"

마치 꽃의 요정같이 하늘거리는 원피스 차림으로 준경이 들어서고 있었다. 커다랗고 순진해 보이는 눈망울이 그와 태진을 번갈아 훑어보더니, 금세 고운 이마가 찌푸려졌다.

"뭐예요? 두 사람, 무슨 중요한 얘기 중이었나 보네? 내가 방해가 된 거예요?"

떨리는 준경의 음성을 뒤에서 듣고만 있던 태진은 옅은 한숨을 쉬며 사무실을 나가 버렸다. 동생의 모습을 눈으로 좇던 기태는 준경의 추궁하는 눈빛에 고개를 들어 그녀를 바라보았다.

"설마 내가 온 것이 전혀 반갑지 않은 거예요?"

"여긴 우진그룹 본사가 아니라 백화점이야. 예전엔 같은 건물에서 근무했으니 당신이 드나드는 것도 묵인해 줬지만, 지금은 안 돼."

차가운 그의 선언에 준경은 곁의 소파에 풀썩 주저앉으며 울먹이기 시작했다.

"난 그저 당신 취임식에도 참석 못하고 그래서, 미안해서 찾아온 건데…… 오늘 아버님 제사도 있으니까 어머님 가게에 함께 들러서 차로 모시고 가자고 말하러 온 건데…… 어떻게 이래요, 당신?"

절대 흔들리지 않을 것 같이 정면으로 고정되어 있던 기태의 눈빛의 준경의 말에 점차 그녀를 돌아보았다. 커다란 눈에 가득한 감정이 손에 잡힐 듯 가까이 느껴졌다. 또르르 준경의 뺨을 타고 흘러내리는 눈물이 그의 시야에 익숙한 잔상을 남겼다. 어젯밤 그의 아래서 눈물짓던 그녀의 꿈결 같은 모습이 떠올라 기태는 그만 고개를 돌리고 말았다. 다음 순간 그의 팔을 부여잡는 손길도, 가슴에 기대오는 여체의 감촉도 느끼지 못할 정도로 그의 생각은 먼 곳을 향해 있었다.

점심 약속이 있다며 먼저 나가 버리는 재원에게서 냉기가 느껴졌다.

어제 오후, 무단으로 조퇴를 해버린 그녀에게 아마도 단단히 화가 난 듯싶었다. 하지만 희서는 그에게 이렇다 할 변명도, 사과도 하지 않았다. 앞으로도 그럴 생각이 없었다.

"어쩌려고 그래요. 우리 실장님 한 번 삐치면 장난 아닌데."

곁에서 지문이 은근히 눈치를 주었지만, 희서는 끄떡도 하지 않았다. 재원이 초아에게 상처 주는 행위를 바로잡을 때까지는 그녀도 강압적인 태도를 견지할 생각이었다.

"근데, 어제 정말 무슨 일 있었던 거예요?"

소리를 낮춰 묻는 지문에게 뭐라고 대답을 하긴 해야 하는데, 딱히 둘러댈 말이 없어 고심을 하던 차였다. 우렁찬 전화벨 소리에 그들의 시선이 모두 전화를 받는 아르바이트생 아람을 향해 집중되었다. 미소와 함께 그녀는 희서를 향해 수화기를 들어 보였다.

"언니, 실장님이세요."

"나?"

희서는 자신을 엄지손가락으로 가리키다 아람의 세찬 고갯짓에 자리에서 일어났다. 별로 좋지 않은 예감으로 희서는 수화기를 넘겨받았다.

"네. 전화 바꿨습니다."

[희서 씨? 혹시 내 책상 위에 서류 봉투 보여?]

전화를 받자마자 다짜고짜 묻는 재원이었다. 마치 수화기가 재원이라도 되는 것처럼 못마땅한 시선을 던지며, 희서는 〈실장 심재원〉이라는 명패가 놓인 책상을 넘겨다보았다. 그 한가운데 직사각형의 누런 봉투가 떡하니 올려져 있었다.

"네. 근데 왜요?"

[그거 좀 이리로 가지고 와줄래? 내가 깜빡 잊고 안 가져왔지 뭐야.]

"네?"

순간 어안이 벙벙해져 희서는 되묻고 말았다. 그녀는 차도 없는 데다가, 지금 재원과 그녀는 상당히 어색한 관계를 유지하고 있었기에 왜 하필 자신인지하는 의구심이 들었던 것이다.

[중요한 계약서가 들어 있으니까 시간 맞춰서 가져와야 해.]

"거기가 어딘데요?"

뜸을 들이듯 침묵을 지키던 재원은 그녀의 귓가에 마치 거짓말 같은 대답을 들려주었다.

[우진백화점 사장실.]

우진백화점이라면? 머리 속을 강타하는 깨달음으로 재원을 부르려던 희서는 이미 통화가 끊어졌음을 깨달았다. 규칙적인 신호음을 들으며 희서는 수화기를 스르륵 내려놓았다. 우진이라는 이름만 들어도 그녀의 심장이 미친 듯이 뛰기 시작한다.

마치 그가 그곳에서 자신을 기다리고 있기라도 한 듯 말도 안 되는 상상이 들어서, 희서는 고개를 내저었다. 그녀는 재원의 책상에 서류를 챙겨 들고는 자신의 자리로 와 핸드백을 어깨에 메었다.

"무슨 일이에요? 얼굴이 별로 안 좋은데?"

"저 실장님 심부름 나가요."

애써 미소를 지어 보인 그녀는 자신을 향하는 지문과 혜경, 그리고 아르바이트생들의 눈길을 피하며 사무실을 나섰다. '이건 일이다'를 몇 번씩 되뇌며, 희서는 우진에 대한 거부감은 우선 접어두자고 다짐 또 다짐했다. 우진이 곧 기태는 아니니까. 게다가 여긴 그와 전혀 상관없는 백화점이지 않은가.

사무실 앞에 멈춰 선 택시에 올라 목적지를 말한 희서는 품속에 안은 서류를 꼭 움켜쥐었다. 이렇게 잠시 잠깐 짬이 날 때면 초아에게 전화를 하고 싶어 손이 근질거렸다. 하지만 안타깝게도 지금은 방법이 없었다. 휴대폰을 건네던 이언의 웃는 얼굴과 기태의 무뚝뚝한 표정이 번갈아 떠올랐다. 또다시 내부에서 소용돌이치는 생각들을 밀어내려 희서는 눈을 감고 시트에 뒷머리를 기대었다.

"다 왔습니다."

깜빡 잠이 들었던 모양인지, 택시는 어느새 높다란 건물들 틈에 그녀를 데려다 놓고 있었다. 요금을 지불하고 인도로 내려선 희서는 위용있게 서 있는 우진백화점을 올려다보았다. 웬만한 공연쯤은 거뜬하게 치러낼 수 있을 것 같은 널따란 광장과 지상 십이층 높이의 건물은 고전적인 분위기의 서림과 달리 무척이나 현대적인 감각을 뽐내고 있었다. 한 치의 빈틈도 허용치 않는 완벽함이 너무도 차갑게 다가와 마치 기태를 보고 있는 듯한 착각이 들 정도였다. 희서는 숨을 고른 후, 입구로 발걸음을 옮겨놓았다.

엘리베이터로 가려던 생각을 바꿔 에스컬레이터를 탔다. 북적이는 사람들 틈에 서서 기다리는 것보다 이 편이 더 빠를 것이라는 생각에서였다. 에스컬레이터에서 올려다보니, 십이층까지 확 뚫려진 공간 속에 투명한 유리를 통해 아름다운 햇살이 비춰들고 있었다. 대나무로 조성된 아름다운 풍경 사이로 휴식을 취하고 있는 사람들의 모습이 보였다.

멍하니 그 광경을 지켜보던 희서가 번뜩 정신이 들어 고개를 돌리자, 마침 '구층 아동복' 이라는 글귀가 눈에 띄었다. 희원의 얼굴이 그녀의 눈앞에서 어른거렸다. 시계를 바라본 희서는 잠시면 되겠지라는 생각에 매장 쪽으로 다가갔다. 점점 추워지는 날씨에 희원이 입을 마땅한 외투가 없어 안 그래도 걱정이던 차였다. 이런저런 설명을 늘어놓는 직원에게 희서는 그저 고개만 끄덕여 주며, 나름대로 옷을 골라보았다.

"이 디자인이 요즘 인기예요. 남자 아이 것으로 보시는 거 맞죠? 그럼 색깔도 좋고……."

들었던 옷을 제자리에 내려놓은 희서는 고개를 들어 다른 것은 없나 매장 내를 쭈욱 훑어보았다. 그러자 마치 그녀를 기다렸다는 듯이 코너 저편에서 모습을 드러낸 양복을 차려입은 무리들을 보고 희서의 가슴이 풀썩 내려앉았다. 차트를 든 서너 명의 직원들에게 둘러싸인 젊은 남자는 분명 기태였다. 그가 왜 여기에 있는 것이지.

흔들리는 그녀의 시선을 따라 고개를 돌린 여직원은 약간 설레는 어조로 설명을 해주었다.

"새로 부임하신 사장님이세요. 아주 젊고 잘생기셨죠?"

바로 몸을 돌려 에스컬레이터에 오르면 그만이었다. 그가 오기 전, 어서 빨리 재원에게 이 서류만 전해주고 가면 그만이었다. 그런데 갑자기 그의 곁으로 다가가는 젊은 여자의 모습이 희서를 붙잡고 놓아주지 않았다. 아름다운 여자의 얼굴이 눈에 익었다. 여자가 무슨 말을 하자, 슬그머니 미소를 짓는 기태가 느껴졌다. 가슴이 찌르듯 아파왔다. 그의 곁에서 걷기 위해 여자가 정면으로 고개를 돌리자, 희서는 깨달았다. 그녀는 다름 아닌 〈WJFJ〉 앞에서 마주쳤던 그녀, 천사 같은 외모에 악마 같은 혀를 가진 그녀였다. 그땐 그저 그의 일회용 상대라고 생각했었는데, 희서 자신의 착각이었던 모양이다.

직원들 앞에서도 전혀 꿀림이 없는 여자의 태도로 보아, 그녀는 그의 연인일 뿐만 아니라 사업상으로도 아주 긴요한 존재가 틀림없었다. 자신도 모르는 사이에 핸드백의 줄을 거세게 움켜쥐고 있었던 모양이다. 손이 아파오자 희서는 몸에 힘을 빼며 돌아섰다. 직원의 인사도 받는 둥 마는 둥하고 다급하게 걸음을 옮기던 그녀는 마침 에스컬레이터에서 들려온 커다란 부름에 자리에 멈춰 서고 말았다.

“채희서, 일찍 왔네? 설마 택시 타고 온 거야?”

재원이었다. 그녀를 향해 성큼성큼 다가오고 있는 그를 붙잡아 얼른 돌려세운 희서는 간절한 눈빛으로 기태가 있는 쪽을 응시했다. 그가 재원의 커다란 목소리를 듣지 못했으면 하고 바랐다. 하지만 그녀를 비웃기라도 하듯 그들을 빤히 응시하고 있는 기태와 눈이 마주치자, 희서는 생각할 겨를도 없이 고개를 돌려 그를 외면해 버렸다. 재원의 팔을 붙잡고 있던 그녀의 손이 스르륵 내려졌다.

“가지고 왔어?”

그녀의 품에서 봉투를 빼낸 재원은 입구를 열어 내용물을 확인하고는 만족스러운 미소를 지었다. 그를 향해 어쩔 수 없이 미소를 돌려준 희서는 뒤에서 들려오는 규칙적인 구두 굽 소리에 차츰 심장이 거세게 고동치는 것을 느꼈다.

“늦지 않게 왔군요, 심 실장.”

주위의 시선을 의식한 듯 기태는 공적인 호칭으로 재원을 불렀다. 그에 반색을 하며 다가서는 재원과 달리 희서는 그 자리에서 움직일 수가 없었다. 그도, 그의 여자도 보고 싶지 않았다. 그런 그녀의 행동에 재원의 ‘뭐 하냐’는 듯한 눈빛이 따랐다. 하는 수 없이 한숨을 삼킨 희서는 뒤로 돌아섰다. 힐끗 그를 응시한 희서가 고개를 기울이자, 표독스런 여자의 시선이 다가들었다.

"기태 씨, 누구예요?"

그러나 대놓고 소유욕을 드러내는 그녀를 향해 기태는 짜증스럽다는 기색을 띠며 말을 끊어냈다.

"당신은 그만 가지. 애긴 이따 저녁에 해."

숨을 훅 들이키는 여자와 달리 희서는 가쁜 숨을 내쉬었다. 〈이따 저녁에〉라는 말이 주는 어감이 희서를 뒤흔들고 있었다.

"내 사무실로 가."

재원과 함께 그녀를 스쳐 가는 기태에게서 눈물 나도록 익숙한 향기가 느껴졌다. 마치 그것을 붙잡으려는 듯 깊게 들이키던 희서는 그곳에 기태의 여자와 자신 단둘만이 남겨졌음을 깨달았다. 여자의 이글거리는 시선은 내내 기태의 뒷모습을 향해 있다가, 마치 분풀이라도 하듯 그녀에게로 돌려졌다. 한동안 말없이 희서를 쏘아보기만 하던 여자는 옷자락을 나풀거리며 엘리베이터 쪽으로 걸어가 버렸다.

희서는 눈이 시리도록 아름답고 당당한 '그의 여자'를 바라보고 또 바라보았다. 그녀가 자신의 시야에서 완전히 사라질 때까지.

　그가 늦게 들어올 것이라는 확신이 있었기에 집으로 향하는 발걸음이 그다지 무겁진 않았다. 하지만 대신 그와 함께 있을 여자의 얼굴이 떠올라 마음이 무거웠다. 묵직한 추를 얹어놓은 것처럼 시리고 아팠다.

　상념에 잠겨 있느라 희서는 빌라로 들어서는 자신의 곁으로 검은 차가 따라붙는 것도 느끼지 못했다. 귓가에 날카로운 클랙슨 소리가 들려왔을 때야 그녀는 고개를 들어 내려간 차창이 드러낸 얼굴을 응시했다. 번뜩이는 눈빛과 꾹 다문 입술을 한 젊은 남자는 놀랍게도 서혁이었다. 그는 그녀를 보자마자 차 문을 벌컥 열고 내려섰다. 손목 위로 동생의 거친 손길이 느껴졌다.

　"가자!"

　"서혁아, 왜 이래! 이러지 마!"

　자유로운 한 손으로 족쇄 같은 그의 손길을 풀어내고자 노력했으나 꿈쩍도 하지 않았다. 비명을 지르며 움직이지 않으려 버텨보았지만, 비참하게 질질 끌려갈 뿐이었다. 그녀의 저항이 완강하자 갑작스레 서혁이 손을 놓아버렸다. 휘청이던 희서는 홱 몸을 돌린 서혁이 어깨를 움켜쥐는 바람에 바로 설 수 있었다. 마주 본 동생의 눈에 격렬한 증오가 이글거리고 있었다.

　"이게 날 위한 길이라고 생각했어? 이게!"

　"너 때문이 아니야."

　"제길, 내가 그렇게 불쌍하고 한심해 보였어! 누나를 팔아서 회사를 살리고 싶을 정도로? 그래?"

“내 말 안 들려? 그런 거 아니라고!”

어깨를 털며 서혁의 손아귀에서 벗어난 희서는 목소리를 높였다. 잔뜩 일그러졌던 표정을 서서히 편 그는 가늘게 눈을 떠 그녀를 노려보았다.

“그럼, 강기태 저 작자 곁에 왜 있는 건데? 그가 아버지를, 서림을 어떻게 했는데! 누나가 어떻게 이래? 어!”

하루하루 멍들어가던 그녀의 가슴은 자신을 이해해 주지 못하는 동생으로 인해 이제 피를 토해내고 있었다. 흐느낌을 참으려 입술을 깨물어보았지만, 흐르는 눈물마저 멈추게 할 수는 없었다.

“지금 내 심정이 어떤지 알아? 누나 때문에, 내가 한없이 나약하고, 무능하게 느껴져! 누난 아니라고 하지만, 이 상황을 봐! 바보가 아닌 이상 누구든 알 수 있을 거야! 이 채서혁, 바보가 아니라고! 제발 날 그만 기만해! 언제까지 속일 작정인 거야. 내가 알아내지 못했다면, 영원히 이러고 살 생각이었어?”

계속되는 서혁의 추궁에 희서는 결국 터져 나오고 마는 흐느낌을 손바닥으로 가렸다. 자리에서 서서히 주저앉는 그녀의 머리 위로 조금은 누그러진 동생의 목소리가 이어져 들려왔다.

“가자, 제발 가. 백화점은 내가 지켜. 누나가 이러지 않아도 된단 말이야.”

“서, 서혁아…….”

울먹임을 가득 담은 눈빛과 음성으로 희서는 서혁을 올려다보았다. 그녀의 간절함을 읽은 것인지 굳건히 서 있던 동생은 스르륵 몸을 낮추어 그녀와 눈을 맞추었다. 그녀의 젖은 손을 감싸주는 서혁의 손이 참으로 크고 단단하게 느껴졌다. 꺽꺽대는 숨을 고르며, 그녀는 고개를 내저었다.

"나…… 나 못 가."

믿을 수 없다는 듯 커다랗게 확대되는 서혁의 눈동자를 부여잡으며 희서는 크게 숨을 내쉬었다. 칠 년을 억눌러 온 한이 그 사이로 비집고 나왔다.

"그 사람…… 희원이 생부야."

"뭐?"

"죽은 네 형부는 그저 법률상의 남편일 뿐이었어."

세상을 속이기 위한.

비교적 덤덤한 그녀의 고백에 쭈그리고 앉아 있던 서혁이 자리에서 비틀거렸다. 등 뒤로 손을 내밀어 차를 짚으며 애써 몸을 가누던 그는 입을 벌린 채 그녀를 멍하니 바라보았다.

"지금 나 놀리는 거지? 나 그냥 보내려고 누나 쇼하는 거지?"

"너한테 말하지 못한 건…… 아버지와의 약속 때문이었어. 미안해."

중얼거림에 가까운 그녀의 말을 들은 것인지 못 들은 것인지 서혁은 주춤주춤 몸을 일으키고 있었다. 넋이 나가 버린 듯 오가는 차들을 향하고 있는 그에게선 생기가 느껴지지 않았다. 후들거리는 무릎을 간신히 진정시킨 희서는 동생의 뒤로 다가갔다.

"그러니까 그렇게 자신을 괴롭히지 마. 너 때문이 아니야."

"아직도 사랑해?"

목구멍을 치고 올라오던 말들이 일순간 아래로 쑥 내려가 버렸다. 옆으로 슬쩍 고개만 돌린 채 그는 떨리는 목소리로 묻고 있었다. 사랑이라는 말이 너무도 낯설고 멀게 느껴진다. 희서는 희미하게 웃으며 조용히 그러나 명확하게 대답했다.

"난 그의 그늘 속에서 살아. 이제 우린 서로를 마주 볼 수 없어."

"그런데 왜?"

그건 하루에도 몇 번씩 자신이 스스로에게 하는 질문이기도 했다. 왜 그의 곁에 머무는 것인지. 그와의 거래 때문이라고 단순하게 대답을 해보았지만, 여전히 뭔가 부족했다. 허전했다. 희서는 상처 가득한 서혁의 눈동자를 마주 보면서도 결국 아무런 해답을 찾지 못했다. 닮은 두 사람의 얼굴 위로 같은 아픔을 공유한 슬픔이 번져 가고 있었다.

어떤 인사도 없이 광폭하게 차를 출발시켜 그녀의 곁을 떠나는 서혁을 희서는 붙잡지 못했다. 그저 입술을 깨물며 그 자리에 서서, 지독히도 위태로워 보였던 동생을 걱정하고 또 걱정할 뿐이었다. 한참을 홀로 서성이던 희서는 바람이 차다는 것을 느낄 때쯤이 되어서야 빌라를 향해 돌아섰다.

터덜터덜 걸음을 옮기는 그녀의 곁으로 쭉 빠진 검은 차가 유연하게 지나갔다. 본능적으로 뒷걸음을 쳐 어둠 속에 몸을 숨긴 희서는 멈춰 선 차에서 모습을 드러낸 두 남녀를 보았다. 남자에게 매달리는 여자가 짓는 미소의 크기만큼, 희서의 가슴이 고통을 호소해 왔다.

"들어왔다 가라는 말도 안 해주기예요?"

"늦었어, 그만 가."

등을 보이고 있어서 표정은 잘 보이질 않았지만, 입술을 삐죽이는 여자를 향한 기태의 목소리는 부드럽기 짝이 없었다. 자신을 대하는 방식에 비하면 아주.

"어머니 도와서 제사 음식 준비한다고 내가 얼마나 힘들었는데. 칫, 차라도 한잔 주지."

여자는 그의 팔을 홱 놓더니, 새초롬한 표정으로 다시 차에 올랐다. 문을 붙잡은 채로 여자를 향해 몸을 기울인 기태는 윤 기사에게 당부의 말을 전하기까지 하였다.

"차는 다음에 하지. 윤 기사, 잘 모셔다 드리도록."

닫혀지는 문 사이로 생기에 넘치는 여자의 눈빛이 사라졌지만, 희서의 머리 속에 그것은 오랜 잔상으로 남았다. 차가 사라질 때까지 눈으로 배웅을 하는 기태의 모습 위로 아름다운 여자의 얼굴이 자꾸만 겹쳐져 떠올랐다. 주먹을 틀어쥐며 희서는 천천히 그늘에서 모습을 드러냈다. 그가 자신에게로 다가오기를 숨죽인 채 기다렸다.

훅 하는 한숨과 함께 마침내 돌아선 그는 넥타이의 조임을 헐겹게 하며, 와이셔츠의 가장 윗 단추를 풀어냈다. 누구의 시선도 받지 않을 때의 기태는 그나마 접근하기 쉬워 보였다. 피곤한 듯 이마의 양옆을 문지르던 그의 시선이 그제야 그녀를 발견한 듯 굳어졌다. 아무렇지도 않게 냉랭해지는 그의 얼굴이 희서를 아프게 했다.

"안 들어가고 여기서 뭐 하는 거지?"

"보려고 해서 본 건 아니에요."

무덤덤한 척 목소리를 내보았지만, 그 떨림까지 막을 수는 없었다. 그녀를 그저 바라만 보던 기태는 미련없이 고개를 돌렸다. 그녀를 지나쳐 성큼성큼 걸어가는 그의 뒷모습을 희서는 물끄러미 응시했다. 그러나 곧 엘리베이터의 버튼을 누른 채 돌아보는 기태로 인해 그녀는 몸을 움직여야만 했다.

"안 탈 건가?"

그녀가 그의 곁에 나란히 서자 문이 닫히고, 좁은 공간에는 두 사람의 호흡과 향기만이 가득했다.

"발은…… 좀 어때?"

밀폐된 장소가 주는 은밀함이 그의 심경에 잠시 변화를 일으키기라도 한 것일까. 시선은 여전히 그녀에게서 비껴난 채였지만, 짙은 침묵을 뚫고 기태가 먼저 예상치 못한 말을 건네왔다. 어리둥절하여 그를 올려다본 희서는 그 흔들림없는 표정에, 다시 고개를 떨구며 비교적 침착하게 대꾸했다.

"괜찮아요."

"병원에 일러둘 테니, 가봐."

"괜찮아요."

앵무새처럼 같은 말을 반복하던 그녀의 입술이 앙다물어졌다. 그에게서 어렴풋한 한숨 소리가 들려온 것 같았지만, 그것은 '띵' 하는 승강기의 신호음에 의해 가려졌다. 먼저 내려서는 기태의 등을 보며 숨을 훅 들이켠 희서는, 내키지 않았지만 어쨌든 그를 따랐다. 빌라로 들어선 그녀는 어젯밤과 변함없이 TV 곁에 놓인 작은 종이 가방을 발견했다. 기태 역시 그것을 본 모양인지, 넓은 어깨가 움찔하는 것이 느껴졌다. 그녀는 목을 곧게 펴고, 돌아선 그의 눈빛을 애써 당당하게 맞으려 노력했다.

"애초부터 당신에게 뭔가를 받는다는 조건은 없었어요."

"뭔가를 단단히 잘못 알고 있군."

얄밉도록 침착한 어조로 그가 말을 내뱉었다. 잠시 부풀려졌던 그녀의 자존심이 찌그러지는 것 같았다. 그의 눈빛에 깃든 비웃음이 희서를 한없이 작아지게 만들었다.

"이 모든 게 널 위해서라고 생각하나?"

집 안의 싸늘한 공기가 그들 사이를 파고들었다. 차가운 실내 온도 만큼이나 차가운 이 남자의 말에 상처받지 않으리라. 절대로. 하지만 희서는 자신의 마음에 이미 깊은 생채기가 생겼다는 것을 알지 못했다.

"날 위해서야. 다시 한 번 말해 줄까? 채희서, 넌 내 소유물에 불과해.”

깊은 진동과 함께 가슴이 아려왔다. 그 깊디깊은 고통을 눌러 참으며 희서는 피식 웃었다. 너무 아파서 웃음이 났다. 그에게 상처받은 자신의 모습을 보여주고 싶지 않아서 웃어야만 했다.

“돼먹지도 않은 허세 따위 부리지 마라.”

다시금 가라앉은 어조로 충고를 하고 돌아서는 그였다. 그의 등을 멀거니 바라보던 희서의 눈동자에서 불꽃이 튀었다. 꾹 다물어진 잇새로 그간 억눌러 왔던 말들이 터져 나왔다.

“날 죽도록 괴롭히면 당신에게 뭐가 남지? 서로를 이렇게 증오하면서 함께 있는 게 힘들지 않아? 만약 아무렇지도 않다면 당신은 정말 괴물이야. 알아?”

“잊었나? 내 제의를 받아들인 건 너다.”

그래. 하지만 지금 난 그때의 결정을 미치도록 후회해. 두려워, 당신이 날 영원히 놓아주지 않을까 봐. 이렇게 깊고 어두운 절망의 구렁텅이에서 벗어나지 못할까 봐.

목울대가 흔들리도록 침을 삼킨 희서는 너무 어두워 아무것도 들여다보이지 않는 그의 눈동자를 응시했다.

“당신이 무슨 생각을 하는지, 도대체 왜 이러는 건지…… 알고 싶어요.”

“내가 원하는 건 너와 계약을 맺은 그날 다 얘기했을 텐데?”

“단지 그것뿐이에요? 날 벌주고, 버리겠다는…… 그것뿐이야?”

. 그런데 왜 당신 눈 속엔 뿌리 깊은 증오의 빛이 일렁이는 거지. 왜 그렇게 나에게 상처를 주지 못해 안달인 거야.

"잘 주지하고 있군. 그런데 무슨 설명을 더 바라지?"

여전히 뒷모습을 보이고 선 그는 그녀에게 시선조차 제대로 주지 않고 물었다. 그에게 달려들고 싶었다. 저 견고한 벽을 손톱으로 할퀴어 상하게 만들고, 발로 차서 무너뜨리고 싶었다. 그러나 희서는 미친 듯이 들끓고 있는 분노를 차가운 증오로 잠재웠다.

"좋아요. 하지만 당신이 알다시피 난 인내심이 강한 편이 아니라서요."

뜻밖이라는 듯 기태는 어깨를 틀어 가느다랗게 뜬눈으로 그녀를 응시했다. 희서는 모처럼 환한 미소로 그를 맞아주었다. 그의 입매는 더욱 굳어지고 있었지만, 희서의 기분은 점점 가벼워지고 있었다.

"하루라도 빨리 당신이 내게서 흥미를 잃었으면 해요."

그의 짙은 눈썹이 불쾌함을 가득 담은 채 일그러졌다. 그 험악한 표정에도 아랑곳없이 희서는 기태에게로 한 걸음 다가섰다. 어디서 이런 용기가 나오는 것인지 알 수가 없었다. 하지만 분명한 건 이대로 그에게 질질 끌려 다닐 수만은 없다는 사실이었다.

"당신이 날 경멸하는 것만큼 나 역시 그래요. 나 역시 당신이 미워. 그래서 이 모든 걸 빨리 끝내고 싶어. 당신이라는 사람…… 몰랐던 그때로 돌아가서 내 인생을 찾고 싶어.”

그녀의 슬픈 혼잣말에 기태의 눈동자가 흔들렸다. 수면 위에서 비척대는 얼음 조각처럼 그것은 위태로워 보였다.

“어차피 우리에게 미래는 없잖아. 우린 갈 길이 다른 사람들이잖아. 날 미워하고, 괴롭히는 건 좋아. 하지만…… 우리 오래 끌지는 말아요.”

희서는 또 한 걸음 기태에게로 다가갔다. 왠지 묵직해 보이는 그의 눈동자가 그녀에게로 온전히 머물고 있었다.

“내가 너무 과한 부탁을 하고 있는 건가요?”

그의 숨결이 이마에 느껴질 정도로 가까워지자, 희서는 천천히 고개를 들어 기태를 마주 보았다. 그의 목 언저리에서 팔딱거리는 맥박의 기운이 그녀가 선 곳에까지 아주 명확히 느껴졌다. 그것으로 저도 모르게 움직여지던 희서의 팔이 단단한 힘에 의해 원위치에 고정되었다. 그녀의 몸에 닿은 그의 손바닥에서 뜨거운 열기가 전해져 왔다.

“너로 인해 칠 년을 잃었어. 그런데, 넌 내게 단 몇 개월도 내주기가 아까워?”

그의 눈에 깃든 죽음보다 더한 슬픔이, 희서의 가슴을 아프게 파고들었다. 그녀의 대답을 종용하듯 그의 손아귀에 더욱 힘이 들어갔다.

“대답해!”

상처 입은 사자 새끼마냥 광폭한 반응을 보이고 있는 기태를 보고 있노라니 마음이 착잡해져 왔다. 그렇다고도, 아니라고도 대답할 수가 없어 희서는 그의 시선을 피해 버렸다.

"홋. 그래, 좋아. 네가 바라는 대로 될지 내가 원하는 대로 될지 모르지만…… 어쨌든 내 곁에 있는 동안 네가 누릴 수 있는 것들은 한껏 누리도록 해. 아까도 말했지만 그건 널 위해서가 아니라 날 위해서니까. 날 떠날 때는…… 모두 버려도 좋아. 하지만 지금 거부하는 건 용납 못해."

그의 목소리에 왠지 서글픔이 깃든 듯한, 그녀의 얼굴을 붙잡는 손길에 애절함이 어린 듯한 착각이 들었다. 아니, 어쩌면 그것은 착각이 아닌 그의 진심일 수도 있다. 아니…… 그것은 그녀 자신의 간절한 바람일 뿐이다.

희서는 자신의 입술에 와 닿는 새털같이 가벼운 키스에 몸을 떨었다. 그의 엄지손가락이 그녀의 볼과 목덜미, 어깨를 가만히 쓸어주었다. 그 순수한 접촉이 주는 짜릿한 쾌감은 칠 년 전과 달라진 것이 하나도 없었다. 눈을 감은 채 그의 애무를 받으며, 희서는 과거와 현재의 기로에서 오래도록 서성였다.

그녀의 입술을 느끼고 있는 동안 그는 시간과 공간을 잊어버렸다. 이곳이 현재 그의 빌라인지 칠 년 전 양떼목장인지 헷갈릴 정도로 희서와의 입맞춤은 감미로워 놓아주고 싶지 않았다. 다시 만나고 난 후, 복수라는 감정에 지배되어 그녀를 거칠게만 대해왔다. 하지만 지금 이 순간만은 따스한 분위기를 깨고 싶지 않다는 열망이 밀려들었다. 그는 그녀의 작은 어깨를 품에 안으며 더욱 부드럽게 깊숙이 혀를 밀어 넣었다.

"으음."

그녀의 신음이 깊어지고 있었다. 그러자 조건반사처럼 그의 몸속 가득 제어할 수 없는 흥분이 밀려들었다. 마치 사춘기 소년이 되어버린 것처럼. 여느 여인이라면 한 시간은 공을 들여야 해낼 일을 희서는 손짓 한 번, 몸짓 한 번으로 그를 무너뜨릴 수 있었다. 그것이 두려운 기태였다. 그래서 그녀를 안을 때면 그는 감정을 드러내지 않으려 더욱 과격하게 굴었다. 그것은 지금도 마찬가지였다. 열에 들뜬 표정을 감추려 무뚝뚝함을 가장한 채 그는 그녀의 상의를 밀어 올려 가슴을 거세게 움켜쥐었다. 희서의 입술 사이로 아픔이 배인 음성이 흘러나왔다.

"아!"

그의 뜨거운 입술이 목덜미를 파고들자, 그녀의 작은 손이 위로 올라와 그의 얼굴을 감싸 쥐었다. 애원과 같은 속삭임은 기태의 얼음 성 같은 방어벽을 녹여 버렸다.

"천천히 해요."

그녀의 눈빛은 예전과 똑같았다. 우산 아래 같은 체온을 공유했던 처음의 그날과. 마치 그때로 되돌아간 것처럼, 다시는 놓치지 않을 것처럼 그녀를 두 팔에 안은 채 기태는 침실로 향했다. 단지 오늘 하루뿐이라 해도 그녀를 온전히 갖고 싶다는 본능이 그의 이성을 누르고 수면 위로 떠오르고 있었다.

✳

희원과 함께 공항으로 향하는 길, 희서는 조금 전 있었던 서혁과의 통화를 계속 곱씹어보았다.

그토록 받지 않으려 했건만 결국 기태의 상처 입은 눈빛에 마음이 약해져, 가지고 나온 휴대폰으로 그녀는 가장 먼저 동생에게 전화를 했다. 어젯밤 그렇게 가버린 서혁이 못내 걱정되었던 것이다.

[네, 채서혁입니다.]

이렇게 빨리, 한 번에 전화를 받을 줄은 몰랐다. 놀란 나머지 희서는 모델하우스의 디스플레이에 한창인 직원들의 눈을 피해 외진 곳으로 걸음을 옮기며 대답했다.

"나야."

무거운 침묵이 이어졌다. 익숙한 가슴 저림을 느끼면서도 희서는 애써 밝은 음성으로 말을 이었다.

"전화 받는 걸 보니 어제 집에 잘 들어갔나 보네. 난 또 걱정했잖아."

[내 걱정 말고, 누나 걱정이나 해.]

날이 선 동생의 대답이 그녀의 가슴을 콕 파고들었다. 희서는 홀로 고개를 끄덕이며, 목구멍에서 뭔가가 치솟아오르는 것을 내리눌렀다. 그때 작업 현장 저편에서 그녀의 이름을 부르는 목소리가 들려왔다. 내키지 않았지만 서혁과의 통화를 이대로 끝내야 할 것 같았다.

"서혁아."

[오늘 이언, 출국하는 거 알지?]

그녀의 말을 막으며 묻는 동생에게서 지금까지와 약간 다른 분위기가 느껴졌다. 차마 잊고 있었다는 사실을 털어놓지 못한 채 희서는 그저 '으응' 이라는 떨떠름한 반응만 내비칠 뿐이었다.

[희원이 데리고 공항에 나가봐. 그래도 누나 모자한테 꽤나 신경 써준 사람이잖아. 게다가 희원이도 무척 이언을 따르는 것 같던데.]

다시는 테니스 아저씨를 못 보는 거냐며 울상을 짓던 아들의 모습이 갑자기 떠올랐다. 이언에 대한 고마움 때문이라기보다 희원이 상처받을 것이 염려된 나머지 공항으로 가봐야겠다는 결심을 굳히는 희서였다. '그러마' 라고 서혁에게 대답을 한 후 인사를 건네고 전화를 끊으려는 그녀의 귓가에, 다시금 숨죽인 음성이 흘러들었다.

[어제 난 아무것도 듣지 못했어.]

또다시 그녀를 부르는 동료들의 목소리가 들려왔지만, 서혁의 말이 던진 충격으로 인해 뻣뻣이 굳어버린 희서는 그저 자리를 지키고 있을 뿐이었다.

[법적으로 희원이 아버지는 여전히 죽은 '이선우' 씨야. 그게 진실이야. 그 외의 어떤 것도 용납할 수 없어.]

기태에 대한 극렬한 증오심이 서혁으로 하여금 이런 결단을 내리게 만든 것이리라. 지금 자신의 행동 역시 동생의 생각과 별반 다르지 않다는 것을 알면서도, 마음이 아픈 희서였다. 이상하게도 기태에게서 희원을 보호해야 한다는 생각과 함께, 누구보다 희원의 존재를 그에게 보여주고 싶다는 갈망 역시 점점 커져 가고 있었다.

"서혁아, 하지만……."

[누나가 그 자식을 떠나기 힘들다면, 내가 그렇게 만들어줄게.]

마치 다짐을 하듯 중얼거린 서혁은 희서가 뭐라 말리기도 전에 전화를 끊어버렸다. 그의 마지막 말이 메아리처럼 그녀의 귓전을 웅웅거리며 울려댔다.

복잡한 머리 속을 비워내려 고개를 젓던 희서는 어느새 리무진 버스가 공항 앞에 이르렀다는 것을 깨닫고는, 희원의 손을 잡고 출발 층인 삼층 입구에 내려섰다. 항공사별 카운터, 휴게실과 흡연실 등 여기저기를 둘러보던 그녀는 갑자기 어깨를 부여잡는 손길에 놀라 홱 뒤를 돌아보았다.

"이, 이언!"

모자를 푹 눌러쓴 그는 환한 미소를 머금으며, 그녀와 희원을 번갈아 바라보고 있었다.

"올 줄 몰랐는데, 이렇게 와주니까 더 반갑네요."

그의 말에 깃든 희미한 질책에 희서는 뭐라 할 말이 없었다. 그저께 이후 망가지고 없는 휴대폰으로 수십 번 전화를 했을 이언의 모습이 고스란히 그려졌기 때문이다.

"아저씨, 이제 미국 가면 다시는 못 보는 거예요?"

이언의 바지 자락을 붙잡으며 희원이 간절하게 물었다. 그러자 그는 그녀를 향했던 눈길을 돌려 아이에게로 천천히 자세를 낮추었다. 선글라스를 벗은 이언은 아이의 눈빛을 아주 다정하게 마주 보았다.

"아니, 아니야. 아저씨도 자주 놀러올 테니까, 희원이도 방학하고 그럼 자주 와. 그러면 우리 만나서 바닷가도 가고, 스키장도 가고 그러자."

"정말이죠?"

"그럼, 언제 아저씨가 약속 안 지키는 거 봤어?"

고개를 설레설레 내젓는 희원을 이언이 두 팔로 거세게 안아 버렸다. 아이는 웬일인지 그 너른 품 안에 안긴 채 가만히 서 있기만 하였다. 두 사람의 모습에 코끝이 아려와 희서는 고개를 다른 곳으로 돌리고 말았다. 잠시 후, 옷자락이 사르륵거리는 소리에 다시 마주 본 이언은 희원의 손을 꼭 붙든 채 서 있었다.

"나 갈게요."

"네. 그동안 정말 고마웠어요."

"훗, 꼭 다시 못 볼 사람처럼 말하네?"

연갈색의 렌즈 아래 웃고 있는 그의 눈을 보며, 희서도 그만 피식 웃어버렸다. 그들의 웃음이 잦아들 무렵, 이언의 준수한 얼굴 위로 진지한 표정이 떠올랐다. 비겁한 줄 알지만 희서는 희원을 향해 시선을 내려뜨리며 그를 피했다. 그러나 그런 외면에도 불구하고 이언의 음성은 어김없이 그녀의 귓가를 파고들었다.

"내가 싫습니까?"

너무도 극단적인 물음은 희서의 반발감을 사기에 충분했다. 번쩍 시선을 든 그녀는 이언을 향해 단호한 대답을 내뱉었다.

"아뇨. 왜 그렇게 생각하세요?"

"아니면 됐습니다. 지금은 그것만으로 충분해요."

안도감 어린 미소를 지은 그는 희서를 향해 운동으로 잘 단련된 단단한 손을 내밀었다. 공중에서 기다리고 있는 그것을 계속 무시할 수가 없어진 그녀는 천천히 팔을 뻗었다. 그러자 이언은 기다렸다는 듯 그녀의 손을 꼭 잡아왔다. 차가운 그녀의 체온이 그의 안에서 점점 녹아들고 있었다.

"하지만 다음에 만나면, 날 좋아할 수 있도록 노력해 봐요."

고개를 든 그녀에게로 초콜릿 빛 햇살이 비춰들었다. 이대로 선 채 언 몸을 녹이고 싶을 정도로 그것은 따스하고 포근했다. 한참 동안 그녀를 붙잡고 놓아주지 않던 이언은 마침내 몸을 돌려 항공사의 카운터로 향했다. 그의 양손에서 희서와 희원의 손이 동시에 후두둑 떨어졌다.

5. 슬픔

회의를 마치고 사장실로 들어서던 기태는 쭈뼛쭈뼛 자리에서 일어나는 비서들을 보며 눈살을 찌푸렸다. 그녀들의 얼굴에서 공통적으로 '두려움' 이라는 감정을 읽을 수 있었던 것이다.

"무슨 일입니까?"

"사장님, 안에 손님이 와 계십니다."

불길함이 불쾌함으로 바뀌어갔다. 표정을 감춘 그의 입가가 딱딱하게 굳어졌다.

"누가 함부로 사람을 들이랬습니까."

그의 서릿발 같은 눈빛 앞에서 비서실장 이하의 비서들은 모두 숨을 죽인 채 자라처럼 목을 움츠리고 있을 뿐이었다. 한숨과 함께 그는 사무실의 문을 열어젖혔다. 소파에 앉아 신문으로 얼굴이 가려져 있던 이는 그의 등장에 천천히 그것을 내려놓으며 자리에서 몸을 일으켰다. 예상외의 방문객에 기태는 잠시 멈칫하다가 문을 닫았다. 당장이라도 폭발할 듯한 화기가 내부에서 끓어올랐지만, 그의 목소리는 덤덤하기 짝이 없었다.

"채 이사가 여기까지 무슨 일입니까?"

안경 아래 날카로운 눈매를 감춘 이는 다름 아닌 희서의 사촌 오빠 채주혁이었다. 전혀 흔들림없는 걸음걸이로 그를 비켜간 기태는 책상 뒤로 돌아가 앉았다. 그러나 그렇듯 대놓고 자신을 무시하는 것에도 아랑곳없이, 그에게로 다가와 정면에 우뚝 서는 주혁이었다.

"왜 경영권을 채서혁에게 넘겨준 겁니까?"

무심히 서류를 넘기면서도 기태는 주혁에게 시선 한 자락 주지 않았다.

"내가 채 이사에게 어떤 약속을 한 적이 있었나요?"

상대에게서 숨을 들이키는 소리가 들려왔다. 기태는 파일을 소리 나게 탁 덮으며 팔짱을 낀 채로 주혁을 노려보았다. 비웃음을 띤 채 그는 말을 이었다.

"자진해서 나를 도와준 건 채 이사가 아니었던가요? 이제 와 내가 경영권을 누구에게 넘겨주든 그게 무슨 상관이지?"

"내가 당신을 왜 도왔다고 생각합니까? 채서혁 좋은 일 시키자고 그랬을 것 같아요?"

더 이상 이자에게 변명을 늘어놓고 싶지 않아, 기태는 자리에서 벌떡 몸을 일으켰다. 주혁에게서 등을 보이고 선 그는 유리를 통해서도 상대의 표정을 충분히 관찰할 수 있었다. 그의 시야에서 벗어났다고 생각했는지 죽일 듯 노려보는 주혁의 시선이 느껴졌다. 피식 웃음을 머금은 기태는 빼곡하게 들어찬 마천루의 모습을 둘러보며 대답했다.

"아직은 때가 아닙니다. 기다려 보세요. 경영권의 교체는 언제든 이루어질 수 있으니까."

"그 말…… 믿어도 되는 겁니까?"

살짝 주혁을 돌아본 그는 그저 눈썹만 움찔거리고서는 다시 시선을 창가로 두었다. 그가 이렇다 할 반응을 보이지 않자 주혁은 그저 주먹을 폈다 쥐었다를 반복하며 자리를 지키고 있을 뿐이었다. 남자의 얼굴에서 지긋지긋한 탐욕이 또다시 넘실대고 있었다.

간접적으로라도 그 모습을 보고 있기 역겨워진 기태는 눈을 감으며 뒷짐을 진 손에 힘을 주었다. 채주혁은 죽을 때까지 서림의 경영권을 차지하지 못할 것이다. 하지만 저 사내는 훗날 되레 자신에게 고마워할는지도 모른다. 최고의 자리에서 추락을 하는 지독한 아픔을 겪지 않게 해주어서, 회복하기 힘든 상처를 채서혁의 몫으로 고스란히 돌아가게 만들어주어서. 생각만으로도 기태의 입가에 잔인한 만족감의 미소가 떠올랐다.

"그럼 사장님만 믿겠습니다. 다음에 또 뵙죠."

침묵을 가르며 들려온 의례적인 인사말에 기태는 천천히 눈을 떴다. 유리창 위로 돌아 나가고 있는 주혁의 모습이 비춰들었다. 마침내 문이 닫히고 홀로 남게 되자 그는 의자의 팔걸이를 잡으며 자리에 앉았다. 그러나 휴식을 취한 것도 잠시, 곧 들려온 노크 소리가 기태에게 다시금 긴장감을 불어넣어 주었다. 날카로운 그의 눈매는 사무실 안으로 들어선 태진을 보는 순간, 차츰 풀려갔다.

"부르셨습니까?"

회의를 마치고 오는 즉시, 강 비서를 호출하라 일러두었던 것이 이제야 생각이 났다. 기태는 두 손을 맞잡은 채 앉아, 다가오는 태진을 묵묵히 바라보았다. 어젯밤 결국 모습을 드러내지 않은 여동생을 질책할 생각도, 강요할 생각도 없었다. 시계를 흘깃 바라본 그는 사무적인 어조로 그저 물을 뿐이었다.

"아직 안 갔니?"

"사무실 앞으로 갔더니, 직원들은 모두 출장이라고 하더군요. 아마 외근 중이신 것 같습니다."

기태는 태진에게 희서의 휴대전화 번호를 가르쳐 주지 않았다는 사실을 그제야 깨달았다. 강 비서에게 손짓으로 나가보라는 신호를 보낸 후, 그는 직접 전화기의 버튼을 눌렀다. 신호가 가는 동안 그의 손가락은 내내 책상 위를 초조하게 두드려 댔다.

희서가 초아와 함께 저녁을 준비하는 동안 희원은 내내 이언이 사준 장난감을 만지작거리고 있었다. 풀이 죽은 듯한 그 모습이 희서의 가슴을 짠하게 아리도록 만들었다. 초아에게 부탁하여 특별히 희원이 좋아하는 요리들만 준비한 그녀는 애써 밝은 목소리로 아들을 불렀다.

"원아, 이리 와. 밥 먹자."

그러자 아무 말 없이 식탁에 와서 앉는 희원의 머리 위로 희서와 초아는 걱정스런 눈빛을 교환했다. 식사를 하는 동안 어린이집의 친구들과 희원이 흥미를 보이는 여러 게임들에 대한 이야기를 해보아도, 아이의 반응은 그저 시큰둥하기만 했다. 후닥닥 밥그릇을 비워낸 희원은 '잘 먹었습니다' 라는 말만을 남기고 다시 TV앞으로 가 장난감을 안아 들었다. 아이에게서 시선을 떼지 못하는 그녀의 어깨를 초아가 매만져 주었다.

"괜찮을 거야. 애들은 원래 잘 잊어버리잖아."

"그래."

젓가락으로 밥풀을 세다시피 먹던 희서는 지나가는 말로 초아에게 물었다.

"우리 희원이, 어린이집에서는 어때?"

그러자 친구는 약간 어색한 표정을 짓긴 하였지만, 잘하고 있다는 말로 그녀를 안심시켜 주었다. 식사를 마치고 부득불 설거지를 하겠다고 우기는 초아로 인해, 희서는 미안한 마음에 커피를 탔다. 식탁 앞에 나란히 앉은 그녀들 사이로 잠시 침묵이 흘렀다.

"재원 선배 집에선 아직도 그래?"

묻지 않으려 했지만, 날이 갈수록 어두워지는 초아의 표정 앞에서 희서는 모른 척할 수가 없었다. 어떻게 알았냐는 듯 휘둥그레진 친구를 보며 그녀는 약간 눈을 흘겼다.

"혼자서 그렇게 끙끙 앓으면 무슨 수가 생기니?"

"너만 해도 복잡한데, 나까지 걱정 더 보태줄 필요 뭐 있을까 싶어서 얘기 안 한 거야. 그리고 잘 해결될 거고. 괜히 신경 쓰지 마."

씁쓸한 표정과는 반대로 밝은 목소리였다. 마지못해 고개를 끄덕이던 희서는 자신의 핸드백을 들고 다가오는 희원을 보고는 미소를 지었다.

"원이, 왜?"

"엄마, 아까부터 여기서 자꾸 '삐삐' 거려."

아들의 말에 당황한 나머지 희서는 다급한 손길로 핸드백을 받아 들어 막무가내로 속을 뒤적였다. 그녀에게로 집중되고 있는 희원과 초아의 시선을 느낄 겨를도 없이 희서는 휴대폰을 집어 들었다. 부재중 전화 알림과 호출 메시지가 깜빡이고 있는 것을 보며 그녀는 자리에서 벌떡 일어났다. 희서가 들고 있는 휴대폰을 향해 희원의 의아하다는 눈빛이 날아들고 있었다.

"어? 엄마, 그건 테니스 아저씨가 사준 거 아니잖아요?"

그러나 지금 희서는 그런 사소한 질문에까지 일일이 대답해
줄 만한 여유를 찾을 수가 없었다.

"초아야, 나 그만 가봐야겠어. 그리고 희원아…… 엄마 내일
또 올게."

외투를 껴 입은 희서는 신발도 신는 둥 마는 둥하고 밖으로
나갔다. 엘리베이터의 버튼을 마구 눌러대던 그녀는 울음 섞인
희원의 부름에 놀란 눈으로 열린 현관문을 돌아보았다. 초아의
손길을 피하며 그녀에게로 뛰어드는 아이의 작은 몸을 희서는
꼭 껴안아주었다.

"우아앙. 엄마, 나도 데리고 가. 나도 엄마랑 같이 갈래."

희원의 눈물이 희서의 옷깃을 축축하게 적시고 있었다. 그녀
의 눈에서도 저절로 물방울이 떨어졌다.

"미안, 희원아. 엄마가 정말 미안해."

끝없이 이어지는 그녀의 사과와 다독임에 희원의 흐느낌이
조금씩 잦아들었다. 하지만 그에 비례해서 그녀의 가슴속 아픔
은 점점 커져만 갔다. 엘리베이터가 멈춰 서는 신호음이 들리
고, 열린 문틈으로 환한 빛이 비춰들었다. 동시에 그녀의 가방
에서 울리기 시작하는 벨소리가 희서의 젖은 머리 속을 단번에
건조시켜 버렸다.

그녀는 희원을 떼어 초아에게로 안겨주었다. 자신에게 오고
자 발버둥 치는 아이를 외면하며 엘리베이터에 오른 희서는 단
호하게 문을 닫아버렸다. 그사이로 스며드는 희원의 울음소리

에 그녀는 살점이 뜯겨져 나가는 고통을 느꼈다. 깨문 입술에서 비릿한 피 맛이 느껴졌다. 볼을 타고 흘러내린 눈물이 말라 그녀의 목덜미에 차가움을 선사해 주고 있었다.

당장이라도 다시 돌아가 희원을 밤새도록 품에 안고 위로해 주고 싶었다. 하지만 그녀가 망설이는 동안 엘리베이터는 일층에서 멈춰 섰고, 희서는 밀쳐지듯 그곳에서 내려설 수밖에 없었다. 발목에 추를 단 듯 무거운 발걸음을 옮겨 밖으로 나간 그녀의 시야에 눈에 익은 검은 차가 들어왔다. 원인 모를 불길함이 고스란히 맞아떨어지고 있었다. 홀로 가슴을 쓸어 내린 희서는 차에서 내려서는 기태를 바라보았다. 그의 차가운 눈빛 앞에서, 흔들리던 그녀의 감정도 점점 제자리를 찾아갔다.

"여긴 어떻게 알았죠? 이젠 내 뒷조사까지 하나요?"

그녀의 날카로운 물음에도 눈썹 하나 까딱하지 않는 그의 지독한 침착함에 울화가 치밀어 올랐다. 모든 게 그의 탓인데, 정작 원인을 제공한 본인은 아무렇지도 않은 듯 보여 부당하다는 생각마저 들었다. 그녀는 억지로 숨을 고르며 조수석에 올랐다.

"오 분 내로 내려오지 않았다면 내가 올라갔을지도 몰라."

운전대를 잡으며 그가 내뱉은 말에 희서의 심장이 바닥까지 추락하는 듯하였다. 만약 그녀가 조금이라도 지체를 하여, 그가 엘리베이터를 타고 올라왔더라면. 생각만 해도 끔찍한 일이었다. 하얗게 질린 그녀의 얼굴을 돌아본 기태의 미간이 슬쩍 찌푸려졌다.

"울었나?"

그의 반대 방향으로 고개를 튼 희서는 엉망이 되었을 얼굴을 손등으로 훔쳐 냈다. 낮은 한숨에 이어 그에게서 조금은 지친 듯한 음성이 흘러나왔다.

"나 역시 네 개인사에 관여하고 싶은 생각없어. 그러니까 멋대로 행동하지 마라."

"멋대로 행동하지 않을 테니까 내 뒤를 캐는 짓 따윈 그만둬요."

"네가 내 시야 안에서 벗어나지만 않는다면."

서혁과 이언, 그리고 희원에게까지 신경을 썼더니 하루가 무척이나 길었다. 더 이상 말싸움할 기운도 없이 지쳐 버린 희서는 기태가 덧붙인 조건에도 토를 달지 않았다. 그저 그녀는 눈을 감은 채 그대로 시트에 뒷머리를 기대고 있을 뿐이었다. 예전에도 느꼈지만, 그는 운전을 참 잘한다. 덕분에 별다른 불편함 없이 그녀는 잠깐 눈을 붙일 수 있었다.

딸깍 하는 소리에 정신을 차렸을 때는 기태가 길가에 차를 세우고 내려선 후였다. 희서는 차를 돌아 편의점으로 들어가는 그의 모습을 물끄러미 바라보았다. 마주하는 순간마다 차가운 칼날로 그녀의 가슴에 생채기를 남기는 사람이건만, 그 뒷모습은 칠 년 전과 닮아 있었다. 아니, 복장만 달라졌을 뿐 걸음걸이며 고개의 기울어짐이 너무 똑같다. 지금처럼 이제 잡을 수 없는 과거의 흔적이 언뜻언뜻 보일 적마다 가슴이 아리다.

그녀의 애잔해진 시야 속에 그가 계산을 마치고 편의점을 나오는 모양이 들어왔다. 기태가 자신을 보기 전에, 희서는 고개를 정면으로 돌려 그를 외면했다.

운전석에 앉은 그는 봉지에 든 물건을 뒷좌석에 거의 던지다시피 놓곤 시동을 걸었다. 무엇인지 묻진 않았지만, 코끝에 전해지는 냄새와 형체로 보아 그것이 도시락이라는 것을 희서는 대충 눈치챌 수 있었다.

"며칠 동안 가평댁 아주머니 안 계실 거야. 바깥양반이 다쳐서 입원을 했다는군."

그녀의 표정에서 의아함을 읽은 것인지 기태가 간단한 답변을 해주었다. 아침까지만 해도 아무 말이 없었는데, 아마도 오후에 일이 터진 모양이다. 가평댁의 사람 좋은 얼굴이 떠올라 희서의 마음이 무거워졌다. 그녀는 운전을 하는 기태의 옆얼굴을 힐끗 돌아보았다. 약간 마른 듯한 뺨에 드리워진 그늘이 희서의 마음을 불편하게 만들었다.

"아직 식사도 안 한 거예요?"

지나가는 말처럼 그녀가 묻자, 기태의 눈빛이 닿았다 금세 떨어졌다.

"넌?"

이렇게 그가 물어줄 줄은 정말 몰랐다. 당황한 나머지 눈만 멀뚱멀뚱 뜨고 있던 희서는 그제야 깨달았다. 그가 이 인분의 도시락을 구입했음을. 순간 무엇이 목구멍에 콱 걸린 것 같았지

만, 그녀는 헛기침으로 그것을 밀어내며 작은 목소리로 대답했
다.

"아뇨, 아직."

왠지 먹었다고, 그러니까 당신 혼자 먹으라고 냉랭하게 대답
할 수가 없었다. 그들 사이에 어색한 침묵이 드리워지자, 기태
는 카오디오의 재생 버튼을 눌렀다. 잔잔한 음악이 흘러나오는
순간 희서는 참았던 숨을 깊게 내쉬며 다시 차창으로 고개를 돌
렸다.

의미없는 행동이었을 것이라, 도시락 하나를 더 구매한 것에
어떤 마음이 담긴 것은 아닐 것이라 자신을 다잡으며. 오래전
그를 위해 정성껏 도시락을 준비했던 자신의 마음과 같지 않을
것이라 여기며.

재원의 선언에 환호성을 지르는 다른 직원들과 달리 희서는
온몸에 힘이 쭈욱 빠져, 들고 있던 서류철을 떨어뜨리고 말았
다. 귓가에 혜경과 지문의 들뜬 음성이 연이어 들려왔다.

"이야! 우리 실장님 정말 수완 좋으시다니까. 어떻게 그 대단
한 '우진'과 용역 계약을 따내셨어요? 혹시나 했는데."

"글쎄 말야. 우진에 대단한 빽이라도 심어두신 거예요?"

계속되는 직원들의 추켜세움에 으쓱하는 표정을 짓던 재원의

시선이 멍하니 선 희서를 향했다. 그는 삼삼오오 짝을 지어 이 야기를 하고 있는 다른 이들을 피해 그녀에게로 다가와 팔을 툭 쳤다.

"잠깐 이야기 좀 할까?"

회의실로 들어간 두 사람은 동그란 탁자를 사이에 두고 앉았 다. 그녀를 관찰하는 듯한 재원의 시선이 계속 이어졌다.

"내가 너무 예민하게 생각하는 건지 모르겠지만, 지금 너 많 이 불편해 보인다. 혹 너희 집안 문제 때문에 그러니? 그래서 우 진의 일을 하기도, 기태 형 보기도 거북한 거야?"

부정할 수가 없어, 희서는 그저 재원을 외면할 따름이었다. 그녀의 침묵을 긍정으로 이해한 재원에게서 한탄 섞인 깨달음 의 목소리가 흘러나왔다.

"그렇구나. 난 그냥 일이니까, 네가 이해해 줄 줄 알았어. 사 실 우진백화점 정도면 놓치기 아까운 조건이잖아."

"물론이죠. 괜히 나 때문에 신경 쓰지 마세요, 괜찮으니까."

애써 아무렇지도 않은 듯 내뱉은 그녀의 대답에 재원은 가슴 을 쓸어 내리며 눈에 띄게 안도하는 표정을 지었다.

"그래, 네가 그렇게 말해 주니까 고맙네. 야, 솔직히 기태 형 이 거기 사장으로 있으니까 이렇게 쉽게 일을 따낸 거지. 그 형 아니었으면 꿈도 못 꿨을 거야."

"네."

기태의 이야기가 나오자 또다시 고개를 숙이고 마는 희서에게로, 재원의 호기심 가득한 물음이 날아들었다.

"그런데 기태 형이 어떻게 우진 박 회장의 눈에 들었을까? 소리 소문 없이 증발했던 사람이 칠 년 후, 우진의 사장이 되어서 나타났으니. 도무지 알 수가 없단 말이야."

딱히 희서의 대답을 기대하지 않은 듯 재원은 계속 말을 이었다.

"기태 형을 마지막으로 본 게 아마 졸업을 앞둔 1월이었지 싶다. 그 후로 건축과 '강기태'가 어디론가 사라져 행방이 묘연하다더라, 심지어 죽었다더라 등등 괴소문이 나돌더니, 그 형 봤다는 사람이 아무도 없더라구. 설마 졸업식에는 오겠지 싶었는데, 역시 나타나지 않았어. 그래서 그냥 잊고 살았었는데, 얼마 전에 우연히 신문 기사를 읽고 우진의 CEO 강기태가 그 강기태인 줄 알았지. 얼마나 놀랐는지 몰라. 죽었다고만 생각했던 사람이 살아 있다니. 아! 희서 넌 이런 사실, 모르겠구나. 그때쯤 너 유학 준비한다고 학교에 거의 안 나왔잖아."

다리 위에 가지런히 놓인 희서의 손이 부들부들 떨렸다. 가슴에 스며드는 불길함을 억누르며 그녀는 천천히 고개를 들어 재원의 눈길을 붙잡았다.

"그런데 사실 좀 이상하긴 했어. 죽었다면 친한 친구들이라도 문상을 가야 정상일 텐데, 이런저런 말도 없었으니까. 훗. 그럼 너도 기태 형 살아 있는 거 보고 처음에 무지하게 놀랐겠다?"

기계적으로 고개를 끄덕이는 희서의 머리 속에서 기태의 죽음을 알려주는 아버지의 냉랭한 표정이 떠올랐다. 갑자기 현기증을 느낀 그녀는 의자의 손잡이를 잡으며 자세를 바로 하려 노력했다.

"에이, 과정이야 어찌 되었든 아는 사람이 잘되어 있으면 좋은 거지 뭐. 안 그래?"

그 후로도 재원의 말은 한참을 계속 이어졌지만, 희서는 집중해서 들어줄 수가 없었다. 막연한 두려움이 조금씩 현실화되어, 그녀가 지금껏 견고하다 믿었던 사방의 벽들을 뒤흔들어댔다. 휘청이는 시야를 견디지 못한 희서는 그만 눈을 감아 그것을 외면해 버렸다.

간간이 준경과 주혁의 짧은 대화가 침묵의 사이로 비집고 나오긴 했지만, 네 사람 사이에는 여전히 불편하고 조용한 공기만 감돌았다. 기태와 서혁은 식사가 시작되기 전, 악수를 나누고 서로의 간단한 안부를 물은 것 이외엔 서로 시선도 마주치지 않고 있었다. 그사이에서 안절부절못하는 것은 준경 그녀 자신뿐이었다.

"채서혁, 너 정말 많이 변했다? 내가 알던 그 노랑머리 날라리는 어디로 가버린 거야?"

장난스레 건넨 말에도, 서혁은 별다른 대꾸 없이 음식만 묵묵히 씹고 있을 따름이었다. 당혹스러움에 기태를 바라보았지만, 그 역시 그녀를 외면한 채 어떤 생각에 사로잡혀 있는 듯 보였다. 이번에는 주혁조차 별다른 대꾸를 하지 않았다.

대학 동창인 서혁과 연인인 기태가 오너와 주주로서가 아니라, 그저 박준경이란 여자를 아는 남자들로서 친분을 쌓기를 바라고 만든 자리였다. 그러나 처음부터 서로를 대놓고 무시하던 그들은 실수로라도 다가서는 것을 거부하고 있었다. 그것이 의아한 준경이었다. 지금의 우진과 서림은 먹고 먹히는 관계가 아니라, 공생 관계로 나아가고 있는데 두 사람이 저토록 적대감을 쌓아가는 이유가 무엇인가 싶었다.

"기태 씨, 서혁이한테 뭐 할 말 없어요? 서혁이 넌?"

답답한 마음에 직접적인 물음을 띄워보았지만, 그저 고개를 한 번 들었다 이내 접시로 박고 마는 남자들이었다. 그녀가 다시 입을 열려는데, 기태가 앉은 방향에서 희미한 음악 소리가 들렸다. 그는 시선을 내리깐 채 안주머니에서 휴대폰을 꺼내 들었다. 거의 '어', '그래'만을 반복하던 기태가 짧디짧은 통화를 끝내고 다시 나이프를 집어 드는 찰나, 준경은 참을 수 없는 호기심으로 물었다.

"누구예요? 누군데 전화를 그렇게 받아요?"

그녀를 힐끗 바라본 기태는 지금까지 꾹 다물고 있던 입을 열어 의외로 순순히 대답을 했다.

"이번에 디스플레이 계약을 한 업체 책임자야."

“그래요? 그런 건 디자인실에서 알아서 하는 줄 알았는데?”

그녀의 물음에 기태의 입가에 비스듬한 미소가 어렸다. 그의 시선이 살짝 서혁에게 닿았다 떨어졌다.

“〈가시〉라고 대학 선배가 운영하는, 신생이지만 괜찮은 업체가 있어.”

그러자 식사 내내 고개를 떨구고 있던 서혁이 일그러진 표정으로 기태를 응시했다. 이글거리는 시선을 느낀 기태 역시 다시 서혁에게로 고개를 돌렸고, 두 사람의 안광이 뒤섞여 식탁 위로 묘한 긴장감을 조성했다.

“채서혁, 너 왜 그래?”

아무리 봐도 오늘 이 모습은 그녀가 아는 서혁이 아니다. 준경은 죽일 듯 기태를 노려보고 있는 서혁을 낮은 목소리로 불렀다. 당황한 그녀의 눈빛 위로 주혁의 호기심 어린 시선이 따라붙고 있었다.

“준경아, 너 나한테 누나 있는 거 알지?”

기태에게 시선을 고정한 채로, 서혁이 대뜸 물었다. 떨떠름한 표정으로 기억을 되새겨 보던 준경은 맞은편의 주혁을 바라보며 고개를 끄덕였다.

“어, 어……”

“참 우연도 이런 우연이 있냐? 우리 누나가 하필이면 〈가시〉의 디스플레이 디자이너로 일하고 있거든.”

“그래?”

“혹시 벌써 본 건 아닌지 모르겠다, 채희서라고. 무지하게 예쁜 여자 있어.”

‘채희서’란 이름이 귀에 익은 건 아마도 서혁이나 매스컴을 통해 접해서일 것이다. 준경은 기태가 아닌 자신에게 이런 말을 하는 서혁이 이상스러워 슬쩍 미간을 찌푸렸다. 서로를 노려보느라 기태와 서혁이 그녀의 표정을 관찰할 겨를이 없는 것이 다행이다 싶었다.

“그래서 걱정이다. 누가 우리 누나 집적댈까 봐.”

말하는 내용은 장난 같은데, 표정은 진지하기 짝이 없으니 도무지 서혁의 심중을 알 수가 없었다. 그녀가 어떻게 반응해야 좋을지 몰라 미적대고 있는 사이, 다행히도 서혁은 기태를 향해 말머리를 틀었다.

“설마, 강 사장님은 믿어도 되겠지요?”

서혁의 미소에 기태도 천천히 미소로써 화답을 해주었다. 그러나 이렇다 할 대답은 하지 않은 채, 그는 와인 글라스를 입술로 가져갔다. 핏빛 액체를 들이키는 기태의 시선은 여전히 폭발할 듯한 기운을 내뿜고 있는 서혁에게로 머물고 있었다.

도저히 근접할 수 없는 분위기에 준경은 주춤하며 맞은편의 주혁을 바라보았다. 서혁과 기태 사이를 바쁘게 오가던 남자의 눈길이 이제는 식탁 위에 온전히 멈춰 있었다. 주혁의 입가에 맺힌 옅은 미소가 왠지 섬뜩하게 느껴지는 준경이었다.

몇 가지 찬거리를 사서 빌라로 향하는 희서의 표정은 어둡기 짝이 없었다. 재원의 말이 신경 쓰이는 건 둘째치고, 퇴근 후 들른 어린이집에서 친구들에게 놀림을 당하던 희원의 모습이 계속 떠올라 마음이 쓰리고 아팠다.

“엄마! 왜 난 아빠가 없어? 어? 테니스 아저씨보고 그냥 아빠 해달라고 그럼 안 돼? 나 테니스 아저씨 좋단 말이야. 테니스 아저씨 보고 싶단 말이야!”

흠뻑 젖은 얼굴로 투정을 부리던 아들이었다. 그리고 그런 희원을 그저 안아주는 것 이외엔 해줄 게 없는 그녀였다. 희서의 침묵을 안 된다는 뜻으로 받아들인 것인지, 희원은 그녀의 포옹을 거칠게 뿌리치며 어린이집 안으로 들어가 버렸다. 그리고 그녀가 그곳을 떠나올 때까지 말을 하려고도, 들으려고도 하지 않았다. 착한 아이였지만, 한번 고집을 부리면 말릴 수 없음을 알기에 희서는 초아에게 희원을 부탁하고 그대로 돌아서야만 했다.

어느새 도착을 알리는 엘리베이터에서 내려서는 희서의 움직임에, 손에 든 검은 봉지가 사그락거렸다. 주머니에서 키를 꺼내 도어락에 갖다 대는 일이 낯설기만 한 그녀는 문이 달칵 소리를 내며 열리자, 주춤 뒤로 물러났다. 그러나 그 순간적인 놀라움보다 더욱 그녀를 당혹스럽게 만든 것은, 인기척이 없으리라 생각했던 집 안 가득 풍기고 있는 음식 냄새였다.

"기태니?"

만면에 웃음을 띠며 현관으로 나오는 이는, 세월에 바래긴 했지만 분명 기태의 어머니 김영옥이었다. 마치 굳어버린 것처럼 자리에서 움직이지 못하던 희서의 떨리는 시선과 영옥의 화등 잔만해진 눈동자가 부딪쳤다.

"너…… 네가 왜 여기 있는 거니?"

믿을 수 없다는 듯한 물음은 딱히 그녀를 향해서가 아니었다. 거의 혼잣말처럼 중얼거리던 영옥은 떨리는 입술을 추스르지도 못한 채 희서에게로 서서히 다가왔다.

"아, 안녕하셨어요?"

고개를 숙이고 나서 다시 들었을 때, 영옥과의 거리는 아주 가까워져 있었다. 불쾌함을 가득 담은 상대의 눈동자가 그녀를 샅샅이 훑어 내리고, 종래에는 손에 든 봉지에 가서 머물렀다.

"오실 줄 모르고……."

희서의 말이 채 끝나기도 전에, 밀쳐 내는 영옥의 투박한 손에 의해 그녀가 준비한 저녁 찬거리가 툭 떨어졌다. 순두부와 조갯살을 담은 봉지가 터져 현관을 흉하게 물들이는 몰골을 희서는 가만히 내려다보았다.

"돌아가거라!"

언제나 웃으며 그녀를 반겨주던 영옥이었는데, 칠 년이라는 세월은 그들의 관계마저 뒤바꾸어 놓고 말았다. 장을 보는 동안 기태의 식성을 기억하며 잠시 동안이라도 행복할 수 있었는데, 그녀를 반기는 현실은 이렇듯 냉정하고 참혹하기 짝이 없었다. 엉망으로 일그러진 순두부가 마치 그녀의 지금 기분을 대변해 주고 있는 듯하였다.

표정을 드러내지 않으려 노력하며 희서는 자리에서 천천히 몸을 기울여 조갯살을 봉지에 쓸어 담기 시작했다. 그녀의 머리 위로 한겨울 서리 같은 영옥의 음성이 날아들었다.

"이미 너랑 기태는 끝난 인연 아니더냐? 내 아들 앞길 가로막 으려고 또 나타났니?"

어떻게 말할 수 있을까. 무슨 변명을 해야 할까.

머리 속이 비워져 버린 듯 아무런 생각도 나질 않았다. 조개 를 담고 있던 물이 손을 얼려 버릴 듯 차갑게 다가왔지만, 희서 는 어떤 감각도 느낄 수가 없었다.

"기태, 이제 네가 쉽게 손댈 수 있는 사람이 아니다."

영옥의 차가운 말은 희서의 온몸을 사정없이 할퀴고 지나갔 다. 그녀는 부질없게도 들고 있는 봉지를 꽉 움켜쥐었다.

"잘 가렴."

열린 현관문 사이로 짙은 어둠이 그녀를 집어삼킬 듯 밀려왔 다. 차가운 공기가 피부 위로 확 끼얹어짐을 느꼈을 때는 이미 자신이 쫓기다시피 밖으로 나왔다는 것을 희서는 깨달았다. 복 도가 울리도록 닫히는 문과 거세게 돌아가는 잠금 장치에 그녀 는 피식 웃으며 딱딱한 벽에 등을 기댔다. 갑자기 불어닥친 폭풍을 견디고 나자, 다리에 힘이 빠져 버린 희서는 스르륵 그 자리에 주저앉아 버리고 말았다. 춥고, 두렵고, 그리고 우습지만 배가 고팠다.

이 상황에서 자신을 건져 줄 단 한 사람, 그가 오길 기다리며 희서는 가방에서 지갑을 꺼내 들었다. 그들의 추억이 담긴 단 하나의 사진, 그것이 꽂혀 있던 자리는 칠 년이 지난 지금도 여전히 비워져 있었다. 불현듯 그가 보고 싶은데, 얼굴이 기억나지 않아 답답하고 화가 났다. 두 팔에 얼굴을 묻은 채로 희서는 경복궁에서 찍은 사진 속에 자리했던 그의 표정과 자세를 떠올리기 위해 노력했다.

그녀의 시야 안에서 그때 그 사진 속 기태의 모습이 오버랩되어 떠올랐다. 그러나 초점을 되찾았을 때 보이는 건 텅 빈 지갑 뿐이었다. 되돌릴 수 없다는 것을 알기에 밀려드는 서글픔을 누르며 희서는 그것을 조용히 덮었다.

못 견디게 시리던 엉덩이는 이제 아무런 감각도 없어졌다. 요동을 치던 뱃속도 잠잠해졌다. 두 무릎 사이에 얼굴을 묻고 있던 희서는 시간이 가져다 준 그 변화에 단순한 기쁨을 느끼며 미소를 지었다.

얼마 후 엘리베이터가 멈춰 서는 소리에 천천히 고개를 든 희서는 어둠을 뚫고 그 속에서 나온 남자를 볼 수 있었다.

"저쪽의 동향을 수시로 알아보고 보고하도록 해."

가라앉은 목소리로 누군가와 통화를 하고 있던 기태는 그녀의 모습을 발견하고는 걸음을 늦추었다.

"나중에 통화하지."

그녀에게서 시선을 떼지 않으며 그는 휴대폰을 품속으로 밀어 넣었다. 그의 얼굴에서 발치께로 고개를 떨어뜨린 희서는 자신에게로 점차 다가오는 검은 구두를 보며 깊디깊은 수치심을 느꼈다. 마침내 그녀 바로 앞에서 발소리가 멈췄다. 머리 위에서 짓눌린 음성이 들려왔다.

"여기서 뭘 하고 있는 거지?"

눈물이 터져 나올 것 같았지만 희서는 꾹 눌러 참으며 벽에 등을 기댄 채로 스르륵 일어났다. 놀랍게도 그의 숨결이 가까이서 너무도 따스하게 느껴져 위안이 되었다. 잠재되어 있던 서러움이 복받쳐 올랐다. 그녀는 고개를 돌렸다. 그를 보고 싶지 않았다. 그의 어머니와 똑같은 감정을 그의 눈에서도 읽는다면 더는 참아내지 못할 것 같았다.

하지만 그녀의 외면에도 기태는 자리를 묵묵히 지킬 뿐이었다. 그는 미처 희서가 거부하기 전에, 가느다란 손목을 휘어잡았다. 그 바람에 들고 있던 봉지가 떨어졌지만, 이번엔 그것을 다시 담을 여력조차 없는 희서였다.

"왜 이래요! 이거 놔요!"

그녀의 뿌리침에도 아랑곳없이 벨을 누르는 그의 손길은 단호했다. 영옥의 반기는 듯한 음성에 기태는 잔뜩 굳은 입매로 자신의 존재를 알렸다. 절대 열리지 않을 것 같이 굳건해 보였던 문이 열리자, 희서는 그에게 이끌려 안으로 들어서야 했다.

반가움으로 일렁이던 영옥의 눈빛이 기태의 뒤에서 모습을 드러낸 희서를 보자마자 순식간에 움직임을 멈췄다.

"넌!"

"어머니, 연락도 없이 웬일이세요?"

우연의 일치이겠지만, 더욱 힘을 주어 그녀를 잡아주는 기태가 고마웠다. 희서는 영옥의 적의에 찬 시선을 피해 그의 등 뒤로 숨고 싶은 것을 참으며 눈길을 아래로 두었다.

"왜, 내가 연락했으면 저 애 어디로 숨기려고 그랬니?"

"그런 거 아닙니다."

한숨 섞인 대답을 내뱉은 기태는 그녀를 향해 약간 고개를 돌려 따뜻하진 않지만 차갑지도 않은 명령조의 말을 건넸다.

"넌 방으로 들어가 있어."

그럼에도 불구하고 선뜻 움직일 수 없는 희서에게 영옥의 날이 선 음성이 날아들었다.

"그만 돌아가거라."

"어머니!"

기태의 언성이 약간 높아지자 한 걸음 물러나 서 있던 희서도, 다가서던 영옥도 어깨를 움찔하며 자리를 지켰다. 그 틈에 그는 희서를 잡아끌어 성큼성큼 거실을 가로지르기 시작했다. 팔이 빠지는 듯한 통증은 뒤에서 노려보는 영옥의 시선이 주는 아픔에 비하면 참을 수 있었다.

그에 의해 밀리듯 방으로 들어선 희서는 그대로 등을 보인 채 서서 움직이지 못했다. 문이 닫히기 전, 뒤에서 기태의 짧은 속삭임이 들려왔다.

"당분간 나오지 마."

잠금 장치가 눌려져서인지 문 닫히는 소리가 유난히 크게 느껴졌다. 어두운 방 안에 홀로 남겨지자 희서는 안도감 때문인지 서글픔 때문인지 모를 깊은 한숨을 내쉬며, 자리에 스르륵 주저앉고 말았다. 그와 맞닿았던 손이 땀으로 축축하게 젖어 있음을 느낀 그녀는 그것을 바지에 닦아냈다.

우습게도 이제야 조금은 알 수 있을 것 같다. 칠 년 전, 아버지로 인해 아팠을 그의 심정을, 그가 어떤 마음으로 그녀를 떠나려 했었는지를.

그녀는 재회 이후 처음 원망이 아닌 이해의 시선으로 그를 바라보고 있었다. 그렇게 한참을 멍하니 생각에 잠겨 있던 그녀의 의식이 다시 현실로 돌아왔을 때도, 바깥의 소음은 여전히 계속되고 있었다. 낮은 기태의 음성은 간간이 들리는 반면 영옥의 고음은 끊임없이 이어졌다. 귀를 틀어막고 싶었지만 그럴 수가 없었다. 신경을 과도하게 쓰면 늘 그렇듯 속이 쓰려와, 그저 손으로 윗배를 부여잡고 있을 뿐이었다. 아픔을 참기 위해 몸을 앞뒤로 흔들어대던 희서는 쿵쾅거리는 발소리가 문 앞에서 멈추고, 문고리가 들썩이는 것에 놀란 나머지 굳어지고 말았다.

"이 문 좀 열어보거라."

영옥의 냉랭한 명령에 희서는 복통조차 잊은 채 자리에서 주춤주춤 일어섰다. 자신을 미워하는 영옥을 마주하고서 아파하고 싶진 않지만, 여기 숨어 있기만 하는 것도 너무 비겁하게 느껴져 희서에게 다음 행동을 하게 부추겼다.

그녀는 깊은 한숨을 내쉬며 천천히 문고리로 손을 가져갔다. 그녀의 손목이 돌아가자마자 튕기듯 문이 열렸다. 그곳에는 몸부림을 치는 영옥과 그녀를 뒤에서 붙잡고 있는 기태가 있었다. 갑작스런 희서의 등장에 기태와 영옥의 움직임이 멎어졌다. 애써 초연한 표정으로 희서는 그들 모자로 인해 괴로운 자신의 심경을 담은 물음을 던졌다.

"제가 어떻게 해드리면 될까요?"

"뻔뻔스럽기 짝이 없구나."

이를 갈듯 말을 내뱉은 영옥은 그녀를 가느다랗게 뜬눈으로 노려보았다.

"너 때문에, 널 그토록 귀히 여겼던 네 아버지로 인해 내 아들이 하마터면 죽을 뻔했다. 그런데 어찌……."

"어머니!"

기태의 제지에도 영옥은 되레 팔을 뿌리치며, 희서에게로 다가섰다. 희서의 가슴이 영옥의 떨리는 눈꺼풀보다 잦게 벌렁거려 댔다.

"이제야 자리 잡고 잘살려는 아이 앞에 왜 나타나? 왜! 이제 아비 죽고, 집안 기울고 나니까 기태가 아쉽더냐?"

뺨이라도 맞은 듯 얼굴이 화끈거려 왔다. 바싹바싹 마르는 입술을 침으로 적시며 희서는 묻고 말았다.

"아버지 때문이라뇨?"

그 순간 마치 솟아오르듯 영옥의 뒤에서 나온 기태가 그녀의 손목을 잡아챘다. 헝겊 인형처럼 그에 의해 이끌려 도망치듯 집을 나서던 희서의 귓가에는 더 이상 영옥의 고함 소리가 들리지 않았다. 그저 '네 아버지 때문에' 라는 말만이 되풀이되어 머리 속을 맴돌 뿐이었다.

갑자기 고개가 뒤로 홱 꺾이는 느낌에 주위를 둘러본 희서는 차창을 통해 투영된 야경의 불빛들과 그것을 받아 일렁이는 기태의 옆모습을 발견했다. 그제야 그녀는 자신이 그의 차 운전석에 앉아 있다는 것을 깨달았다.

"이렇게 나와 버리면 어떻게 해요? 다시 돌아가요."

"그럼? 거기서 네가 원하는 답을 얻을 수 있을 것 같나?"

날카로운 그의 되물음은 희서의 입을 한동안 막아버렸다. 순간적으로 화가 치밀어 올랐지만 그녀는 날카로운 반박 대신, 주먹을 꽉 쥐어 손바닥에 손톱을 박아 넣으며 그를 외면했다. 그들 사이에 익숙한 침묵이 흘렀다. 따스한 히터가 긴장으로 인해 얼었던 몸을 녹여준 것인지 점점 졸음이 밀려왔다. 기태와의 재회 이후 그의 곁에서 이런 편안함을 느끼긴 처음이었다. 나른함을 이기지 못한 그녀는 딱딱한 보호막을 잠시 벗어던지고 차츰 잠 속으로 빠져들었다.

“이봐, 일어나.”

커다란 손이 어깨를 흔들어대는 통에 눈꺼풀을 들어 올린 그녀는 주위가 암흑인 것에 놀라 몸을 곧추세웠다. 차의 움직임이 온전히 멈춘 것도 느끼지 못할 정도로 잠에 취해 있었던 모양이다.

“여기가 어디죠?”

보이지 않는 세상과 앞으로 일어날 일에 대한 두려움으로 희서의 목소리가 떨려 나왔다.

“양수리의 별장이야. 내려.”

그녀의 대답을 기다리지 않고 기태는 먼저 내렸다. 그라는 사람도 두려웠지만, 어둠으로 둘러싸인 차 안에 홀로 남겨지는 것은 더 싫었다. 희서는 잠시 망설이다가 더듬더듬 문을 열고 밖으로 나갔다. 조심스레 발을 내디디는 그녀의 어깨 위로 털썩 팔 하나가 얹어졌다. 흠칫 놀란 것도 잠시, 그것이 그녀에게 길을 인도해 주기 위한 그 나름대로의 배려임을 안 희서는 가만히 기태를 따랐다.

“계단이야. 조심해서 디뎌.”

나무토막 같은 어조였지만, 그녀를 잡은 팔에 힘을 주며 기태가 알려주었다. 보이지 않는 곳에서 고개를 끄덕이던 희서는 열쇠가 덜그럭거리는 소리에 이어 삐그덕 나무 문이 열리는 소리와 스위치가 눌려지는 소리를 들을 수 있었다. 어둡던 그녀의 시야가 곧 환해지면서 하얀 천이 곳곳에 드리워진 별장 내부의 광경이 드러났다. 그리고 곧 한 치의 망설임도 없이 그녀에게서 떨어지는 기태의 몸짓이 느껴졌다. 한줄기 서운함을 물리치며 희서는 그를 따라 안으로 들어섰다.

미니 바로 다가간 그는 잔에 술을 따르려다, 그녀를 흘끔 바라보았다.

"한잔하겠어?"

술을 잘하진 못하지만 지금은 알코올이 필요할 듯싶었다. 희서는 고개를 끄덕이고는 그의 시선을 비껴 싸늘한 공기를 내뿜는 내부를 둘러보았다. 그리고 다시 정면의 거대한 벽난로로 눈빛을 두었을 때, 마침 호박색의 액체를 담은 잔이 탁자 위로 내려앉았다. 넥타이의 조임을 느슨하게 한 기태는 그녀에게서 등을 돌려 통유리로 이루어진 전망 창으로 다가갔다. 그곳에 기대어 선 그가 술잔을 입술로 가져가는 모양을 따라 희서도 독한 술을 한 모금 들이켰다. 목구멍을 찌르르 파고드는 통증에 이어 온몸에 따스한 기운이 화악 퍼져 갔다.

"그렇게 상처 입은 듯한 표정 짓지 마라."

시리도록 차가운 말이 다시금 희서에게 한기를 안겨주었다. 잔을 든 손에 힘을 주며 희서는 그를 노려보았다. 그녀의 눈빛을 유리를 통해 바라보던 기태는 천천히 돌아서며 다시 한 번 분명하게 말했다.

"아팠던 건 너뿐만이 아니니까."

이제는 익숙한 공격적인 어조에 희서는 더욱 고개를 치켜들며 말을 받았다.

"도대체 당신이 상처 입은 건 뭐죠? 내 아버지가 뭘 그렇게 당신들에게 피해를 주었나요? 나와 헤어지라고 종용한 것? 그건 미안하다고 당시에 내가 대신 사과했었잖아! 지금 와서 왜 이래? 다 지난 일이잖아!"

격해진 감정을 추스를 수 없어 고함을 내지르던 희서는 기태의 더 더욱 차가워지는 표정 앞에 입술을 깨물었다. 그녀에게 시선을 고정한 채 그는 남은 위스키를 깨끗이 입속으로 털어 넣었다. 그리고 빈 잔을 탁 소리가 나도록 벽난로 위에 내려놓은 후 그녀에게로 천천히 다가왔다. 그의 묵직한 발소리에 희서의 심장이 걷잡을 수 없이 뛰었다.

"세상엔 말이다, 아무리 시간이 지나도 잊혀질 수 없는 것들이 있어."

그녀의 바로 앞까지 걸어온 기태는 알 수 없는 말을 중얼거리더니 양복 윗도리를 벗어 소파로 던졌다. 검은색 와이셔츠의 단추를 하나하나 풀어내며 그는 그녀를 태워 버릴 듯 열기 어린 눈동자로 바라보았다.

"무, 무슨 짓이에요."

몸을 움츠리며 소파 등받이로 물러나는 그녀를 보면서도 기태는 표정 하나 바꾸지 않았다. 그의 긴 손가락에 의해 와이셔츠가 바닥으로 떨어져 내리자, 잘 발달된 상체가 드러났다. 차가운 대기 중에서도 당당함을 잃지 않는 그의 아름다운 나신을

보고 있노라니 상황에 걸맞지 않게 희서의 입술이 바싹바싹 말
라왔다. 그의 몸을 하릴없이 훑던 그녀는 한참 후에도 아무런
행위를 취하지 않은 채 서 있기만 하는 기태의 태도에 의아함을
느끼고는 고개를 쳐들었다. 그러자 마치 기다렸다는 듯 기태는
입가를 기울여 미소를 짓고는 천천히 뒤돌아섰다. 밝은 조명 아
래 너른 어깨와 매끈한 등 근육이 드러났다. 앞모습만큼 완연한
아름다움을 기대했던 희서의 눈이 놀라움으로 인해 점차 커다
랗게 확대되었다. 터져 나오려는 비명을 손으로 눌러 막으며,
희서는 목덜미에서부터 혁대 아래까지 비스듬히 이어지는 움푹
들어간 상처 자국을 살폈다. 한눈에도 예사롭지 않은 거대한 사
고의 흔적이었다.

"이 상처가 어디까지 이어지는지 알아?"

그가 겪었을 엄청난 고통이 희서의 온몸을 저릿하게 만들었
다. 그가 보지 못함을 뻔히 알면서도 그녀는 고개를 설레설레
내저었다.

"정확히 내 몸을 둘로 나누어 버릴 뻔한 이 끔찍한 흉터는 왼
쪽 무릎 뒤까지 이어져."

스스로의 물음에 대한 답을 어렵사리 내뱉은 기태는 다시 그
녀에게로 몸을 돌렸다. 조금 전과 달리 그는 미소 짓고 있지 않
았다. 그녀를 집어삼킬 듯 응시하던 그는 결연한 어조로 뇌까렸
다.

"이 상처가 존재하는 한, 난 잊을 수가 없다."

가슴이 털썩 내려앉는 것만 같았다. 묻고 싶은 말이 많은데, 무슨 말이라도 해야 하는데 도저히 목소리가 나오질 않았다. 그저 입술만 벙긋거리던 그녀는 기태의 다음 말이 이어지는 순간 세상이 무너지는 듯한 느낌에 그대로 주저앉고 말았다.

"네 아버지에 의해 세상의 뒤안길로 사라져 버릴 뻔한 그날 일을."

충격으로 인해 덜덜 떠는 그녀와 달리 기태는 무표정한 얼굴로 와이셔츠를 집어 들어 입기 시작했다. 그를 향하는 그녀의 시선에는 아무것도 담겨 있지 않았다. 마치 생기없는 구슬처럼 그것은 조명 아래 번뜩일 뿐이었다.

"말해 줘요."

겉옷까지 모두 챙겨 입은 기태에게서 마치 갑옷으로 무장한 전사와 같은 비장함이 흘렀다. 그녀의 부탁에도 외려 돌아서 창가로 향하는 그를 희서는 애원 어린 어조로 붙잡았다.

"이야기해 줘요."

"왜? 왜 내가 널 납득시켜야 하지?"

"나도 알 권리가 있어! 이런 식으로 아무것도 모른 채 당신에게 이끌려 다니는 것도 지긋지긋하다고!"

파르르 떨며 자리에서 일어나는 그녀에게 무미건조한 눈빛이 와 닿았다가 떨어졌다. 창가를 향해 옆모습을 보이고 서 있던 그가 마침내 절대 열릴 것 같지 않았던 입술을 떼었다.

"좋아, 하지만 이후 아파하는 건 네 몫이야."

그의 낮고 억양없는 음성이 희서를 과거의 미로 속으로 잡아
끌었다.

✳

벌써 몇 시간 전 잠을 깨었지만, 이제는 일어나 떠나야 하지
만 여자의 고운 얼굴 선에서 눈을 떼기란 쉬운 일이 아니었다.
그는 지금 태어나 처음으로 자신이 이루어야 할 목표 앞에서 흔
들리고 있었다. 희서의 곁에 있고 싶다는 열망이 그가 각고의
노력으로 준비해 온 시험을 치러야 한다는 목적 의식을 집어삼
키려 들고 있었다. 왠지 이대로 그녀의 곁을 떠나고 나면, 다시
는 돌아올 수 없을 것 같은 불안감이 스멀스멀 피어올랐다. 근
래에 누렸던 행복감을 이제 다시는 만끽할 수 없을 것만 같았
다.

하지만 기태는 언제나처럼 자신의 본능을 누르고 자리에서
몸을 일으켰다. 새벽녘 미리 써두었던 쪽지를 베개 위에 올려둔
채 일어서던 그는 슬쩍 허리를 숙여 희서의 이마에 입을 맞추었
다.

<금방 돌아올게. 여기서 기다려 줘.>

아쉬움에 금방 몸을 일으키지 못하던 그는 한숨을 애써 삼키

며 결국 그녀에게서 돌아섰다. 그녀를 온전히 마음속에서 몰아
내지 못한다면, 이제 다시는 보내지 않을 것이다. 자존심 때문
에 애써 자신을 비하하며 아닌 척하기도 힘이 들었다. 그녀의
진실된 마음과 눈빛 앞에서 가면을 쓰고 있는 자신이 몹쓸 사람
으로 느껴졌다.

"자네가 원하는 게 내 딸인가, 아니면 내 돈인가?"

운전석의 문을 열고, 시동을 걸던 그의 귓전에 냉랭한 채 사
장의 물음이 울려 퍼졌다. 그녀에 대한 사랑만으로 앞으로 나가
기엔 장애물들이 너무도 많았다. 애써 생각을 비워내려 고개를
저으며 기태는 핸들을 돌려 차를 출발시켰다. 눈길 위를 천천히
달리던 그는 또다시 눈발이 흩날리기 시작하자 와이퍼를 작동
시켰다. 흐릿한 그의 시야 속으로 정면에서 다가오는 검은 차의
형상이 보였다. 속도를 늦추어 옆으로 비켜나려던 기태는 상대
방 운전자가 좁은 길을 완전히 막아서는 바람에 브레이크를 밟
으며 멈춰 서야 했다. 눈살을 찌푸리며 안전벨트를 풀어낸 그는
문을 열고 얼어서 단단해진 길 위로 내려섰다.
그러자 기다렸다는 듯 고급 세단에서 덩치 좋은 남자 세 명이
나와 그의 앞에 버티고 섰다. 검은 양복과 검은 구두를 착용한
이들에게서 어렴풋한 살기가 뿜어져 나왔다.
"당신들, 뭐지?"

날카로운 그의 물음을 깨끗이 무시하며, 그들은 우두머리로 보이는 자의 지시에 따라 기태를 에워쌌다. 미처 방어할 사이도 없이 주먹과 발, 심지어는 묵직한 물체까지 이용해 그의 온몸을 가격해 댔다. 허우적거리며 팔을 내밀어보았지만 그 혼자서는 역부족이었다. 엄청난 고통 속에서도 그는 길의 끝에 위치한 목장을 물끄러미 올려다보았다.

바보 같은 저 여자, 내가 오지 않으면 끝까지 기다릴 텐데. 여기서 이렇게 쓰러지면 안 되는데.

스스로에게 다짐을 하듯 중얼거리면서도 기태는 자리에 털썩 무릎을 꿇을 수밖에 없었다. 정신을 잃지 않으려고 노력해 보았지만, 머리 속이 몽롱해져 와 더는 버티기가 힘들었다. 눈밭에 그의 뺨이 닿으려던 찰나, 세단에서 중키의 남자가 내려섰다. 눈에 익은 실루엣은 기태가 의식의 끈을 놓을 수 없게 만들었다.

"그만들 둬. 죽이라는 게 아니잖아. 시험만 보지 못하게 만들면 돼."

털썩.

퉁퉁 부은 눈을 제대로 뜨기도 힘들었지만, 기태는 확신할 수 있었다. 그는 다름 아닌 채신호 사장, 희서의 아버지라는 것을. 어둡고 짙은 수면 속으로 가라앉기 전, 기태의 입가에 씁쓸한 미소가 한 자락 맺혔다.

온몸이 쑤시고 아렸다. 기태는 묵직한 눈꺼풀을 억지로 들어 올려 익숙한 방 안의 전경을 둘러보았다. 뻣뻣한 고개를 돌린 그는 곁에서 쪼그리고 잠이 든 어머니를 향해 손을 뻗었다. 그러다 영옥의 손목과 목덜미에 붙은 하얀색 파스를 발견한 그의 눈매가 매서워졌다. 어머니를 살며시 흔들어 깨우는 그의 손가락이 주체할 수 없이 떨리고 있었다.

흠칫 놀라며 몸을 일으킨 영옥은 그를 향해 반색을 하며 다가앉았다.

"이제 정신이 좀 드냐?"

"또 무슨 일 있었어요?"

꺼칠한 목소리가 흘러나왔다. 그의 얼굴을 하염없이 매만지던 어머니는 얼굴을 잔뜩 일그러뜨리며 고개를 돌렸다. 마치 울음을 애써 참으려는 것처럼. 불길함으로 인해 어깨를 떨며 기태는 욱신거리는 육신을 바로 세웠다. 어금니를 꽉 깨문 그는 잠시 어머니의 대답을 기다렸다.

"벌써 이십 년간이나 그 자리에서 장사를 했는데, 이제 와 나가라는구나. 신축 건물이 들어선다고 하더라. 그 구석진 곳에 무슨 백화점을 짓는다고……."

"뭐라고요?"

"도대체 왜 이런 불행한 일들만 연이어 생기는 건지 모르겠다."

다시 그의 얼굴로 영옥의 쓰다듬는 손길이 올라오기 전에 기태는 자리를 박차고 일어섰다. 맞은 자리들이 군데군데에서 아우성을 질러댔지만, 그는 집을 나오자마자 미친 듯이 뛰었다. 이 일의 뒤에 누가 있는 것인지 본능이 알려주고 있었다. 거의 눈이 뒤집힌 상태로 택시를 잡아타고 서림백화점 앞에 이른 그는, 경비원들의 제지를 받으면서도 막무가내로 사장실로의 진입을 시도했다.

"젠장, 이거 안 놔? 놔!"

계속되는 소란에 사태가 쉽사리 진압되지 않을 것임을 깨달은 모양인지 직원 하나가 사장실로 전화를 넣었고, 마침내 기태는 사람들의 호기심 가득한 시선을 받으며 직원 전용 엘리베이터에 오르게 되었다.

그의 허름한 복장 위로 비서들의 무시하는 듯한 눈초리가 느껴졌다. 시큰둥하게 문을 열어주는 여비서를 차갑게 내려다보며 기태는 사장실 안으로 들어섰다. 커다란 의자에 앉아 있는 채 사장의 체구가 오늘따라 더 왜소하게 느껴졌다.

"무슨 일이지? 돈이라면 지난번 거절한 걸로 아는데? 왜? 마음이 바뀌었나?"

"제 어머니는 괴롭히지 마십시오."

"자네가 결심만 굳혀주면 돼. 그럼 건축사로서 자네 앞길도 뚫어줄뿐더러, 어머니의 사업 또한 적극 지원하도록 하지."

"누구의 도움을 받아 성공하고플 정도로 한심한 놈 아닙니다."

잇새로 흘러나온 음성이 채 사장에 대한 증오심으로 잘게 떨려 나왔다. 자신이 오래도록 준비해 온 목표를 일순 무너뜨린 대관령에서의 일을 여전히 아픈 몸이 명확히 인식하고 있었다.

이렇게까지 해가면서 그녀의 곁에서 그를 떼어놓으려 하는 것으로 보아 채 사장은 쉽사리 마음을 바꿀 성싶지 않았다. 자신과 어머니가 상처 입은 것으로도 모자라 나중엔 희서까지 아프고 힘들게 될 것이다.

대관령에서의 약속이 여전히 머리 속에 명확히 남아 있는데 그녀를 떠날 결심을 하는 자신이 나쁜 놈처럼 여겨졌다. 하지만 채 사장에게 뭔가를 얻어내기 위해서 그녀를 포기하는 것이 아니었다. 그녀를 위해 떠나는 것이다. 세상 무엇과도 바꿀 수 없는 소중한 '사랑'을 그에게 가르쳐 준 여자였다. 그것이면 충분했다.

기태는 메인 목을 헛기침으로 억누르며 지금까지 조금씩 심지를 굳혀가던 한마디를 내뱉었다.

"희서랑…… 헤어지겠습니다."

다시는 그녀를 마음속에서 내보내지 않을 것이라 다짐했건만, 이제는 정말 그녀를 영원히 보내야 할 것 같았다. 그를 위해서, 그리고 어머니를 위해서. 눈앞에 앉은 비틀린 부정(父情)을 가진 남자를 위해서. 그리고 자신과 아버지 사이에서 더 이상 상처 입지 않았으면 하는 그녀를 위해서.

밝게 웃는 희서의 얼굴이, 그를 따스하게 맞아주던 그녀의 체온이 떠올라 기태의 눈시울을 뜨거워졌다.

미안하다, 희서야. 미안해.

그는 자신의 감정에 빠져 있느라 채 사장의 사무실을 나오면서 스쳐 가듯 마주친 박 회장을 기억하지 못했다. 그 짧은 순간 그를 명확히 인지한 박 회장과는 달리.

채 사장에게서 어머니가 계속 포장마차를 하실 수 있도록 단단히 약속을 받아낸 기태는 대신 그의 제안대로 잠시라도 서울을 뜰 결심을 했다. 멀면 멀수록 좋다는 채 사장의 의견을 십분 반영해 그는 목적지를 부산으로 잡았다. 떠나고 싶지도, 서두르고 싶지도 않은 그의 심정을 아는 것일까. 고속도로가 유난히 막히는 주말이었다.

어쩔 수 없이 국도를 선택한 기태는 부산으로 내려가는 그 길 위에서 그는 몇 번이나 핸들을 꺾을 뻔하였다. 이별의 순간 마주했던 그녀의 초췌한 얼굴이, 그 고통스러운 표정이 너무도 생생하게 떠올라 마구 기태를 흔들어댔다.

그렇게 그녀와 마주 앉아 있다가는 또다시 흔들릴 것 같아 애써 모질게 대했는데, 그것이 후회되고 또 후회되는 기태였다. 그에게 없는 따뜻한 마음과 미소, 그리고 사랑을 가진 그녀였기에 처음부터 속절없이 이끌려 들었는데, 이별을 질질 끌다가는 또다시 잡고 싶어질까 봐 두려웠다. 그 순간 그녀에게 미안하면서도 또 미웠다. 왜 그렇게 착하고, 왜 그렇게 따스한 것인지,

왜 그렇게 자신과 같은 보잘것없는 놈을 사랑해 주는 것인지.

"사랑해요."

진실된 그녀의 고백에도 그는 끝까지 응답해 주지 못했다.

온전히 그녀만 바라볼 수 있으면 좋겠지만, 그에겐 미래도 어머니도 그녀 못지않게 중요했다. 그녀처럼 사랑을 위해 모든 것을 버릴 수는 없었다. 그녀의 사랑에 비하면 자신의 사랑은 정말 하찮게 느껴졌다. 그래서 말할 수조차 없었다. 사랑한다고, 이렇게 떠날 수밖에 없지만 널 정말 사랑한다고.

"가지 마요."

처절하게 울고 있는 그녀의 눈물이 느껴졌다. 쓰라린 고통 위로 공허함의 바람이 스쳐 갔다. 가녀린 손가락이 그의 심장을 붙잡고 놓아주지 않았다. 그는 그녀의 곁에 자신의 심장을 놓아둔 채 그렇게 자리를 도망치듯 벗어나야만 했다.

"선배 이렇게 가버리면, 나 죽어. 죽어버릴래!"

마지막 희서의 절규가 바람 사이로 울려 퍼졌다. 눈시울이 뜨거워져 왔다. 손의 떨림이 고스란히 핸들로 전해져 차체를 휘청이게 만들었다.

빵빵!

뒷차에서 들려오는 날카로운 클랙슨 소리에 그는 번뜩 정신을 차렸다. 바로 앞에 급커브길이 나타나고 있는데, 뒤차는 위험하게도 추월을 시도하려 하고 있었다. 위협적으로 비상등을 감빡거리며.

게다가 바로 앞에선 승합차의 거대한 그림자가 전력을 다해 그에게 다가오고 있었다. 중앙선을 위태롭게 침범해 대며 맞은편 운전자는 마치 작정을 한 사람처럼 그에게로 달려들었다. 사면초가. 앞과 뒤에서 낯선 차들이 자신을 몰아붙이는 이 상황이 마치 조작된 함정 같다는 생각을 하면서도 어찌할 길이 없는 기태는 핸들을 홱 틀었다.

"아악!"

그의 처절한 비명은 알루미늄 펜스를 뚫고 아래로 아래로 침몰해 가는 차체에 묻혀 더 이상 울려 퍼지지 못했다. 거대한 파열음이 들리고, 온몸이 쪼개지는 듯한 고통이 밀려들었다. 정신을 잃기 전 그의 시야에 희서의 얼굴이 선명하게 그려졌다. 그녀의 눈에서 흘러내린 붉은 눈물이 그의 온몸을 적셔들고 있었다.

"난 선배 얻기 위해서라면 뭐든지 다 버릴 수 있는데."

"채희서. 넌 버려도 뭔가 남는 게 있지만, 난 아냐. 나란 놈은 가진 게 거의 없어서 다 버려야 돼."

아니, 희서야. 내가 잘못 생각했어. 네가 없으면 다른 게 다 있어도 소용없는데, 그걸 지키자고 소중한 널 버리다니. 이제야 깨달은 날 용서해. 후…… 나 두렵다. 널 위해 내 모든 걸 버릴 수 있는 기회가 다시 오지 않을까 봐. 이것이 마지막이 될까 봐.

차갑게 식어가는 그의 체온 위로 마지막 뜨거운 눈물이 흘러내렸다.

　　　　　　　　　　　　＊

　그날의 일을 떠올리면 이렇게 온몸이 저리도록 아픈 건, 육신의 흉터 때문인지 마음의 상처 때문인지 모르겠다. 말을 마친 기태는 숨을 고른 뒤 사고 이후의 상황에 대해서도 이야기를 풀어냈다.

　"하지만 천운인지 난 살아남았다. 망가진 몸을 이끌고 다시 널 찾았을 때 넌 이미 떠난 후였어. 절망감으로 방황하던 내게 우진 박 회장과의 우연한 만남이 찾아왔지. 그의 힘을 빌어 난 그날 사고가 말 그대로 사고가 아니었음을 알게 되었다. 그건 네 아버지 채신호 사장에 의해 철저하게 계획된 잔혹한 살인극이었지. 혹시나 하는 가능성까지 확실히 배제시키기 위한. 이제 뭔가 윤곽이 잡히나?"

　가슴이 너무 아파서 숨을 쉴 수가 없었다. 가쁜 숨을 몰아쉬며 희서는 심장 부근을 손바닥으로 누르고 또 눌렀다.

　설마 하니 아버지가 그런 잔혹한 짓까지 하셨을 리가 없다. 그가 뭔가 잘못 알고 있는 것이 틀림없다. 그녀의 고개가 미약하게 저어졌다. 흔들리고 있는 세상의 중심에서 홀로 꼿꼿이 선 냉혹한 남자의 다음 말이 들려왔다.

　"믿지 못하겠나? 그렇다면 네 아버지에게 고용되었던 자와의 일 대 일 대면을 주선할 수도 있어."

　그의 지독한 철저함을 잠시 잠깐 망각하고 있었다. 현기증으로 인해 눈을 질끈 감은 희서는 그동안만이라도 현실을 잊어보고자 하였다. 하지만 기태는 그녀를 그렇게 가만히 내버려 두고 싶지 않은 듯싶었다.

　"왜 아무 말이 없지? 내가 네 아버지를 죽음으로 몰아넣었다고 원망하지 않았나? 그럼 날 살해하려 했던 네 아버지는 면죄받을 수 있다고 생각해?"

　"그만, 그만 해요!"

　고문과도 같은 그의 물음에 희서는 귀를 틀어막으며 소리치고 말았다. 슬픔보다는 놀라움과 두려움, 그리고 믿었던 것들에 대한 불신이 그녀를 괴롭혔다. 그와 재회했던 그 순간부터 그녀를 둘러싼 세상이 조금씩 파괴되어 이젠 완전히 와해되고 있는 듯한 기분이 들었다.

　어느새 곁으로 다가온 그가 거친 손길로 귀를 틀어막는 그녀의 손목을 낚아챘다. 물기 어린 희서의 눈동자와 화기 어린 기태의 눈동자가 팽팽하게 대립되었다.

　"뭘 그만 해! 네가 알고자 자청했잖아! 듣는 것만으로도 고통스럽나? 그렇다면 그 모든 일의 중심에서 난 어땠을 거라고 생각하지? 네 곁에 있다는 이유만으로 온갖 천대를 받고, 죽을 고비까지 넘겨야 했어. 망가진 육신은 그래도 참을 수 있었어. 하지만 믿었던 너까지 돌아섰을 때 난 마음까지 잃었다. 산산조각 나 버렸어."

고통의 감정이 역력히 드러난 그의 눈빛은 희서의 마지막 남아 있던 방어벽까지 단번에 무너뜨렸다. 그로 인해 홀로 아파했던 하지만 희원으로 인해 버틸 수 있었던 나날들이 떠올라 희서의 음성이 절로 떨려 나왔다.

"그땐 정말 어쩔 수가 없었어요."

그가 알아주었으면 싶었다. 그가 아파했던 만큼 그녀도 아팠음을. 그가 죽었다는 소식을 듣는 그 순간 그녀의 심장도 함께 죽어버렸음을. 그래서 이선우라는 남자가 세상을 등지는 순간까지 마음에 담을 수 없었음을.

"그만 해."

그녀의 팔을 쳐내며 그가 다시 일어났다. 분노로 들썩이는 어깨가 희서의 가슴에 풍랑이 되어 다가왔다. 증오뿐이던 그녀의 마음속에 그를 향한 연민과 미안함의 감정이 뒤섞여 거대한 폭풍으로 번져 갔다.

"나에겐 선택권이 없었어요."

희원을 법의 테두리 안에 살게 하기 위해서, 그땐 아버지의 제안이 가장 그럴듯하게 들렸었다. 기태가 없는 세상에서 희서가 삶을 영위할 수 있는 가장 큰 목적은 희원뿐이었기에, 아들을 위해서라면 위장 결혼 따위는 아무것도 아니라고 생각했다.

"그런다고 해서 이제 와 변하는 건 없으니까."

그녀를 바라보지도 않으며 기태가 웅얼거렸다. 그는 마치 자신만의 성에 갇힌 채 스스로를 다스리려 노력하는 것처럼 보였다. 그에게로 팔을 뻗고 싶었다. 그 속에서 휘몰아치고 있는 증오의 감정을 씻어내 주고 싶었다. 하지만 그녀가 자신의 감정을 행동으로 표출하기도 전에, 기태는 저만치 떨어져 섰다.

"당분간 여기서 지내도록 해. 차는 언제든 쓸 수 있게 준비해 두지."

어느덧 그의 목소리는 평소와 같은 침착함의 냉막을 쓴 채 단조롭게 흘러나오고 있었다. 하지만 희서는 그와 같은 평정을 되찾을 수가 없었다. 그녀는 덩그렇게 벽난로에 기대어 서 있는 기태의 곁으로 다가갔다. 망설이면 또다시 기회를 놓치게 될까 봐 평소보다 외려 보폭을 넓게 하며.

"할 말이 있어요."

어긋나 버린 건 그녀와 그의 관계지, 그와 희원이 아니다. 아버지로 인해 그가 고통받은 세월을 모두 보상할 수는 없겠지만, 희원으로 인해 기태가 조금이라도 예전의 모습을 되찾았으면 싶었다. 그를 증오하려 노력했던 순간조차 저버리지 못했던 열망이 점점 더 커져 가고 있었다. 너무도 닮은 두 사람의 모습을 이젠 더 이상 떼어서 생각할 수가 없었다.

그의 고개가 그녀를 향해 비틀어졌다. 그 메마른 눈빛 속에는 의문도, 호기심도 깃들어 있지 않았다. 깊은 숨을 몰아쉰 희서는 그의 뇌리에 자신의 진심이 새겨지기를 바라며 다시 한 번 또박또박 말을 내뱉었다.

"꼭 들어줘야 해요."

그녀의 눈동자를 한참 동안 붙잡고 놓아주지 않던 그가 마침 내 할 말이 있으면 해보라는 듯 몸을 돌렸다. 그러나 희서는 미약하게 고개를 저으며 말을 이었다.

"여기서는 못해요."

그렇게 쉽게 말로 털어놓을 수 있는 성질의 것이 아니었다. 눈으로 직접 보아도 어쩌면 기태는 희원의 존재를 부정할지 모른다. 아무리 두 사람이 판에 박힌 듯 닮았다 해도 복수에 눈이 먼 그는 알아채지 못할지도 모른다. 하지만 이제는 더 이상 피하고 싶지 않다. 그에 대한 증오와 두려움으로 도망만 치기에, 기태가 안은 상처는 너무도 아프게 희서에게 와 닿았다. 그와의 관계가 예전처럼 될 것이라고는 바라지도 않았다. 그저 그가 희원으로 인해 조금이라도 마음의 앙금을 풀어냈으면 싶었다. 그것이 희서가 바라는 전부였다.

"내일 점심 시간에 회사 근처의 공원으로 갈게요."

결연한 어조에 기태는 슬쩍 미간을 찌푸리더니, 가만히 팔짱을 끼며 탐색하듯 그녀를 내려다보았다.

"무슨 일이기에 이러는 거지?"

"이야긴 그때 할게요."

그녀의 간절함이 통한 모양인지 다행히도 기태는 이렇다 할 반박이나 거절의 의사를 내비치지 않았다. 아무 말이 없던 그는 흘끔 벽시계를 바라보더니 이내 현관을 향해 발길을 틀었다.

"늦었는데…… 가려구요?"

낯선 곳에 홀로 남겨진다는 두려움 탓이라고 믿고 싶었다. 희서는 왠지 모를 아쉬움을 속으로 밀어 넣은 채 그에게로 성큼 다가서며 묻고 말았다. 문고리에 손을 올려놓은 기태의 입매가 약간 일그러진 듯 보였다.

"새삼 나에 대한 증오가 동정으로 바뀌기라도 한 건가? 훗, 하지만 달라질 건 아무것도 없어."

삐딱하게 그녀의 말을 받아들인 기태는 대답을 기다리지도 않고 문을 열었다. 그의 굳건한 뒷모습에다 대고 희서는 꼭 해야만 할 것 같은 한마디를 중얼거렸다.

"미, 미안해요."

내 아버지의 욕심으로 인해 당신의 인생을 어긋나게 만들어서. 아니, 애초에 내가 당신을 사랑해서.

그의 어깨가 미약하게나마 움찔하는 듯 보였으나, 어쩌면 그녀의 바람이 시각에 착각을 일으킨 것일지도 모른다. 그것은 일말의 머뭇거림도 없이 문 사이로 몸을 밀어 넣는 기태의 다음 동작으로 인해 확신으로 이어졌다.

집 안을 가득 메운 냉풍으로 인해서인지, 외로움과 두려움 때문인지 희서의 몸이 부르르 떨렸다. 탁 하고 현관문이 닫히기 전, 바람에 실려 익숙한 목소리가 들려왔다.

"내일 아침 일찍 윤 기사 보낼게."

억양없는 음성이었지만, 그것에 최소한 냉기는 깃들어 있지 않았다. 듣고도 자신의 귀를 믿지 못하던 희서는 홀로 커다란 집 안에 남겨지자 자리에 천천히 주저앉고 말았다. 긴장이 풀리자 온몸에 짙은 피로가 밀려들었다. 두 무릎 사이에 얼굴을 묻고 한참을 앉아 있던 희서는 후들거리는 무릎을 겨우 움직여 소파로 가서 누웠다.

기태가 했던 말들이 자꾸만 머리 속을 맴도는 가운데서도 견딜 수 없을 정도로 짙은 졸음이 쏟아졌다. 자신의 결정이 성급하지 않았는지 과연 잘하는 짓인지 지금은 확신할 수 없지만, 내일이 되면 모든 것은 명확해질 것이다. 희서는 그렇게 자위하며 스스로를 복잡한 생각의 구렁텅이에서 건져 냈다.

가설이 사실로 확인되는 순간, 주혁의 입가에 만족 어린 미소가 맺혔다. 수화기를 통해 한참 동안 상대방의 음성을 듣고만 있던 그는, 통화를 끝낸 후 자리에서 벌떡 몸을 일으켰다. 정말이지 오랜만에 치솟는 흥분으로 인해 가만히 앉아 있을 수가 없었다.

그가 오랜 세월 숙원했던 일들이 갑작스런 숙부의 죽음과 망나니 서혁이 제정신을 찾는 바람에 모두 어긋나 버리는 줄 알고 얼마나 조바심을 냈는지 모른다. 게다가 결정적으로 강 사장 그 작자가 서혁에게 칼을 쥐어줄 줄 누가 알았겠는가. 기태는 기다려 보라고 했지만, 주혁은 그 차가운 남자를 믿을 수가 없었다.

자신을 이용할 땐 언제고 무 자르듯 잘라내 버린 사람이었다. 그를 바라보고 있느니 주혁은 지금껏 그래 왔던 것처럼 스스로 자신의 길을 개척하는 편을 택했다.

지금껏 그의 인생은 각고의 노력에 비해 언제나 약소한 결과뿐이었다. 하지만 이번엔 달랐다. 혹시나 하는 의문에서 시작한 조사는 얼마 지나지 않아 엄청난 월척을 건져 올렸다. 그것은 한꺼번에 두 가지 목적을 모두 이룰 수 있는 열쇠가 되어줄 희소식이었다. 자신을 함부로 취급한 강기태를 무너뜨리는 동시에 그토록 바랐던 서림의 경영권을 장악할 수 있는.

앞으로의 행로에 대해 나름대로 생각 정리를 마친 그는 서성이던 걸음을 멈추었다. 정확한 일의 순서가 정해지자 망설일 것이 없어진 주혁은 전화기를 향해 다급히 손길을 뻗었다.

"지금 당장 우진그룹 기획실의 박준경 씨와 연락을 취해봐. 그래. 약혼자와 관련된 일로 내가 만나고 싶다고 전해."

수화기를 내려놓은 그는 부모님이 돌아가시기 전의 어린 시절 이후로 처음, 소리 내어 웃음을 터뜨렸다. 왠지 모든 것이 잘될 것 같은 예감은 채주혁 그를 아이처럼 들뜨게 만들었다.

바쁜 와중에 걸려온 짜증스러울 정도로 사무적인 어조의 전화에는 거절할 수 없는 필연성 같은 것이 부여되어 있었다. 귀찮음으로 인해 표정을 찌푸리면서도 그녀는 어쩔 수 없이 주혁과의 약속을 잡았다. 자신에게 있어서 중요하지 않은 사람들과

읽히는 것을 싫어하는 준경으로서는 참으로 아이러니한 일이 아닐 수 없었다. 그리고 그녀는 여느 때와 달리 약속 시간 이 분 전, 만남 장소에 도착했다. 늘 한 시간 이상씩 늦기 일쑤인 그녀의 평소 행동을 생각한다면 정말 엄청난 일이 아닐 수 없었다. 그건 그만큼 준경의 마음이 급하다는 증거였다.

"일찍 왔군요."

뛰어나게 잘생기진 않았지만, 깔끔한 인상의 주혁이 그녀의 앞에 서 있었다. 서혁의 친구인 그녀에게도 주혁은 깎듯이 존대를 해주었다. 하지만 그것이 존중받는다는 느낌보다 왠지 불편하기만 한 준경이었다. 그녀는 고개를 끄덕해 보이고는 빨리 이야기를 마쳤으면 싶은 마음에서 힐끗 손목시계를 들여다보았다. 그녀의 그 동작에 주혁의 입가가 슬쩍 기울어지는 것을 준경은 눈치채지 못했다.

"약혼 준비는 잘되어가나요?"

뜬금없는 주혁의 물음에, 준경은 서혁과의 지난번 식사 자리에서 자신이 기태와 곧 약혼할 것이라는 뉘앙스를 풍겼던 것을 기억해 내고는 순간 당혹스러움을 드러내고 말았다. 실상 아직은 그들 사이에서 그런 말들이 본격적으로 오가지 않고 있었던 것이다. 그러나 곧 표정을 정리한 그녀는 조마조마한 속내를 숨기기 위해 불쾌하다는 눈빛으로 주혁을 쏘아보았다.

"기껏 그런 걸 물어보기 위해 만나자고 한 건가요?"

"아니, 난 그냥 걱정이 되어서 말이죠."

"채 이사님! 바쁘신 분인 줄 알았는데, 남의 약혼식이나 걱정하고 있을 정도로 한가하신가 봐요. 그런데 이걸 어쩌죠? 전 지금 이런 대화를 나누고 있을 정도로 여유롭지 못하거든요. 그럼 이만."

한시라도 지체하고 싶지 않다는 생각만으로 그녀는 자리를 박차고 일어났다. 하지만 다음 순간, 걸어나가려는 그녀의 어깨를 묵직한 음성이 눌러와 준경은 멈춰 설 수밖에 없었다.

"박준경 씨!"

안경 아래 형형한 눈빛을 드러내고 있는 채주혁은 조금 전의 그와는 전혀 다른 분위기를 물씬 풍기고 있었다.

"당신, 약혼자에 대해 얼마나 알고 있지?"

"당신보단 많이 알고 있으니까 관심 꺼주시죠."

"그렇다면 당신은 정말 대단한 이해심의 소유자로군."

이죽거리는 듯한 말투가 그녀의 말초신경을 톡톡 건드렸다. 저도 모르게 뒤돌아 나가려는 걸음을 돌려 의자에 스르륵 주저앉은 준경은 가느다랗게 뜬 눈으로 주혁을 응시했다. 그의 눈빛에서 일렁이고 있는 그림자가 기분 나쁘게 숨통을 조여왔다.

"알아듣기 쉽게 말해요. 무슨 말이죠?"

평소보다 더욱 격앙된 목소리가 흘러나왔다. 그녀의 물음이 떨어지고도 한참이 지난 후에야 주혁은 천천히 입술을 움직였다.

"다른 여자와 동거까지 하고 있는 남자를, 누구나 아무렇지도 않게 받아들일 수 있는 건 아니죠."

"뭐, 뭐라구요? 무슨 근거로 그런 말을 지껄이는 거예요, 지금!"

믿고 싶지 않은 마음은 날카로운 고함으로 이어졌다. 앉은 자리에서 흥분을 감추지 못하는 그녀를 향해 주혁은 여전히 침착한 표정으로 웃음마저 띤 채 대답했다.

"더구나 그 여자가 과거에 사랑했던 여인이라면? 당신은 거의 성녀의 반열에 오른 건가요?"

심술궂은 장난으로 치부하기엔 주혁의 눈빛에 깃든 감정이 너무도 위험하게 다가왔다. 그를 향해 몸을 바싹 당겨 앉으며 준경은 바싹 말라 버린 목구멍으로 겨우 물음을 띄워낼 수 있었다.

"사실인가요? 확실한 거예요?"

"그와의 관계가 존속되길 원한다면 믿는 게 좋을 거예요."

치미는 분노와 질투의 감정으로 거의 제정신을 차릴 수가 없을 지경이었다. 얼굴 근육이 제멋대로 뒤틀리는 것이 느껴졌다.

"그리고 하나 더."

"이번엔 또 뭐죠?"

정말이지 이제 그만 이 자리를 벗어나고 싶었다. 상처 입은 자존심이 날뛰는 것을 스스로도 제어하기가 힘이 들었다.

"그도 아직 모르고 있는 비밀이 하나 있어요. 아마 강 사장이 이 사실을 알면 한바탕 폭풍이 일 겁니다."

목덜미에 섬뜩한 한기가 와 닿았다. 준경은 힘들게 침을 삼키며 부질없는 되물음을 던졌다.

"비밀…… 이라뇨?"

"그전에 당신에게 약속을 받아야겠어요. 아니, 일종의 거래라고 칩시다."

초조함으로 그녀는 입술이 바싹바싹 말라가는데, 이 남자는 하필이면 지금 이 순간 협상을 하려 들고 있었다. 짜증스러웠지만 어쩔 수 없는 심정으로 준경은 대답했다.

"원하는 게 뭐죠?"

"서림의 경영권."

그제야 그의 눈 속에서 그동안 일렁이던 빛이 권력욕에 기인한 것이었음을 깨닫는 준경이었다. 어차피 복잡한 회사 일에는 흥미가 없는 그녀였기에, 모든 것은 아버지가 알아서 처리해 주실 것임을 믿어 의심치 않았다. 별다른 생각 없이 준경은 잽싸게 고개를 끄덕였다. 그녀의 고운 이마에 주름이 맺혔다.

"이제 얘기해 봐요. 그녀는 누구죠? 그리고 그녀가 숨기고 있는 비밀이란 게 뭐죠?"

"어지간히 급한 모양이군."

"뜸들이지 말고 어서 얘기하라고요!"

그녀의 재촉에 주혁은 의미심장한 미소를 머금었다. 그는 마치 이 상황을 즐기고 있는 듯 보였다. 참다못한 준경이 다시금 새된 목소리를 내려는데, 주혁의 속삭임과 같은 대답이 들려왔다.

"그녀는…… 당신도 알고 있는 사람이에요."

갑작스런 충격으로 인해 띵해지는 머리를 부여잡으며, 준경은 의자의 등받이에 털썩 몸을 기댔다. 무너지는 그녀를 보면서도 주혁은 다음 말을 멈추지 않았다. 그의 얼굴에는 잔혹한 만족감마저 어려 있었다.

베이지 빛 코트에 짙은 색 목도리를 둘둘 만 짧은 머리의 여자가 무대 위를 왔다 갔다 하는 광경을 준경을 잡아 죽일 듯 노려보았다. 왠지 눈에 익다 싶었는데, 아니나 다를까 몇 번 기태와 마주친 적이 있는 얼굴이었다.

"우리 누나가 하필이면 〈가시〉의 디스플레이 디자이너로 일하고 있거든. 혹시 벌써 본 건 아닌지 모르겠다. 채희서라고. 무지하게 예쁜 여자 있어. 그래서 걱정이다. 누가 우리 누나 집적댈까 봐. 설마, 강 사장님은 믿어도 되겠지요?"

장난처럼 흘려들었던 서혁의 말들이 이제야 귓속으로 쏙쏙 들어왔다. 준경은 주먹을 틀어쥐며 서혁의 누나이자 기태의 연인인 희서에게로 천천히 다가갔다. 천천히 숨을 고른 그녀는 굳은 입매에 미소를 그려 넣기 위해 노력했다.

"안녕하세요?"

동료와 함께 무대를 꾸미고 있던 희서는 허리를 펴며 자신을 돌아보았다. 가까이서 자세히 본 희서는 스물일곱 살이라는 나이에 걸맞지 않게도 앳된 외모를 소유하고 있었다. 슬쩍 미간을 찌푸리는 모양이 아마도 자신과 얽힌 좋지 않았던 기억들을 떠올리는 모양이다. 그러나 우려와 달리 희서는 별다른 내색 없이 동료에게 양해를 구한 후 준경에게로 걸어왔다.

"무슨 일이시죠?"

"지난번엔 죄송했어요. 제가 못되게 굴어서 기분 상하셨죠?"

"아니, 다 잊었어요. 설마 그날 일을 사과하려고 온 건가요?"

깍듯하긴 하지만 더 이상 얽히고 싶지 않다는 의도가 분명히 묻어나는 말투였다. 하지만 준경은 희서가 도망칠 구멍을 주지 않겠다는 생각으로 더욱 생글거리며 다가섰다.

"저 서혁이 친구예요. 말 놓으세요."

희서의 얼굴에 의심이 떠올랐다가 사라지는 것을 놓치지 않은 준경은 계속 말을 이었다.

"서혁이랑 저랑 고등학교, 대학교 동창이에요. 누나가 여기서 일한다고 서혁이가 그래서 기태 씨 만나러 온 김에 한번 들러본 건데, 불편하세요?"

"아니, 그저…… 지금은 작업 중이라 짬이 안 나서 그래요."

생각 외로 순진한 여자였다. 준경의 표정 연기에 속아 넘어가 이제는 미안함 어린 눈빛으로 어쩔 줄을 모르고 있는 모양이 마치 사춘기 소녀 같은 느낌을 주는 여자였다. 못마땅함으로 삐죽대는 입술을 말아 넣으며 준경은 웃는 낯으로 손을 내밀었다.

"참, 인사가 늦었죠? 박준경이라고 해요."

"채희서예요."

바깥 공기에 내내 노출되어 있었음에도 마주 잡은 희서의 손바닥을 통해 기분 좋은 온기가 전해져 왔다. 차가운 방어벽이 무너질까 두려워진 준경은 서둘러 손을 빼냈다. 오늘은 이쯤 해두자고, 비교적 잘 참았다고 스스로를 위안하며 그녀는 돌아서려 하였다. 그러나 희미하게 들려온 벨소리에 희서가 양해를 구하며 휴대폰을 받았고, 통화가 끝날 때까지 준경은 꼼짝없이 자리를 지켜야만 했다. 조금 전 죽을힘을 다해 쌓은 신뢰 어린 이미지를 망칠 수는 없었기에.

바쁘게 움직이고 있는 디스플레이어들을 멀거니 바라보고 서 있던 준경의 귓가에 희서의 조근조근한 말소리가 들려왔다.

"그래, 초아야. 응, 점심 시간 맞춰서 희원이 좀 데리고 회사로 와줄래? 로비에서 기다리고 있을게. ……나도 쉽게 결정한 거 아냐. 내내 생각했었어, 이제 피하지 않을래."

핸드백을 든 손에 힘을 주며 준경은 희서를 향해 돌아섰다. 전화를 받고 있는 여자의 옆모습을 그녀는 뚫어지게 바라보았다. 설마 하는 심정으로, 아니었으면 하는 바람을 담아.

"지금에 와서 어떻게 해보겠다는 거 아냐. 그냥 그 사람도 알 권리가 있다 싶어. ……응, 내가 우려했던 그런 일이 일어나지 않기만을 바랄 뿐이지. ……그래, 좀 있다 봐."

휴대폰을 다시 코트 주머니 속으로 희서가 밀어 넣는 순간까지도 준경은 자신을 추스르지 못했다. 간절함은 또 한 번의 여과 과정 없이 바로 말이 흘러나오도록 만들었다.

"곧 희원이 만나기로 하셨나 봐요?"

놀란 눈빛의 희서를 향해 준경은 얼른 변명을 늘어놓았다.

"서혁이가 가끔 조카 얘길 하더라구요."

"그랬군요."

더는 자세한 이야기를 하고 싶어하지 않는 상대의 기색이 느껴져, 준경은 꼬치꼬치 캐물을 수가 없었다. 이 정도에서 끝맺음을 하는 것이 좋을 것 같다는 생각이 들었다. 저 얼굴을 보고 있는 것이 더 이상 참을 수 없을 정도로 역겨워지고 있어서 돌아서야 했다. 조금만 더 있다간 자신의 성질이 폭발해 버릴 것만 같았다.

"바쁘신 것 같으니까 다음에 또 뵈어요."

"그래요, 그럼."

여전히 벽을 허물지 않는 희서에게 준경은 가식의 탈을 쓰며 다시 한 번 매달렸다.

"저 언니 없거든요? 언니도 여동생 없으니까 우리 그냥 친자매처럼 지내요."

그녀가 그렇게까지 말을 하는데도 그저 웃고 마는 희서였다. 괘씸함으로 이를 악물면서도 준경은 고개까지 숙여 보이고 돌아섰다. 성질 같아서는 저 여자를 죽여 없애도 시원치 않을 것 같았다. 하지만 그래 봤자 자신에게 남는 건 기태의 분노 외엔 아무것도 없을 것이다. 그런 생각만으로 준경은 안간힘을 다해 참고 또 참아야만 했다. 때로는 폭풍보다 햇살이 더 강한 힘을 발휘하는 법이니까.

『비의 재회』 1 The End